사람은 무엇으로 사는가 외

세계문학산책 26
사람은 무엇으로 사는가 외

지은이 레프 톨스토이
옮긴이 붉은여우
펴낸이 안용백
펴낸곳 (주)넥서스

초판 1쇄 인쇄 2013년 3월 25일
초판 1쇄 발행 2013년 4월 1일

출판신고 1992년 4월 3일 제311-2002-2호
121-840 서울시 마포구 서교동 394-2
Tel (02)330-5500 Fax (02)330-5555
ISBN 978-89-6790-144-8 04800

출판사의 허락없이 내용의 일부를
인용하거나 발췌하는 것을 금합니다.
가격은 뒤표지에 있습니다.
잘못 만들어진 책은 구입처에서 바꾸어 드립니다.

www.nexusbook.com
지식의 숲은 (주)넥서스의 인문교양 브랜드입니다.

세계문학산책 26

레프 톨스토이
사람은 무엇으로 사는가 외

붉은여우 옮김 김욱동 해설

지식의숲

차 례

사람은 무엇으로 사는가? ...007
달걀만한 씨앗 ...053
바보 이반 ...060
꼬마 도깨비의 선물 ...125
사랑이 있는 곳에 신도 있다 ...135
촛불 ...160
사람에겐 얼마나 많은 땅이 필요한가? ...180
세 그루 사과나무 ...212
두 순례자 ...250

사람은 무엇으로 사는가?

1

한 구두 수선공이 부인과 아이들과 함께 어느 농부의 집에 세 들어 살고 있었다. 이 구두 수선공은 자기 집도 땅도 없기 때문에, 오로지 구두를 만들고 고치는 것만으로 살림을 꾸려나갔다. 더구나 빵값은 비싸고 수공비는 쌌기 때문에, 버는 것은 모두 먹을 것을 사는 데 들어갔다.

그에게는 부인과 번갈아 입는 털가죽 외투가 딱 한 벌 있었는데, 그것마저도 낡고 헤어져서 누더기가 되어버렸다. 그래서 그는 2년 전부터 외투를 새로 만들 양가죽을 사야겠다고 마음먹고 있었다.

초가을로 접어들자, 얼마 되지는 않았지만 그의 손에도 조금의 여유가 생겼다. 그의 부인의 손지갑에는 3루블의 지폐가 들어 있었고, 그것 외에도 마을사람들에게 외상값으로 받아야 할 돈이 5루블 20코페이카나 되었다.

그래서 어느 날, 구두 수선공은 아침 일찍부터 마을로 양가죽을 사러 갈 준비를 했다. 그는 아내의 면내의를 껴입고 그 위에 모직 외투를 걸친 다음, 아침을 먹자마자 곧장 3루블의 지폐를 주머니에 넣고는 부러진 나뭇가지를 지팡이 삼아 집을 나섰다.

그는 속으로 이렇게 생각했다.

'외상값 5루블을 받으면, 거기에 3루블을 보태서 양가죽을 살 수 있을 거야.'

마을에 도착한 그는 한 농부의 집을 찾아갔지만 농부는 외출 중이었다. 다만 그의 부인에게 이번 주 안으로 외상값을 갚겠다는 약속만 받아낸 후, 다음 농부의 집으로 향했다. 그러나 그 농부 역시 하늘에 맹세코 돈이 없다며, 장화 수선비로 겨우 20코페이카를 줄 뿐이었다.

하는 수 없이 그는 양가죽을 외상으로 사려 했지만, 가죽 장사는 외상은 절대로 안 된다고 했다.

"우선 돈을 가져와요. 그러면 마음에 드는 것을 줄 테니까. 외상값 받는 일도 얼마나 힘이 드는지, 이젠 진절머리가 나는군요."

결국 그는 어느 농부에게서 낡은 털장화 수선하는 일을 부탁받으면서 구두 수선비로 20코페이카를 받았을 뿐, 헛수고만 하고 집으로 돌아가야만 했다.

구두 수선공은 기분이 상해서 20코페이카로 몽땅 술을 마셔 버리고는, 양가죽은 사지 못한 채 집으로 향했다. 그날 아침 집에서 나올 때는 꽤 추웠던 것 같았는데, 술을 한 잔 마시고 나니 외투 없이도 그럭저럭 견딜 만했다. 그는 한쪽 손으로는 지팡이로 꽁꽁 얼어붙은 땅을 두드리고, 다른 한손으론 털장화를 휘두르며 혼잣말을 중얼거리면서 걷고 있었다.

"모피 외투 같은 것 없어도 견딜 만하네 뭐. 딱 한 잔했는데도 온몸이 후끈후끈한걸. 모피 같은 건 필요 없어. 이 몸도 귀한 존재라구! 도대체 뭐가 어떻다는 거야? 외투 없이도 잘 살아갈 수 있어. 그런 건 내 평생 필요 없다구. 하지만 마누라가 징징거리며 가만있지 않을 텐데……. 이거 정말 골치 아프군. 내가 화가 나는 건, 나는 네놈들을 위해 죽도록 일했는데 네놈들은 나를 바보 취급한다는 거야. 두고 보겠어! 만약, 다음에도 돈을 안 가지고 오면 그놈의 모자를 반드시 빼앗아버릴 테니까. 그런데 이게 무슨 짓들이야? 20코페이카밖에 안 주다니! 이걸 가지고 도대체 뭘 하라는 거야! 고작 술 한 잔 하고 나니 그걸로 끝이잖아. 말은 좋다! 네놈들은 형편이 곤란하다고 엄살을 부리지만,

그렇다면 난? 나는 더 죽을 지경이라구. 네놈들은 집도 있고 가축도 있고 뭐든지 다 있지만, 나한텐 이것뿐이라구. 너희들은 농사를 지어 빵도 얻지만, 나는 하나에서 열까지 모두 돈으로 사야 한다구! 적어도 일주일에 3루블은 빵값으로 나가야 된단 말이야. 지금 당장 집에 돌아가서, 만약 빵이 떨어졌다면 또 1루블 반은 써야 돼. 내가 이런 형편인데, 돈 값을 생각을 하지 않는단 말이야!"

이렇게 중얼거리면서 걷다 보니, 어느새 길모퉁이에 있는 교회 근처까지 오게 됐다. 그때 교회 뒤쪽에서 뭔가 흰 물체가 어른거렸다. 이미 어두워졌기 때문에 앞이 보이지 않아, 그것이 뭔가 하고 찬찬히 살펴보았다. 하지만 그것이 뭔지 도무지 알 수가 없었다.

"저쪽에 저런 돌은 없었는데……. 무슨 짐승인가? 하지만 짐승 같지는 않은데……. 머리모양을 봐서는 사람 같기도 한데, 사람치고는 너무 하얗단 말이야. 아무래도 이상한데? 게다가 사람이라면 왜 저런 곳에 있는 거야?"

그는 좀더 가까이 다가갔다. 그제야 그 물체가 또렷하게 보였다. 그런데 이상한 일은 그건 확실히 사람이었지만, 도대체 죽었는지 살았는지 알 수가 없었다. 벌거벗은 알몸 상태로 교회 벽에 기댄 채 꼼짝도 않고 있는 것이었다. 그는 갑자기 무서운 생각이 들었다.

"다시 한 번 옆으로 가볼까? 아님, 이대로 그냥 가버릴까? 아마도 나쁜 놈들이 저 사람을 죽이고는 옷가지를 벗기고 여기다 버린 것이 틀림없어. 옆에 갔다가 무슨 억울한 일을 당할지도 모르는 일이야. 게다가 저놈이 누군지도 모르는 데다, 좋은 일로 저런 데 있을 리도 없고……. 만약 가까이 다가갔다가 목이라도 조른다면, 도망칠 수도 없을 텐데. 설령 목을 조르지 않는다고 해도, 귀찮은 일을 당할 게 뻔하잖아. 그나저나 저 벌거숭이를 어떻게 하지? 그렇다고 내가 걸치고 있는 것까지 벗어서 줄 수도 없고. 아, 하느님! 제발 그냥 아무 일 없던 것처럼 지나치게 해주소서!"

그는 걸음을 빨리 재촉했다. 하지만 교회를 지나게 되자, 슬슬 양심의 소리가 들려왔다. 그는 가던 길을 멈춰 선 채 계속 중얼거렸다.

"세몬! 대체 뭘 망설이고 있는 거야? 사람이 어려움을 당해 죽어가고 있는데, 무섭다고 도망치려고 하다니. 네가 엄청 많은 돈이라도 갖고 있는 거야? 어디 빼앗길 만한 물건이라도 갖고 있느냐구? 그건 좋지 않은 짓이야. 세몬!"

결국 세몬은 발길을 돌려 그 남자가 있는 곳으로 가까이 다가갔다.

2

　세몬이 그 남자에게 다가가 자세히 보니 그는 건강해 보이는 젊은이로, 누군가에게 얻어맞은 흔적 따위는 보이지 않았다. 그저 추위에 몸이 얼어 있었고, 몹시 두려워하는 듯했다.

　그는 지쳤는지 그냥 벽에 기댄 채로 있으면서, 세몬을 보려고도 하지 않았다. 하지만 세몬이 더욱 가까이 다가서자, 그제야 고개를 들어 세몬을 바라보았다. 세몬은 그와 눈이 마주치자, 그 눈빛만으로도 그 남자에 대한 동정심이 생겼다. 그래서 들고 있던 털장화를 땅에 내려놓고는, 허리띠를 풀어 털장화 위에 던진 다음 입고 있던 외투를 급히 벗었다.

　"이러고 있다가, 큰일 나요. 빨리 이것을 입어요. 자아!"

　세몬은 양팔로 남자를 부축하여 일으켜 세웠다. 그런 다음 자세히 살펴보니 훤칠한 키에다 손과 발이 무척 깨끗했고, 온순하고 기품 있는 인상이었다. 세몬은 그의 어깨에 긴 외투를 걸쳐 주었지만, 팔이 소매 속으로 잘 끼워지지 않았다. 세몬은 청년의 두 팔을 소매 속에 끼워주고는, 옷자락을 이리저리 당겨 앞을 여민 다음 허리띠를 묶어주었다.

　세몬은 자기가 쓰고 있던 낡은 모자도 젊은이에게 씌워줄까 하고 벗어 들었지만, 갑자기 머리가 너무 차가워져서 '나는 이렇게 머리가 벗겨져 있지만 이 젊은이는 머리숱이 많잖아.' 하고 생각하며 다시 모자를 썼다.

'모자보다는 구두를 신겨주는 게 좋겠다.'

그래서 그는 그 젊은이를 앉혀놓고는 털장화를 신겨줬다.

"이제 됐어. 젊은이, 조금씩 걷다 보면 몸이 녹을 거야. 날이 추우니, 빨리 움직여야 하네. 그런데 걸을 수는 있겠나?"

젊은이는 부드러운 눈길로 세몬을 보고 있었지만 여전히 한마디도 하지 않았다.

"왜 아무 말이 없나? 자, 힘이 없으면 나한테 기대도록 하게. 힘을 내게나!"

그러자 젊은이는 걷기 시작했으며, 뒤처지지 않고 잘 따라왔다.

두 사람이 나란히 걸으면서 세몬이 물었다.

"자네는 도대체 어디서 왔나?"

"저는 이 마을에 사는 사람이 아닙니다."

"이 마을 사람이 아니란 건 나도 알고 있네. 그러니까 왜 이런 곳에 왔냐고? 더군다나 교회 모퉁이에……."

"그건 말씀드릴 수 없습니다."

"보아하니 나쁜 놈들한테 당한 거 같은데?"

"아닙니다. 누구도 저에게 나쁜 짓을 한 적 없습니다. 다만 저는 하느님께 벌을 받고 있는 겁니다."

"아무렴, 모든 일은 하느님의 뜻이지. 그건 그렇고 어디라도 들어가서 쉬어야 할 것 아닌가? 도대체 어디로 갈 작정인가?"

"저는 갈 곳이 없습니다. 어디든 괜찮습니다."

세몬은 깜짝 놀랐다. 젊은이는 불량스러워 보이지도 않았고 말씨도 아주 공손했지만, 자신에 관해서는 조금도 말하려 들지 않았다. 그래서 세몬은 속으로 생각했다.

'뭔가 말 못할 사정이 있는 모양이군.'

그리고 그 젊은이에게 말했다.

"그럼, 우리 집으로 같이 가세나. 몸을 좀 녹이면 정신이 날 걸세."

세몬이 다시 걷기 시작하자, 젊은이도 뒤처지지 않고 잘 따라왔다. 찬바람이 세몬의 외투 속으로 스며들자, 세몬은 점점 술이 깨면서 추위가 느껴졌다. 세몬은 코를 훌쩍거리며, 아내에게 빌려 입은 속옷자락을 여미면서 생각했다.

'양가죽을 사러 나왔다가, 입고 있던 옷마저 벗어주고 외투도 없이 가다니……. 게다가 이런 벌거숭이 남자까지 데리고 가니, 마트료나가 가만있지 않겠는걸.'

마트료나를 생각하니 세몬은 갑자기 가슴이 답답해졌다. 그러나 옆에서 말없이 걷고 있는 젊은이를 돌아보니, 처음 그를 발견했을 때 자신을 바라보던 그 눈빛이 떠오르면서 왠지 마음이 따뜻해지는 것 같았다.

3

세몬의 아내는 일찌감치 서둘러서 집안일을 끝냈다. 그녀는 장작을 쪼개고, 물도 길어오고, 아이들과 함께 저녁식사도 마친 다음 생각에 잠겨 있었다.

'빵은 언제 굽는 것이 좋을까? 오늘 저녁, 아니면 내일 아침에?'

빵은 아직 큼지막한 걸로 한 덩이가 남아 있었다.

'혹시 세몬이 밖에서 뭔가를 먹고 온다면, 저녁은 많이 먹지 않겠지. 그러면 내일 아침은 이 빵으로도 충분할 텐데.'

그녀는 빵조각을 몇 번이나 만지작거리며 궁리했다.

'아무래도 빵은 내일 구워야겠어. 얼마 남지 않은 밀가루로 금요일까지 버텨야 되니까.'

마트료나는 빵 굽는 일을 그만두기로 하고, 남편의 옷을 깁기 시작했다. 그녀는 바느질을 하는 동안, 남편이 어떤 양가죽을 사올지가 무척 궁금했다.

'가죽 장사에게 속아 넘어가지 않아야 할 텐데. 그이는 워낙 사람이 좋기만 해서, 꼬맹이들한테까지도 속아 넘어가니 믿을 수가 있어야지. 8루블이면 적은 돈이 아닌데, 그 정도면 무척 좋은 모피외투를 만들 수 있을 거야. 작년 겨울만 해도 모피외투가 없어서 얼마나 고생했는가? 강에 물도 길러가지 못하고, 들에도 못 나갔지. 오늘만 해도 그 사람이 입을 만한 옷을 다 입고 나가고 나니, 나는 뭐 입을 게 있어야지. 그건 그렇고 왜 이렇게 늦을까. 벌써 돌아올 시간이 지났는데. 설마 그 돈으로 어디서 술을 마시고 있는 건 아니겠지?'

마트료나가 이런 생각을 하고 있을 때, 현관의 계단이 삐걱거리면서 누군가 들어오는 소리가 났다. 마트료나는 바늘을 옷감에 꽂아놓고 문 쪽으로 나가봤다. 그랬더니 사내 둘이 들어서고 있는 것이 아닌가.

더군다나 세몬 옆에 있는 웬 낯선 청년은 모자도 쓰지 않은 채 털장화만 신은 차림이었다. 그녀는 곧바로 남편이 술을 마셨다는 것을 알아차렸다.

'내 그럴 줄 알았지!'

그러면서 남편을 바라보니, 남편은 외투도 입지 않은 속옷차림에다가 아무것도 들지 않은 빈손이었다. 그녀는 화가 머리끝까지 치밀어 올랐다.

'그럼, 그 돈으로 전부 술을 마셨단 말이야? 분명 이 낯선 건달하고 퍼마시고, 그것도 모자라서 여기까지 끌고 왔군.'

그녀는 두 사람을 방으로 들이밀다가, 그 낯선 젊은이가 입고 있는 외투가 바로 자기네들의 외투임을 알아챘다. 게다가 외투 속에는 내의도 입지 않았는지, 맨살이 드러나 보였다. 방에 들어온 젊은이는 우뚝 선 채로 움직이지도 않고, 고개도 들지 않았다. 마트료나는 생각했다.

'틀림없이 뭔가 나쁜 짓을 저지른 사람 같아. 저것 봐, 겁을 먹고 있잖아.'

마트료나는 얼굴을 찌푸린 채로 벽난로 쪽으로 가서 두 사람이 하는 행동을 지켜보았다. 세몬은 모자를 벗고 나서야 아내가 화가 나 있음을 알아차렸지만, 아무렇지 않은 듯이 태연하게 의자에 걸터앉았다.

"여보, 왜 그러고 있어? 빨리 저녁 준비를 해야지."

마트료나는 아무 대꾸도 하지 않은 채 벽난로 옆에 그대로 서 있었다. 그녀는 남편과 낯선 청년을 번갈아 보면서 연신 고개만 젓고 있었다.

세몬은 아내가 일부러 심술을 부리고 있다는 것을 알고 있었지만, 일부러 모른 체하면서 젊은이의 손을 잡고 말했다.

"자, 앉아요. 저녁식사를 해야지."

그러자 젊은이가 의자에 걸터앉았다.

"저녁 준비, 아직 안 됐어?"

그녀는 더욱 화가 치밀어 올랐다.

"안 되긴요? 이미 다 됐어요. 하지만 당신을 위해 준비한 것이 아니에요. 꼴을 보니, 당신은 술만 퍼마시다 왔군요. 가죽을 사러 나간 사람이 입고 간 외투마저 이런 부랑자에게 벗어주고, 그것도 모자라서 집으로 끌고 와요? 우리 집엔 당신들 같은 술주정뱅이들에게 줄 음식 같은 건 없어요."

"그만해, 마트료나. 사정도 모르면서, 그렇게까지 말할 건 없잖아. 그런 말을 하기 전에, 무슨 일이 있었는지부터 물어봐야 되는 거 아냐?"

세몬은 주머니를 뒤져 지폐를 꺼내 부인에게 내밀었다.

"돈이라면 여기 그대로 있소. 그런데 도리포노프한테서는 못 받았어. 내일 준다고 하더군."

마트료나는 기가 막혔다. 사온다던 양가죽은 사오지 않고, 도리어 하나밖에 없는 외투를 낯선 사람에게 입혀가지고 집에까지 끌고 와서 큰소리만 치다니!

그녀는 테이블 위에 있는 지폐를 챙겨 들면서 이렇게 말했다.

"우리 집에 저녁밥 같은 건 없어요. 누가 벌거숭이와 술주정뱅이한테 밥을 주겠어요."

"이봐, 마트료나! 말조심해. 우선 우리 사정 얘기부터 들어봐야 되잖아."

"당신 같은 술주정뱅이한테 무슨 말을 들어요? 처음부터 당신 같은 사람한테 시집오는 게 아니었는데……. 어머니가 주신 것들도 모두 술값으로 써버리고, 이번엔 양가죽 사러간다고 하고선 그것마저도 다 마셔버렸으니……."

세몬은 아내에게 술을 마신 건 20코페이카뿐이라는 것과 이 젊은이를 데리고 온 경위 등을 설명하려 했으나, 그녀는 좀처럼 들으려 하지 않았다.

대신에 어디서 그렇게 많은 말이 쏟아져 나오는지, 그녀가 쉴 새 없이 떠들어댔으므로 세몬은 끼어들 틈이 없었다. 게다가 10년도 더 된 이야기까지 끄집어내어 세몬에게 갖은 원망을 해댄 다음, 마침내 그의 옷소매를 잡고 흔들어대기 시작했다.

"내 옷 돌려줘요. 딱 하나밖에 없는 옷인데, 그것마저 빼앗아 입고 염치도 좋지. 어서 내놔요. 이 못난 인간 같으니라구. 이럴 바엔 차라리 죽어버리는 게 낫지!"

세몬은 옷을 벗기 시작했다. 그러나 그녀가 소매를 세게 당기는 바람에 옷소매가 뜯어졌다. 그녀는 그걸 빼앗아 입고는 문 쪽으로 달려갔다.

그런데 그대로 나가려던 그녀가 문득 걸음을 멈춰 섰다. 화는 났지만, 그래도 저 낯선 남자가 어떤 사람인지 알고 싶었던 것이다.

4

마트료나가 선 채로 말했다.

"만약 온전한 사람이라면 저렇게 맨발로 돌아다닐 리가 없잖아요. 저 사람은 속옷도 입지 않고 있어요. 게다가 당신도 마찬가지예요. 만약 좋은 일을 했다면, 어디서 이 젊은이를 데려왔는지 왜 똑바로 말을 못 해요?"

"아까부터 내가 말하려 했는데, 당신이 말할 틈을 주지 않았잖아. 내가 집으로 돌아오고 있는데, 이 사람이 교회 옆에 벌거벗은 채로 쭈그리고 있더라고. 거의 얼어 죽을 지경이었어. 여름도 아닌데, 다 벗은 채로 벌벌 떨고 있더란 말이야. 하느님께서 도우신 거지. 내가 마침 그 옆을 지나갔기에 망정이지, 그렇지 않았음 이 사람은 벌써 얼어 죽었을 거야. 사람이 살다 보면 무슨 일을 당할지 알 수 없는 거 아니오. 마트료나! 그러니 마음을 좀 진정시키고 이 사람 처지를 한번 생각해 보라고. 사람은 누구나 언젠가는 죽는단 말이야."

마트료나는 욕이라도 퍼부으려 했지만, 낯선 젊은이를 돌아보는 순간 그만 말문이 막혔다. 젊은이는 움직이지도 않고, 죽은 듯이 의자 끝에 앉아 있었다. 양손은 무릎 위에 올려놓고 고개를 가슴께까지 떨어뜨린 채 눈을 감고 있었다. 그런데 마치 목을 졸리기라도 하는 듯 얼굴을 찡그렸다.

마트료나가 입을 다물고 잠자코 있자, 세몬이 다시 말을 이었다.

"마트료나, 당신 마음속에는 하느님이 안 계시는 거야?"

마트료나는 그 말을 듣고는 다시 한 번 젊은이를 바라보았다. 그 순간, 그녀의 분노는 이상할 만큼 조용히 가라앉았다.

그녀는 문 쪽으로 몸을 돌려 나와 난롯가로 가서 저녁을 준비하기 시작했다. 테이블 위에 잔을 놓은 다음 크바스(맥주의 일종)를 붓고, 남아 있던 빵을 내놓으며 그들에게 말했다.

"자, 식사들 하세요."

세몬은 젊은이를 식탁 앞으로 데려왔다.

"자, 좀더 옆으로 당겨 앉게."

세몬은 빵을 잘라서 잘게 뜯은 후 먹기 시작했다. 마트료나는 테이블 끝 쪽에 앉아, 한 손으로 턱을 받치고는 낯선 젊은이를 쳐다보았다. 마트료나는 자기도 모르게 그 젊은이가 불쌍하다는 생각이 들면서, 그를 돌봐주고 싶은 마음이 생겼다.

그때 갑자기 젊은이의 표정이 밝게 변하더니, 찡그렸던 얼굴을 펴면서 그녀 쪽으로 눈길을 돌리며 싱긋 웃어 보이는 것이었다.

두 사람이 식사를 끝내자, 그녀는 그릇을 치우며 젊은이에게 묻기 시작했다.

"당신은 어디에서 왔어요?"

"저는 이곳 사람이 아닙니다."

"그러면 왜 그런 곳에 있었어요?"

"그것은 말씀드릴 수가 없습니다. 아닙니다, 하느님께 벌을 받고 있었습니다."

"그래서 벌거벗은 채로 쓰러져 있었던 거예요?"

"예. 벌거벗은 채로 쓰러져서 얼어 죽을 뻔했지요. 세몬이 발견하고 가엾게 여긴 나머지, 자신이 입고 있던 옷을 벗어서 제게 입혀주고 털장화를 신겨 여기까지 데리고 온 겁니다. 그리고 여기에 오니 아주머님이 또 먹을 것과 마실 것을 주시면서 불쌍히 여겨주셨습니다. 두 분께는 하느님의 은총이 늘 함께 하실 겁니다!"

마트료나는 자리에서 일어나, 조금 전에 바느질을 하고 있던 세몬의 낡은 내의와 바지를 가져다가 낯선 젊은이에게 건네주었다.

"자요, 보아하니 내의도 입지 않은 것 같군요. 이걸 입고 아무

데나 마음 편한 곳에서 주무세요. 침대 위든, 난로 옆이든."

젊은이는 외투를 벗고 내의를 입은 다음, 침대에 누웠다.

마트료나는 불을 끄고 나서 외투를 집어 들고 남편 곁으로 갔다. 그리고는 외투자락으로 몸을 감고 누웠다. 하지만 낯선 젊은이의 일이 머리 속에서 영 떠나질 않아 쉽게 잠들지 못했다.

그가 한 덩이밖에 없던 마지막 빵을 먹어버렸기 때문에 당장 내일 아침에 먹을 빵이 없다는 것과, 내의와 바지까지 줘버린 일들을 떠올리니 이내 마음이 울적해졌다. 하지만 젊은이가 싱긋 웃던 표정을 떠올리니 마음이 한결 가벼워졌다.

마트료나는 오래도록 잠을 이루지 못했다. 세몬도 쉬이 잠들지 못하는 듯, 외투자락을 자기 쪽으로 끌어당기곤 했다.

"세몬! 조금 전에 남은 빵을 다 먹어버려서, 내일 먹을 것이 없어요. 어떻게 해야 할지 모르겠어요. 말라냐 아줌마네 가서라도 좀 빌려올까요?"

"그래도 되고……. 설마 굶기야 하겠어."

마트료나는 가만히 누워 생각에 잠겼다.

"그런데 저 사람 나쁜 사람 같지는 않은데, 왜 자신의 신분을 밝히지 않을까요?"

"글쎄, 말 못할 사정이 있겠지."

"세몬!"

"응?"

"우리 같은 사람도 남에게 뭔가 도움을 주는데, 왜 우리를 도와주는 사람은 없는 걸까요?"

"그런 생각을 하면 뭘 하겠어."

세몬은 그렇게 말하고는 돌아누워 잠을 청했다.

5

아침 일찍 세몬은 눈을 떴다. 아이들은 아직 자고 있었고, 마트료나는 옆집으로 빵을 빌리러 갔다. 어젯밤에 데리고 온 젊은이는 낡은 내의와 바지를 입은 채 혼자 의자에 앉아 천장만 바라보고 있었다. 그의 모습은 어제보다 한결 밝아보였다.

"어이, 젊은이! 배는 먹을 것을 원하고, 벌거벗은 몸은 입을 것을 원하네. 그러니 일을 해야 되지 않겠나. 자네는 무슨 일을 할 줄 아나?"

"저는 할 줄 아는 일이 아무것도 없습니다."

세몬은 놀라서 이렇게 말했다.

"사람은 마음만 먹으면, 어떤 일이라도 할 수 있네. 노력만 하면 말이야."

"예, 모두들 일을 하니까 저도 하겠습니다."

"자네, 이름은 뭔가?"

"미하일입니다."

"그럼, 미하일. 자네는 자신에 대한 이야기는 하기 싫은 모양인데, 그건 자네 사정이니 아무래도 좋네. 그러나 자기 몫만큼은 일을 해야 돼. 내가 시키는 대로 일을 해준다면, 우리 집에 머물러도 좋네. 어떤가?"

"감사합니다. 열심히 배우겠습니다. 무슨 일이든 가르쳐주십시오."

세몬은 실을 손가락에 감아서 꼬기 시작했다.

"어렵지 않으니 잘 봐두게……."

미하일은 그것을 자세히 들여다보더니, 금방 따라서 했다. 이번에는 그에게 실 짜는 법을 가르쳤다. 미하일은 그것 역시 금방 익혔다. 그 다음에는, 실 속에 단단한 것을 끼워 넣는 일과 가죽 깁는 법을 가르쳤다. 미하일은 이것 역시 금방 배웠다.

세몬이 어떤 일을 가르쳐도 그는 금방 배웠고, 사흘째부터는 구두 수선하는 일을 줄곧 해온 사람처럼 능숙하게 일을 해냈다. 그는 몸을 사리지 않고 일했으며, 먹는 양도 그리 많지 않았다. 한가할 때도 농담을 하거나 웃는 법이 없었고, 밖에 나가는 일도 좀처럼 없었다.

그러니까 그가 지금까지 웃었던 일은, 첫 대면 때 마트료나가 그를 위해 저녁식사 준비를 하던 그 순간뿐이었다.

6

날이 가고 달이 지나, 어느새 일 년이란 세월이 흘렀다. 미하일은 여전히 세몬의 집에 살면서 열심히 일을 했다. 그리고 미하일의 솜씨에 대한 소문이 자자해지면서, 미하일만큼 튼튼하고 모양 좋은 구두를 만드는 사람은 아무도 없다는 얘기가 이웃 마을까지 퍼져나갔다. 그래서 여기저기서 주문이 밀려와, 덕분에 세몬의 수입도 점점 늘어갔다.

어느 겨울날 세몬이 미하일과 함께 일하고 있는데, 삼두마차가 방울소리를 내며 달려오는 소리가 들렸다. 두 사람이 창문으로 내다보니 마차는 집 앞에서 멈추었고, 젊은 남자가 마부석에서 뛰어내려 마차 문을 열었다.

그러자 마차 안에서 모피외투를 걸친 점잖은 신사 한 분이 내렸다. 신사는 세몬의 집 계단으로 올라왔다. 곧 마트료나가 뛰어나가 문을 열어주었다. 신사는 허리를 구부리고 가게로 들어와 다시 허리를 폈는데, 머리가 천장에 닿을 정도로 키가 컸고

몸집도 방을 채울 정도로 건장했다.

세몬은 일어나서 인사를 한 다음, 그 신사의 거대한 몸집을 보고는 입을 다물지 못했다. 여태껏 그렇게 체구가 큰 사람을 본 적이 없었기 때문이다. 세몬은 키가 크고 호리호리한 체격이었고, 미하일도 마른 편이었다. 게다가 마트료나는 삐쩍 마른 나뭇가지와 다를 바 없었기에, 그 신사는 마치 다른 나라에서 온 사람같이 보였다.

그 신사의 얼굴은 불그스름하고 윤이 났으며, 목은 황소처럼 굵은 데다 몸 전체가 마치 무쇠로 만든 것처럼 단단해 보였다. 신사는 크게 한 번 숨을 내쉬더니 외투를 벗고 의자에 앉았다.

"누가 주인인가?"

세몬이 앞으로 나서며 말했다.

"네, 제가 주인입니다. 손님."

그러자 신사는 자기 하인에게 큰 소리로 말했다.

"이봐, 페치카. 물건을 이리 갖고 와!"

하인이 달려가서 무슨 꾸러미 하나를 갖고 왔다. 신사가 그것을 받아서 테이블 위에 놓고는 "풀어!"하고 말하자, 하인이 꾸러미를 풀었다. 그것은 가죽이었다.

신사는 그 가죽을 가리키며 세몬에게 말했다.

"이봐 주인, 이게 무슨 가죽인지 알겠나?"

"네, 알다마다요."

"이봐! 정말 이게 무슨 가죽인지 안단 말인가?"

세몬이 가죽을 만져보며 말했다.

"네, 아주 훌륭한 가죽이군요."

"아주 훌륭한 가죽이군요? 이런 얼간이! 자네 같은 사람이 이런 고급 가죽을 언제 구경이나 했을라고. 이건 독일제로 자그마치 20루블이나 주고 산 거라네."

세몬이 겁먹은 표정으로 대답했다.

"저 같은 놈이 어찌 감히 구경이나 했겠습니까."

"그야 그렇겠지. 그러면 이 가죽으로 내 발에 꼭 맞는 장화를 만들 수 있겠나?"

"그럼요! 만들 수 있고말고요."

그러자 신사가 갑자기 큰 소리로 호통 치듯 말했다.

"흥, 만들 수 있다고! 허나 네 이놈, 이것으로 누구의 장화를 만드는 건지, 어떤 가죽으로 만드는지 잘 염두에 두어야 해. 내게는 일 년 정도 신어도 모양이 변하지 않고, 이음새도 터지지 않는 장화가 필요해. 그러니까 자신 있으면 맡아서 가죽을 재단하게. 허나 못할 것 같으면 일찌감치 포기하고, 가죽에는 손대지 마. 미리 말해 두지만, 장화가 일 년도 되지 않아서 이음새가 터지거나 모양이 변하면 너를 감옥에 처넣을 거야. 대신 일 년이 지나도 터지지 않고 모양도 변치 않는다면, 너에게 수공비로 10루블을 지불할 것이다."

세몬은 겁이 나서 뭐라 말도 못하고, 슬쩍 미하일을 쳐다봤다. 그리고는 팔꿈치로 그를 치며 작은 소리로 물었다.

"이봐! 미하일, 어떻게 하지?"

미하일은 일을 맡으라는 신호로 고개를 끄덕거렸다. 세몬은 미하일의 뜻에 따라 일 년을 신어도 모양이 변하지 않고 이음새도 터지지 않는 장화를 만들기로 했다. 신사는 하인을 불러 왼쪽 발의 신발을 벗기라고 하고는 다리를 쑥 내밀었다.

"자, 치수를 재게!"

세몬은 50센티미터 정도 길이의 종이를 잘라 붙여 자리를 펴고, 신사의 양말이 더러워지지 않도록 앞치마에 손을 잘 닦은 다음 무릎을 꿇고 앉아 치수를 재기 시작했다. 세몬은 먼저 발바닥을 재고 발등을 잰 다음 종아리를 재려고 했으나, 그 종이로는 잴 수가 없었다. 신사의 종아리는 통나무만큼 굵었기 때문이었다.

"조심해! 종아리가 꽉 끼지 않게 하란 말이야."

세몬은 다른 종이를 이어 붙였다. 신사는 폼을 잡고 앉은 채로 양말 속의 발가락을 꼼지락거리며 주위를 둘러보았다. 그러다가 미하일을 보았다.

"저 사람은 누군가?"

"저희 집 직공인데, 솜씨가 아주 훌륭합니다. 손님의 장화도 저 사람이 만들 것입니다."

"그럼, 자네도 똑똑히 알아두라고! 일 년 동안 탈이 나지 않는 장화를 만들어야 해!"

세몬도 미하일을 돌아보았다. 그런데 미하일은 신사는 쳐다보지도 않고 뒤쪽 구석을 뚫어지게 응시하고 있었다. 마치 그곳에 누군가가 있어, 유심히 살피고 있는 것 같은 표정이었다. 미하일은 그런 모습으로 한참동안 있더니만, 갑자기 싱긋하고 미소를 지었다.

"이런 바보 같은 놈, 뭘 보고 싱글거리는 거야? 정신 차려서 기한 내에 틀림없이 만들도록 하라고!"

그러자 미하일이 말했다.

"네, 기한 내에 틀림없이 만들어놓겠습니다."

"분명히 명심하라고!"

신사는 구두를 신고 모피외투를 걸친 다음 문 쪽으로 향했다. 그런데 몸을 구부려야 되는 걸 깜박 잊고는, 심하다 싶을 정도로 세게 이마를 부딪혔다. 신사는 화를 내며 한바탕 분통을 터트리더니, 이마를 문지르며 마차를 타고 가버렸다.

신사가 탄 마차가 사라지자, 세몬이 말했다.

"정말 대단한 분이야! 큰 망치로 맞아도 끄떡없을 것 같아. 좀 전에 그렇게 세게 부딪쳤는데도 아무렇지 않은 것 같던데."

그러자 마트료나도 말했다.

"저렇게 호강하며 사는데, 마르고 싶어도 마를 수가 없죠. 저렇게 크고 튼튼한 사람은 저승사자도 벌벌 떨 거예요."

7

세몬이 미하일에게 말했다.

"그런데 일을 맡긴 했지만, 잘못했다간 감옥행이니 걱정이야. 가죽은 비싸고 손님의 성질이 불같으니, 어떻게든 실수 없이 해야 될 텐데. 이봐, 미하일! 자네가 눈도 밝고 나보다 솜씨도 좋으니, 여기 이 치수대로 재단을 하게나. 나는 겉가죽을 꿰맬 테니."

미하일은 세몬이 시키는 대로 신사가 가져온 가죽을 펼쳐놓고는 가위를 들어 재단을 시작했다. 미하일의 옆에서 재단하는 모습을 지켜보고 있던 마트료나는 그의 행동을 보고 깜짝 놀랐다. 그녀도 그동안 장화 만드는 일을 많이 보아왔기 때문에 어느 정도 익숙해졌는데, 미하일은 신사가 주문한 모양과는 다르게 재단을 하고 있는 것이 아닌가. 마트료나는 한마디 하려다가 속으로 생각했다.

'내가 그분의 장화를 어떻게 만드는지 잘못 알아들었는지도 몰라. 아무래도 미하일이 나보다는 잘 알고 있을 테니 참견하지 않는 게 좋겠어.'

미하일은 재단을 끝내고는 실로 꿰매기 시작했다. 그러나 장화를 만들 때 쓰는 두 겹 실이 아니라 슬리퍼를 꿰맬 때 사용하는 한 겹 실을 사용하는 것이었다. 마트료나는 그것을 보고 다시 한 번 놀랐지만, 역시 아무 말도 하지 않고 지켜보기만 했다. 미하일은 열심히 가죽을 꿰매고 있었다.

그러는 동안 점심때가 되어서 세몬이 자리에서 일어나 보니, 미하일 곁에는 벌써 그 신사의 가죽으로 만든 한 켤레의 슬리퍼가 놓여 있었다. 세몬은 너무 놀라 크게 한숨을 쉬었다.

'아니, 이게 뭐야? 미하일은 일 년 동안 한 번도 실수를 한 적이 없었는데, 하필이면 지금 이런 실수를 저지르다니. 손님은 굽이 있는 장화를 주문했는데, 굽 없는 슬리퍼를 만들어서 가죽을 쓸모없이 만들다니. 이제 손님에게 뭐라 말해야 좋은가? 이런 가죽은 구할 수도 없는데.'

그래서 미하일에게 물어봤다.

"이보게, 미하일. 대체 어찌된 일인가? 나를 죽일 작정인가?

손님은 장화를 주문했는데, 자네는 대체 무엇을 만든 건가?"

세몬이 기가 막혀 미하일에게 꾸지람을 하고 있는데, 계단에서 소리가 나더니 누군가가 문을 두드렸다. 두 사람이 창문으로 내다보니, 말을 타고 온 사람이 말고삐를 매고 있었다. 문을 열고 들어오는 사람은 바로 조금 전에 신사와 함께 왔던 젊은 하인이었다.

"안녕하세요?"

"네, 어서 오세요. 그런데 무슨 일로?"

"실은 조금 전에 주문한 장화 때문에 마님의 심부름을 왔습니다."

"장화 때문이라니요?"

"이제 장화가 필요 없게 되었습니다. 나리가 갑자기 돌아가셨거든요."

"아니, 뭐라고요?"

"집으로 돌아가시던 도중 마차 안에서 숨을 거두셨어요. 마차가 댁에 도착해서 내려드리려고 보았더니, 나리가 나무등걸처럼 쓰러진 채 이미 굳어져 있었어요. 그래서 간신히 마차에서 끌어내렸지요. 그래서 마님은 저를 되돌려보내면서 '방금 나리께서 주문하신 장화는 필요 없게 되었으니, 대신 죽은 사람에게 신기는 슬리퍼를 빨리 만들어 오라'고 하셨습니다. 그리고 만드는 동안 기다렸다가 가지고 오라고 해서, 이렇게 왔습니다."

미하일은 재단하고 남은 가죽을 챙겨놓고는, 완성된 슬리퍼를 들어 툭툭 턴 다음 앞치마로 잘 닦아 하인에게 건네주었다. 하인은 슬리퍼를 받아들고 돌아갔다.

"안녕히 계십시오."

8

미하일이 세몬의 집으로 온 지 벌써 6년째가 되었다. 그는 여전히 처음이나 다름없이 어디에도 나가지 않고, 쓸데없는 말도 하지 않았다. 그동안 그가 웃은 것은 딱 두 번이었다. 한 번은 이 집에 처음 오던 날 마트료나가 그를 위해 저녁을 준비할 때 서로 얼굴을 마주친 순간이었고, 또 한 번은 장화를 주문하러 왔던 신사를 보았을 때였다.

세몬은 미하일이 너무나 기특하고 대견했다. 그는 미하일에게 어디서 왔는지 더 이상 묻지도 않았고, 단지 미하일이 훌쩍 떠나버리지는 않을까를 걱정하고 있었다.

어느 날 온 식구가 집에 모여 있을 때 마트료나는 난로에 냄비를 올려놓고 있었고, 아이들은 의자를 넘어 다니며 창밖을 내다보고 있었다. 세몬은 창가에서 열심히 구두를 꿰매고 있었고, 미하일은 다른 창가에서 굽을 박고 있었다.

그때 세몬의 아들이 의자를 넘어 미하일 곁으로 와서는, 그의 어깨를 흔들면서 창밖을 가리켰다.

"미하일 아저씨, 저것 좀 봐요. 어떤 아줌마가 여자애 둘을 데리고 우리 집으로 오고 있어요. 그런데 한 아이는 절름발이에요."

아이들이 그렇게 말하자, 미하일은 하던 일을 멈추고 창문 쪽으로 고개를 돌려 밖을 내다보았다. 세몬은 미하일의 태도에 무척 놀랐다. 여태까지 한 번도 밖을 내다보거나 한눈을 판 적이 없었던 미하일이 지금은 창문에 얼굴을 바싹 갖다 붙인 채 뭔가를 정신없이 보고 있었기 때문이었다.

그래서 세몬도 밖을 내다보니, 어떤 부인이 자기 집으로 오고 있었다. 그 부인은 모피외투를 입고, 털목도리를 두른 두 여자아이의 손을 잡고 있었다. 여자아이들은 누가 누구인지 구별이 안 될 정도로 닮아 있었다. 단지 한 아이는 왼쪽 다리를 절룩거렸다.

부인은 계단을 올라와 문을 열었다. 그리고는 두 여자아이를 앞세우고 안으로 들어왔다.

"안녕하세요."

"어서 오세요, 어떻게 오셨나요?"

부인은 테이블 앞에 앉았다. 두 여자아이는 사람들이 낯선지, 그녀의 무릎에 매달려서 떨어지려고 하지 않았다.

"저 아이들이 봄에 신을 구두를 맞추려고요."

"그러세요. 이렇게 작은 구두는 아직 만들어본 적이 없지만, 뭐든 만들 수 있습니다. 여기 있는 미하일의 솜씨가 보통이 아니거든요."

세몬이 미하일을 돌아보니, 그는 하던 일을 멈추고 여자아이들을 바라보고 있었다. 세몬은 미하일의 그런 태도가 몹시 놀라웠다. 사실 두 여자아이들은 너무나 예쁘고 사랑스러웠다. 눈동자는 까맸고, 두 볼은 포동포동하고 불그스레했으며, 입고 있는 모피외투와 목도리도 고급스러워 보였다.

세몬은 미하일이 무슨 까닭으로 그들을 그렇게 쳐다보는지 이해할 수 없었다. 마치 오랫동안 헤어졌던 친구를 만난 것처럼 말이다.

세몬은 이상하게 생각하면서도, 부인과 흥정을 하고 있었다. 값을 정한 다음 아이들의 치수를 재려 하자, 부인은 다리가 불편한 아이를 무릎에 안아 올리며 말했다.

"미안하지만 이 아이의 발로 두 사람분의 치수를 재주세요. 불편한 발을 먼저 재서 한 짝을 만들고, 성한 발을 맞춰서 세 짝을 만들어주세요. 둘 다 발 치수가 똑같거든요. 쌍둥이라서요."

세몬은 치수를 잰 다음, 다리가 불편한 아이를 보며 말했다.

"어쩌다가 이렇게 되었어요? 이렇게 예쁘고 귀여운데……. 태어날 때부터 이랬나요?"

"아뇨, 엄마의 실수로 그만."

그때, 마트료나가 끼어들었다. 그녀는 부인과 아이들에 대해 알고 싶었던 것이다.

"그럼, 부인은 이 아이들의 엄마가 아니신가요?"

"예, 전 생모는 아니에요. 남남이긴 하지만 제가 맡아서 키우고 있어요."

"친엄마가 아닌데도 정말 귀여워하시네요."

"어떻게 예쁘지 않을 수가 있겠어요. 전 이 두 아이를 제 젖을 먹여서 키웠답니다. 제게도 친자식이 하나 있었는데, 하느님이 데리고 가셨어요. 그렇지만 그 아이도 이 아이들만큼 귀엽게 느껴지지는 않았어요."

"그렇다면 이 아이들은 뉘 집 아이들인가요?"

9

부인은 다음과 같은 이야기를 들려주었다.

"6년 전의 일이에요. 이 아이들은 태어난 지 일주일 만에 고아가 되어버렸어요. 아버지는 아이들이 태어나기 사흘 전에 세상을 떠났고, 어머니는 아이들을 낳은 후 얼마 되지 않아 죽었어요. 그때 저는 남편과 함께 농사를 지으며 살고 있었고, 이 아이들의 부모와는 서로 가족처럼 지냈지요. 아이들 아버지는 숲속에서 일을 하다가 커다란 나무에 깔렸어요. 겨우 집에 옮겼을 때는 이미 하느님 곁으로 갔더군요. 그러고 나서 며칠 후에 쌍둥이를 낳았지요. 그렇지만 아이들 엄마는 돌봐주는 사람도 없이 혼자서 아이를 낳고는 외롭게 죽어간 거예요. 다음 날 아침 제가 들러보았더니, 가엾게도 그 사람은 벌써 숨을 거두고 말았더군요. 그런데 숨을 거두는 순간 고통에 몸부림치다가 한 아이 위로 쓰러졌는지, 보시다시피 이 아이의 한쪽 다리가 눌렸어요. 마을사람들이 모여서 시체를 씻기고 관을 만들어 장례를 치러주었죠. 다들 좋은 사람들이었어요. 그런데 남은 두 아이들이 문제였어요. 아이들을 누가 키워야 할지가 걱정이었죠. 그곳에 모인 여자들 중에 젖을 먹일 사람은 저뿐이었어요. 저는 그때 태어난 지 8주가 된 사내아이가 있었거든요. 마을사람들은 여러 가지를 생각한 끝에 저에게 부탁을 하더군요.

'마리아, 당분간만 이 아이들을 맡아줄 수 없어? 그 다음에는 우리가 어떻게든 대책을 세우도록 할게.'

그래서 당분간만 쌍둥이들을 보살필 생각으로, 두 아이를 데리고 왔지요. 그러나 처음에는 성한 아이에게만 젖을 물리고, 다리가 불편한 아이에게는 젖을 물릴 생각도 하지 않았어요. 이 아이는 도저히 온전하게 자랄 가망이 없다고 생각했거든요.

그런데 갑자기 이 천사 같은 영혼을 이대로 시들게 해선 안 된다는 생각이 들면서, 이 아이가 불쌍하게 여겨졌어요. 그래서 이 아이에게도 젖을 주기 시작했죠. 그러니까 내 아이와 쌍둥이, 모두 세 아이를 제 젖을 먹여 키웠어요. 다행히도 제가 젊고 건강한 데다 잘 먹었기 때문에 젖이 많이 나왔죠.

전 언제나 두 아이에게 한꺼번에 젖을 물리고, 한 아이는 기다리게 했어요. 둘이 먼저 젖을 먹다 한 아이가 젖을 놓으면, 기다리던 아이에게 젖을 먹이는 교대식으로 아이들을 키웠죠.

그렇게 해서 이 두 아이는 하느님의 은혜로 건강하게 잘 자랐는데, 제 아이는 두 살이 되던 해 그만 하느님이 거두시고 말았어요. 그리고 그 후론 자식을 주시지 않으셨지요.

그 후 살림 형편은 차츰 나아졌고, 남편은 이곳에서 남의 일을 맡아서 하고 있어요. 수입도 좋았고 사는 것도 편해졌지만, 우리에게는 아이가 없잖아요. 만일 이 두 아이들이 없었다면, 저 혼자 무슨 재미로 살아가겠어요. 그러니 제가 어떻게 이 아이들을 사랑하지 않을 수 있겠어요? 저에게 이 아이들은 촛불과 같은 존재인걸요."

부인은 한손으로 다리가 불편한 아이를 꼭 껴안으며, 다른 손으로는 흐르는 눈물을 닦았다.

마트료나도 한숨을 내쉬며 말했다.

"아이는 부모 없이도 자랄 수 있지만, 하느님 없이는 살아갈 수 없다는 말이 있는데, 정말 그런가 봐요."

세 사람이 이런 이야기를 계속하고 있는데, 미하일이 앉아 있는 구석에서 번개 같은 섬광이 비치는가 싶더니 갑자기 온 방이 환해졌다. 모두가 놀라 그쪽을 돌아보니, 그는 무릎 위에 손을 얹고 앉아서 위를 바라보며 빙그레 웃고 있었다.

10

부인이 두 여자아이를 데리고 돌아가자, 세몬은 미하일의 곁으로 갔다.

미하일은 의자에서 일어나 하고 있던 일을 정리해서 탁자 위에 올려놓고는, 앞치마를 풀었다. 그리고는 주인 내외에게 공손히 인사를 하면서 말했다.

"어르신과 부인, 이젠 떠나야겠습니다. 하느님께서 저를 용서해 주셨습니다. 당신들도 부디 절 용서해 주십시오!"

두 사람이 미하일을 바라보고 있는데, 갑자기 미하일의 몸에서 후광이 비쳤다. 그러자 세몬도 일어나 미하일에게 머리 숙여 절을 하며 말했다.

"미하일! 나도 자네가 평범한 사람이 아니라는 것과, 자네를 붙잡아서는 안 된다는 것, 그리고 자네에겐 물어서는 안 될 말이 있다는 걸 잘 안다네. 하지만 한 가지만은 꼭 알고 싶네. 내가 자네를 만나 처음 우리 집으로 데리고 왔을 때, 자네의 표정은 참으로 어두웠네. 그런데 아내가 저녁을 준비하고 있을 때 자네는 싱긋 웃으며 밝은 표정을 지었네. 그 이후로는 밝은 얼굴을 볼 수 없었지. 그 후 한 손님이 장화를 주문했을 때, 그때도 자네는 웃으면서 밝은 표정을 지었네. 그리고 이번에 저 부인이 여자아이들을 데리고 오자, 그때도 마찬가지로 환하게 웃더군. 그리고 자네의 온몸에서 밝은 빛이 비쳤네. 미하일! 어째서 자네의 몸에서 밝은 빛이 나며, 왜 자네는 세 번을 빙긋 웃었는지 그 이유를 들려주게나."

그러자 미하일이 말했다.

"제 몸에서 밝은 빛이 나오는 것은, 제가 지은 죄를 지금 하느님이 용서해 주셨기 때문입니다. 또 제가 세 번을 웃었던 것은, 제가 하느님이 말씀하신 세 가지 진리를 깨달았기 때문입니다.

한 말씀은, 주인아주머니께서 저를 가엾게 여기시고 저를 보살펴줄 마음이 생겼을 때 제게 깨달음이 생겼습니다. 그래서 웃은 겁니다. 또 한 말씀은, 부유한 손님께서 장화를 주문하러 왔을 때 알았습니다. 그래서 두 번째로 웃었습니다. 그리고 지금, 저두 아이들을 봤을 때 마지막 세 번째 말씀을 깨달았습니다. 그래서 세 번째로 웃었던 겁니다."

이 말을 들은 세몬이 말했다.

"그렇담 미하일, 자네는 무슨 일로 하느님께 벌을 받은 건가? 그 말씀이라는 것이 도대체 무엇인지 가르쳐주지 않겠나?"

미하일이 대답했다.

"하느님께서 제게 벌을 주신 것은, 제가 하느님의 분부를 거역했기 때문입니다. 저는 천사였습니다. 하느님은 제게 한 여인의 영혼을 거두어오라는 분부를 내리셨습니다. 그래서 인간 세상으로 내려왔는데, 그 여인은 아파서 누워 있었습니다. 그리고 방금 전의 그 여자 쌍둥이를 낳았던 것입니다. 두 아기들은 엄마 곁에서 꼼지락거리고 있었는데, 엄마에겐 이미 아이들에게 젖을 줄 힘조차 남아 있지 않았습니다. 저를 본 그 여인은, 하느님이 자신의 영혼을 불러들이기 위해 사자를 보낸 것을 알고 슬프게 흐느끼며 이렇게 애원했습니다.

'천사님! 제 남편이 숲속에서 혼자 일하다가 나무에 깔려 죽어 장례를 치른 지 얼마 되지도 않았어요. 제겐 형제자매도 친척어른도 계시질 않아요. 그러니 제발 절 데려가지 마시고, 이 아이들을 키울 수 있게 해주세요. 아이들이 혼자서 일어설 수 있을 때까지만 보살필 수 있게 해주세요. 아이들은 부모 없이는 살 수 없잖아요.'

그래서 저는 여인의 말을 듣고, 한 아이에게는 어머니 젖을 물려주고 다른 아이는 엄마 품에 안겨준 다음 하늘나라로 돌아왔습니다. 그리고 하느님께 이렇게 말씀드렸죠.

'저는, 방금 두 아이를 낳은 여인의 영혼을 거둬올 수 없습니다. 아버지는 나무에 깔려 목숨을 잃었고, 어머니는 아이들을 방금 낳은 다음 기진맥진한 상태에서 제발 자기 영혼을 거두지 말아 달라고 애원했습니다. 이 아이들을 키우고, 자라서 혼자 설 수 있을 때까지만 보살피게 해 달라고 말입니다. 부모가 없으면 아이들은 살 수 없다면서요. 그래서 저는 그 여인의 영혼을 거둬오지 못했습니다.'

그러자, 하느님께서 말씀하시길⋯⋯.

'지금 곧 내려가, 그 여인의 영혼을 거두어라. 그러면 세 가지 말의 뜻을 알 수 있을 게다. 인간의 마음속에 무엇이 있는가? 인간에게 허락되지 않은 것은 무엇인가? 사람은 무엇으로 사는가? 이 세 가지 말의 뜻을 알 수 있을 것이다. 그리하여 그 세 가

지를 깨달은 날에, 하늘로 돌아오너라.'

그래서 저는 다시 지상으로 내려와, 그 여인의 영혼을 거두고 말았습니다. 아이는 엄마의 품에서 미끄러져 떨어져 있었습니다. 그런데 여인의 영혼이 떠나는 순간, 시신이 침대 위로 쓰러지면서 한 아이를 덮쳐 한쪽 다리를 쓸 수 없게 만들었습니다.

저는 마을을 떠나, 그 여인의 영혼을 하느님께 바치러 올라가려 했습니다. 그런데 갑자기 거센 바람이 일더니, 그만 제 두 날개를 부러뜨리고 말았습니다. 그래서 여인의 영혼만 하늘로 올라가고, 저는 지상으로 떨어져 쓰러져 있었던 것입니다."

11

세몬과 마트료나는, 자신들과 그동안 함께 살아온 사람이 누구인지를 알게 되자, 두려움과 기쁨으로 눈물을 흘렸다.

천사는 다시 말을 이었다.

"저는 혼자 벌거숭이가 된 채 버려졌습니다. 그때까지 전 인간 생활의 괴로움도 모르고, 추위와 배고픔도 몰랐습니다. 그때 문득 들판 가운데에 하느님을 섬기는 교회가 서 있는 것을 보고, 그곳으로 가 몸을 피하려고 했지요. 그런데 교회 문이 잠겨 있어서 안으로 들어가지 못하고, 바람을 피해 교회 뒤쪽에 앉아 있었습니다. 날은 저물어 갔고, 허기는 더욱 심해진 데다 몸은 얼어붙어 완전히 실신해 있었습니다.

그때 문득 사람의 발소리가 들려와서 바라보니, 한 남자가 손에 장화를 든 채 뭔가 혼잣말을 하면서 걸어오고 있었습니다. 인간 세상으로 내려온 저는, 그때 처음으로 언젠가는 죽어야 할 인간의 얼굴을 본 것입니다. 순간, 무섭고 두려워서 얼굴을 돌리고 말았지만요. 그런데 가만 듣고 있자니, 그 남자는 이 추운 겨울을 어떻게 날 건지, 어떻게 처자식을 먹여 살릴 것인지 등을 걱정하고 있었습니다. 그래서 전 생각했죠.

'나는 허기와 추위로 죽을 것만 같다. 그런데 지금 자기와 아내가 입을 모피외투와 가족들이 먹을 빵을 걱정하는 사람이 걸어오고 있다. 저 사람은 분명 나를 도와줄 능력이 없을 것이다.'

그러자 그 사람은 저를 보고는 이마를 찡그리더니, 아까보다 더 무서운 얼굴을 하고는 제 옆을 그대로 지나쳤습니다. 전 무척 실망했죠. 그런데 다시 발소리가 나더니, 그 사람이 되돌아오는 것이 아닙니까. 전 뒤돌아봤지만, 조금 전의 그 사람이 아닌 것 같았습니다. 조금 전의 그 사람은 죽을상을 하고 있었는데, 이 사람의 얼굴은 무척 밝았고 생기가 돌았기 때문입니다. 전 그 사람의 얼굴에서 자애로운 하느님의 모습을 보았습니다.

그 사람은 제 옆으로 와서 저에게 옷을 입혀주고, 자기 집으로 데려갔습니다.

그의 집에 도착하니, 우리를 맞이한 한 여인이 뭔가 잔뜩 화가 나서 투덜거리기 시작했습니다. 그 여인은 조금 전의 그 남자보다 더 무서운 얼굴을 하고 있었습니다. 그녀의 입에서는 독기가 뿜어져 나와 죽음의 입김 때문에 숨을 쉴 수가 없었습니다. 그 여인은 저를 추운 밖으로 내쫓으려 했습니다. 만일 그대로 저를 내쫓았다면, 그 여인은 금방 죽어버리고 말았을 겁니다. 나는 그것을 알고 있었습니다. 그때 갑자기 그녀의 남편이 그녀에게 하느님에 대해 이야기하자, 금세 그녀의 태도가 바뀌었습니다. 그리고 저녁을 차려주었는데, 그때 저를 바라보는 그녀의 얼굴에는 이미 죽음의 그림자가 사라지고 밝음만이 넘쳐흘렀습니다. 저는 그녀의 얼굴에서도 하느님의 모습을 보았습니다.

그때 저는 하느님이 '인간의 마음속에 무엇이 있는지를 알게 될 것이다.'라고 하신 말씀이 떠올랐습니다. 그리고 인간의 마음속에 있는 것이 사랑이라는 것을 깨달았습니다. 저는, '하느님께서 저에게 약속하신 일을 이렇게 보여주시는구나.'라고 생각하며 얼마나 기뻤는지 모릅니다. 그래서 처음으로 웃었던 것입니다.

그러나 아직 하느님의 말씀을 전부 알 수는 없었습니다. '인간에게 허락되지 않은 것은 무엇인가? 사람은 무엇으로 사는가?' 이 두 말씀을 알 수가 없었습니다.

제가 이 집에 온 지 일 년이 흘렀습니다. 그러던 어느 날, 어떤 신사가 와서 일 년 동안 모양도 변하지 않고 이음새도 터지지 않는 장화를 만들어 달라고 주문했습니다. 저는 그 사람을 보고 있는 동안, 그 사람의 뒤에 제 친구인 죽음의 천사가 있는 걸 알아챘습니다. 저 말고는 누구도 그 천사를 볼 수 없었지만, 저는 그를 알고 있었기에 그날 해가 지기 전에 그 신사의 영혼이 거두어지리라는 것을 알았습니다. 그래서 전 생각했죠.

'이 사람은 일 년을 신어도 변하지 않는 신발을 주문하고 있지만, 자신이 그날 밤에 세상을 떠나는 것은 모르고 있다.'

그래서 저는 그때 하느님이 '인간에게 허락되지 않은 것이 무엇인지를 알게 될 거다.'라고 하신 말씀을 떠올렸습니다.

인간의 마음속에 있는 것이 무엇인지는 벌써 알고 있었습니다. 지금 또, 인간에게 허락되지 않은 것이 무엇인지도 알게 되었습니다. 인간에게는, 자신의 육체를 위해 없어서는 안 될 것이 무엇인가를 아는 지혜가 주어져 있지 않았습니다. 그래서 저는 두 번째로 빙긋 웃었습니다. 친구였던 천사를 본 것과, 하느님께서 두 번째 말씀을 계시하신 것이 기뻤기 때문입니다.

하지만 그때까지도 저는 전부를 깨닫지 못하고 있었습니다.

아직 '사람은 무엇으로 사는가'를 깨닫지 못했습니다. 정말이지 저는 계속해서 여러분의 신세를 지면서, 하느님이 마지막 말씀의 의미를 깨닫게 해주실 때를 기다렸습니다. 그러다 6년째에, 쌍둥이인 두 여자아이가 한 부인과 함께 이곳에 왔습니다. 저는 이 아이들이 죽지 않고 무사히 살아 있다는 것을 알게 되었습니다. 그러고 나서 생각했습니다.

그 여인이 아이들 때문에 살려 달라고 부탁했을 때, 저는 그 말을 믿고 '아이들이 부모 없이는 살 수 없다.'고 생각했습니다. 하지만 다른 사람의 젖을 먹고도 이렇게 잘 자라지 않았습니까. 그리고 그 아이들을 키워준 부인이 아이들 때문에 감동의 눈물을 흘렸을 때, 전 살아계신 하느님의 모습을 발견했습니다. 바로 그 순간 저는, 사람은 무엇으로 사는지를 깨달았습니다.

저는 하느님께서 마지막 깨달음을 주시어, 절 용서하셨다는 것을 알았기에 세 번째로 웃었던 것입니다."

12

그러는 동안, 천사의 몸은 빛으로 둘러싸여 똑바로 쳐다볼 수 없게 되었다. 그는 점점 소리를 크게 내며 이야기했다. 그 소리는 마치 하늘에서 울려 나오는 것 같았다.

천사는 다음과 같이 말했다.

"나는 모든 인간들이 오로지 자신만을 생각하고 걱정하기 때문에 살 수 있는 것이 아니라, 사랑에 의해 살아간다는 것을 알게 되었다. 아이들을 낳고 죽어가던 그 어머니에게는, 아이들이 살아가는 데 무엇이 필요한지를 아는 것이 허락되지 않았다. 또 그 부유한 손님은 자기 자신에게 무엇이 필요한지를 알지 못했다. 사실 자신에게 필요한 것이 살아서 신을 장화인지 아니면 죽어서 신을 슬리퍼인지, 그것을 아는 지혜는 누구에게도 허락되지 않는다.

내가 인간 세상에 내려와서도 살아갈 수 있었던 것은, 내 스스로의 일을 걱정하고 염려했기 때문이 아니다. 길을 가던 한 사람과 그의 아내의 마음에 나를 불쌍하게 생각하고 보살펴 주려는 사랑이 있었기 때문이다. 또한 두 고아가 잘 자랄 수 있었던 것도, 그들을 불쌍히 여기고 어여쁘게 생각한 한 여자의 진실한 사랑이 있었기 때문이다. 이처럼 모든 인간들이 살아가고 있는 것은, 그들이 자기 자신을 걱정하기 때문이 아니라 그들의 마음에 사랑이 있기 때문이다.

나는 이전에도 하느님이 인간에게 생명을 부여하고 그들이 잘 살기를 바라고 계신다는 것을 알고 있었지만, 지금 새롭게 한 가지를 깨닫게 되었다. 하느님께서는 사람들이 흩어져 사는 것을 원하지 않기 때문에, 개개인의 인간에게 무엇이 필요한가를 보여주지 않았다. 다만 인간들이 서로 모여 살기를 원하시면서, 자기 자신과 모든 인간을 위해 무엇이 필요한지를 일깨워주신 것이다.

나는 이제야 깨달았다. 사람이 오직 자기 자신의 일을 생각하는 마음만으로 살아갈 수 있다고 하는 것은, 그저 인간들의 생각일 뿐이라는 것을. 인간은 오직 사랑의 힘에 의해 살아가고 있다. 따라서 사랑의 마음으로 가득 차 있는 사람은 하느님의 세계에 살고 있는 것이고, 하느님은 그 사람 속에 계시는 것이다. 왜냐하면, 하느님은 사랑이시기 때문에……."

그리고 천사는 하느님을 찬양하는 노래를 부르기 시작했다. 그러자 그 소리가 울려 퍼져서 온 집안이 흔들리는 것 같더니, 천장이 갈라지면서 땅에서 하늘까지 한 줄기 불기둥이 솟아올랐다.

세몬과 그의 아내와 아이들은 일제히 땅에 엎드렸다. 그러자 순식간에 미하일의 등에 날개가 돋아났으며, 바로 하늘로 올라갔다.

이윽고 세몬이 정신을 차렸을 때, 집은 전과 달라진 것이 없었고 집안에는 가족들 외에는 아무도 없었다.

달걀만한 씨앗

어느 날 골짜기에서 놀던 아이들이 가운데에 줄무늬가 있는 씨앗 비슷한 것을 발견했다. 크기가 달걀만한 이상한 물건이었다. 마침 그곳을 지나가던 한 사람이 아이들이 가지고 있는 물건을 기이하게 여겨 5코페이카를 주고 산 다음, 성안으로 가지고 들어가 황제에게 바쳤다.

황제는 현인들을 불러 모아 그 물건을 보여주었다. 그리고는 그들에게 이것이 무슨 물건인지, 즉 달걀인지 씨앗인지 혹은 다른 무엇인지를 알아보라고 일렀다.

현인들은 생각하고, 또 생각했다. 그러나 그것이 무엇인지를 시원하게 대답해 줄 수 있는 사람은 아무도 없었다.

마침 그 물건이 창문 위에 놓여 있었는데, 암탉 한 마리가 들어와서 이리저리 쪼아보다가 구멍을 내고 말았다. 그때서야 사람들은 그것이 씨앗이라는 것을 알았다.

현인들이 바로 궁궐로 가서 황제에게 아뢰었다.

"이것은 호밀의 씨앗인 줄 아뢰오."

그 말을 들은 황제는 몹시 놀랐다. 그리고 다시 현인들에게, 이 씨앗이 언제 어디서 생겼는지를 알아보라고 명령을 내렸다.

현인들은 이리저리 생각을 거듭하는 한편, 온갖 책을 뒤져가며 연구에 몰두했다. 그러나 아무것도 찾아내지 못했다. 그들은 다시 궁궐로 가서 아뢰었다.

"대답을 드릴 수 없사옵니다. 저희들이 가지고 있는 책에는, 이 씨앗에 관해서 아무것도 쓰여 있지 않사옵니다. 그러한즉 농부들을 불러 한번 알아보는 것이 좋을 줄 아옵니다. 농부들 중에서도 늙은이들을 찾아, 누가 언제 어디서 이런 씨앗이 뿌려졌는지 듣지 않았느냐고 물어보는 것이 좋을 듯싶습니다."

그리하여 황제는 사람을 보내어, 늙은 농부 한 사람을 데리고 오라고 명령했다.

곧 나이 많은 늙은 농부 한 사람이 황제에게로 불려왔다. 그 농부는 벌써 이가 다 빠져 있었고, 얼굴은 쭈글쭈글한 주름으로 가득했다. 그는 두 개의 지팡이에 의지하여 간신히 황제 앞으로 나아갔다.

황제는 그에게 씨앗을 보여주었다. 그러나 늙은 농부는 눈이 어두워서, 그것을 간신히 손으로 더듬어볼 수 있을 뿐이었다.

황제가 그에게 묻기 시작했다.

"여보게, 이런 씨앗이 어디서 생겼는지 그대는 모르겠는가? 그대의 밭에 이런 곡식을 심은 적은 없었는가? 혹은 지난날, 그대가 농사짓던 시절에 어디서 이런 씨앗을 사본 적은 없는가?"

늙은이는 귀까지 멀어 황제의 말을 간신히 알아들은 다음, 겨우 그 뜻을 이해했다. 그리고는 더듬더듬 대답하기 시작했다.

"네, 소인은 밭에다 이런 씨앗을 심은 적도 없고, 거두어들인 일도 없으며, 사본 일은 더구나 없습니다. 소인이 농사를 짓던 시절에는 곡식의 낟알이 이것보다 훨씬 작았었죠. 물론 지금도 그렇지만요. 소인의 아버지에게 한번 여쭤봐야 하겠습니다. 어쩌면 그 어른은 어디서 이런 씨앗이 생겼는지 알는지도 모르니까요."

황제는 사람을 보내어, 늙은 농부의 아버지를 데리고 오라고 명령했다.

얼마 후, 농부의 아버지가 황제 앞으로 불려왔다. 그 역시 쪼글쪼글한 노인이었는데, 그는 지팡이를 하나만 짚고 있었다. 게다가 늙은이는 아직 시력이 온전한 편인지, 비교적 어렵지 않게 씨앗을 알아봤다.

황제가 그에게 다시 묻기 시작했다.

"여보게, 영감. 이런 씨앗이 어디서 생겼는지 그대는 알고 있는가? 혹시 그대 밭에 이런 씨앗을 심은 적은 없는가? 아니면 그대가 농사짓던 시절에 어디서 이런 씨앗을 사본 적은 없는가?"

늙은이는 귀가 약간 멀기는 했지만, 아들보다는 잘 알아들었다.

"네, 소인은 밭에다 이런 씨앗을 뿌린 일도, 거둬들인 일도 없습니다. 더구나 어디서 사본 적도 없고요. 왜냐하면 소인의 젊은 시절에는 아직 돈이라는 게 만들어져 있지 않았으니까요. 그때 모든 사람이 스스로 농사지은 곡식을 먹고 살았습니다. 그리고 모자라게 되면, 서로 나눠 먹었습니다. 소인은 어디서 이런 씨앗이 생겼는지 모릅니다. 소인이 농사를 짓던 시절에는 씨앗이 요즘 것보다 훨씬 더 굵고, 수확량도 훨씬 많았답니다.

이건 소인이 제 아버지한테서 들은 얘깁니다만, 저희 아버님이 농사를 짓던 시절에는 소인이 농사짓던 시절보다도 훨씬 나은 곡식을 거둬들이고, 수확량도 더 많았으며 굵기도 더 굵었다고 들었습니다. 그러하오니 소인의 아버지에게 물어보시는 것이 좋을 듯싶습니다."

그리하여 황제는 다시 이 늙은이의 아버지를 데리러 사람을 보냈다. 맨 처음 늙은이의 할아버지인 그 노인이 황제의 앞으로 불려왔다. 노인은 지팡이도 짚지 않고, 가벼운 걸음걸이로 황제 앞에 와서 섰다. 그는 눈과 귀가 매우 밝았으며, 말소리도 또렷했다.

황제는 이 노인에게 다시 그 씨앗을 보여주었다. 노인은 그것을 이리저리 뒤집어보면서 한참을 살피고 나더니, 이렇게 말했다.

"소인은 옛날 곡식은 오랫동안 보질 못해서……."

그러더니 노인은 씨앗을 조금 물어뜯어 잘근잘근 씹어보았다.

"이건 바로 그것입니다."

"그래, 어디 한번 말해 보거라. 도대체 어디서 이런 씨앗이 생겼는가? 그대는 이런 씨앗을 그대의 밭에 심은 일이 있는가? 혹은 그대가 농사짓던 시절에 어느 곳에서 사본 일이 있는가?"

그러자 노인이 말했다.

"이런 씨앗은 소인이 농사짓던 시절에는 어디서나 볼 수 있었던 것입니다. 이런 씨앗으로 농사를 지어 평생 동안 먹어왔고, 또 가족들도 먹여 살렸습니다."

그러자 황제가 다시 물었다.

"그래, 계속 말해 봐라. 그대는 어디서 이런 씨앗을 샀는가? 그대의 밭에 직접 심어본 적이 있는가?"

그러자 노인이 빙그레 웃으며 말했다.

"소인이 젊었을 시절에는 씨앗을 팔고 사는 일 따위를 생각하는 사람은 없었습니다. 그것은 죄악이기 때문입니다. 또 돈이라는 것 자체도 없었습니다. 그렇지만 곡식이라면 누구나 넉넉하게 있었습니다. 소인은 이런 곡식을 소인이 직접 심기도 하고, 거둬들이기도 했으며, 타작을 하기도 했었습니다."

황제가 거듭 물었다.

"그래? 계속 말해 봐라. 노인, 그대는 어디다 이런 곡식을 심었고, 또 그대 밭은 어디에 있었는가?"

노인이 대답했다.

"소인의 밭은 신(神)의 땅이었습니다. 쟁기질을 한 그곳이 바로 밭이었습니다. 땅은 자유였습니다. 제 땅이란 것이 따로 없었습니다. 제 것이라고 여겼던 건, 오직 제 노동뿐이었습니다."

"그럼, 두 가지만 더 말해 봐라. 한 가지는 옛날에는 이런 씨앗이 생겼는데, 지금은 어째서 생기지 않나 하는 것이다.

또 한 가지는 그대의 손자는 두 자루의 지팡이를 짚고 다니고, 그대의 아들 또한 한 자루의 지팡이를 짚고 다니는데, 어떻게 그대만이 그처럼 건강하며 가뿐히 혼자 걸을 수 있단 말인가. 게다가 그대는 눈과 귀도 밝은 데다 이도 실하고, 말도 또렷하게 하지 않는가. 뿐만 아니라 상냥하기까지 하니, 이것이 도대체 어찌된 영문이란 말인가. 어떻게 그럴 수가 있는지, 말해 보아라."

그러자 노인이 대답했다.

"그 까닭은 바로 이렇습니다. 요즘에는 사람들이 자신의 노력으로 살아가려고 하지 않고, 남의 것을 넘보면서 살아가고 있습니다. 옛날에는 사람들이 오직 신의 뜻에 따라서만 살았습니다. 그들은 스스로 땀 흘려 얻은 것만 가졌을 뿐, 결코 남의 것을 탐내거나 빼앗는 법이 없었기 때문입니다."

바보 이반

1

옛날 어느 나라 어느 마을에 부유한 농부 한 사람이 살고 있었다. 이 농부에게는 세 아들과 딸 하나가 있었는데, 첫째인 세몬은 무관으로서 임금님을 섬기러 전쟁터에 나갔고, 둘째인 배불뚝이 타라스는 장사치한테 장사 기술을 배우러 갔으며, 셋째인 이반은 바보였는데 누이와 함께 집에 남아서 땀 흘려 농사일을 했다.

무관인 세몬은 높은 벼슬과 땅을 얻고, 어느 귀족의 딸한테로 장가를 들었다. 세몬은 보수도 많고 땅도 많았지만 매번 수지가 들어맞지 않았다. 왜냐하면 귀족 행세를 하는 세몬의 아내가 세몬이 벌어들이기가 바쁘게 돈을 물 쓰듯 써버리기 때문에 돈이 남아 있을 날이 없었다.

어느 날 세몬은 도조(남의 논밭을 부치고, 그 세로 매년 내는 곡식)를 거두려고 농장으로 갔다. 그러나 관리인이 이렇게 말하는 것이었다.

"도조를 드릴 수가 없습니다. 도대체 돈이 나와야 말이죠. 저희들에게는 가축이고 말이고 소고 쟁기고 간에, 그 어느 것 하나도 있는 게 없습니다. 먼저 이런 것들을 갖춰야 합니다. 그래야만 비로소 돈이라는 것이 생기게 됩니다."

그래서 무관인 세몬은 아버지에게로 가서 이렇게 말했다.

"아버지! 아버지는 재산이 많으면서도 저에게는 아무것도 주시지 않았습니다. 저에게 땅을 삼분의 일만 나눠주십시오. 제 땅으로 이전하겠습니다."

"너는 지금까지 집에 보태준 것이 조금이라도 있느냐. 뭣 때문에 내가 너에게 땅을 삼분의 일이나 준단 말이냐? 그렇게 되면 저 불쌍한 이반과 네 누이가 못마땅해 할 것이다."

그러자 세몬이 말했다.

"그렇지만 그 애는 바보잖아요. 그리고 누이도 귀머거리에다 벙어리이고 말이에요. 그런 애들한테 뭐가 필요하겠어요?"

아버지가 말했다.

"그렇다면 이반이 뭐라고 하는지, 어디 한번 그 애한테 물어

보도록 하자."

그러자 이반이 아무렇지 않은 듯 이렇게 말했다.

"뭘 그러세요. 그 부탁이라면 들어주세요."

무관인 세몬은 집에서 삼분의 일의 땅을 얻은 다음, 그 땅을 자기 앞으로 이전하고 나서 다시 임금님을 섬기러 떠났다.

배불뚝이 타라스도 돈을 많이 모아 장사치의 딸한테 장가를 들었다. 그래도 그는 늘 불만이 많았다. 그러던 어느 날, 그도 아버지에게 찾아가 이렇게 말했다.

"저에게도 제 몫을 주십시오."

하지만 아버지는 타라스에게도 땅을 떼어주고 싶지 않았다.

"너는 우리들에게 도움을 준 것이 아무것도 없지 않느냐. 그리고 지금 집에 있는 것은 모두 이반이 벌어들인 것뿐이다. 나는 그 애하고 말라냐를 섭섭하게 할 수는 없다."

"저런 모자란 녀석에게 뭐가 필요하겠습니까. 저 녀석은 바보잖아요. 저 녀석은 장가도 갈 수 없을 겁니다. 누가 저런 녀석에게 시집을 오려고 하겠습니까. 벙어리인 누이도 마찬가지죠. 역시 그 애한테도 필요한 것이 없을 겁니다. 그렇지 않니, 이반? 나한테 곡식을 절반만 다오. 그리고 난 농기구 따윈 갖지 않을 테니까, 대신 저 수말 한 필을 다오. 저 수말은 밭을 가는 데 도움이 되는 것도 아니잖니."

이반이 웃음을 터뜨리며 말했다.

"그러세요, 가져가세요. 난 또 가서 잡아오면 되니까요."

이렇게 해서 타라스도 제 몫을 챙겨 갔다. 타라스는 곡식을 실어낸 다음, 수말도 끌고 갔다.

그리고 이반은 예전처럼 늙어빠진 암말 한 마리로 농사를 지어, 아버지와 어머니를 봉양했다.

2

왕초 도깨비는 이 형제들이 재산을 나눌 때, 말다툼을 하지 않고 의좋게 헤어진 것이 화가 나서 참을 수가 없었다. 그래서 그는 부하 도깨비 셋을 큰 소리로 불렀다.

"자, 보거라. 저 인간 세상에 세 형제가 살고 있지? 세몬이란 무관과 타라스란 배불뚝이, 그리고 이반이란 바보 녀석 말이야. 나는 저 녀석들이 싸움을 하도록 만들고 싶은데, 저 녀석들이 저렇게 의가 좋으니 이 일을 어쩐단 말이냐. 서로가 '너 먹어라' 하고 사이좋게 지내고 있거든. 특히 저 이반이란 바보 녀석이 내 일을 모조리 망쳐놨지 뭐냐. 이제부터 너희 셋이서 저 녀석들에게 달라붙어, 무슨 방법을 동원하더라도 서로 싸우게 만들어서 형제간의 의를 끊어놓도록 해라. 어때, 그렇게 할 수 있겠니?"

"그럼요, 할 수 있고말고요."

"그럼, 어떻게 할 작정이냐?"

"먼저 저 녀석들을 먹을 게 하나도 없는 가난뱅이로 만든 다음, 세 녀석을 한군데 모여 살게 할 거예요. 그러면 저 녀석들도 틀림없이 서로 아옹다옹하고 싸우게 될 겁니다."

"그거 좋은 생각이구나. 너희들이 해야 할 일들을 잘 알고 있으니, 잘할 거라고 믿는다. 그리고 저 세 녀석들의 사이를 떼어놓기 전에는 나한테 돌아올 생각을 하지 말거라. 그렇지 않으면 너희 세 녀석의 가죽을 몽땅 벗겨놓고 말 테니까. 알았냐?"

부하 도깨비들은 어느 숲속으로 들어가서 어떻게 일을 진행할 것인지를 의논하기 시작했다.

그리고 저마다 조금이라도 더 쉬운 일을 맡으려고 오랫동안 다투다가, 누가 누구를 맡을 것인지를 제비뽑기를 해서 정하기로 했다. 그리고 조금이라도 일이 일찍 해결되면, 다른 자를 도와주러 와야 한다고 약속했다. 부하 도깨비들은 제비를 뽑고 나서 언제 다시 이 숲에 모일 것인지 날짜를 정한 다음, 그날 모여서 누구의 일이 끝났고 누구를 도우러 가야 할 것인지를 알아보기로 했다. 부하 도깨비들은 저마다 자기가 맡은 일을 열심히 하기로 결심하고 헤어졌다.

드디어 정한 날이 되자, 부하 도깨비들은 약속대로 숲에 모였다. 그리고 각기 자기의 일이 어떻게 되었는지를 설명하기 시작했다. 세몬을 맡은 첫 번째 도깨비가 입을 열었다.

"내가 맡은 일은 말이야, 잘 되어가고 있어. 내가 맡은 그 세몬이란 녀석은 내일 틀림없이 아버지한테 갈 거야."

그러자 그의 동료들이 묻기 시작했다.

"어떻게 했는데?"

"나는 말이야, 우선 세몬에게 잔뜩 용기를 불어넣어 주었지. 그랬더니 그 녀석은 자기 임금님에게 온 세계를 정복해 보이겠다고 약속을 하더군. 그러자 임금님은 세몬을 대장으로 임명한 후, 인디아 임금을 치러 보낸 거야. 많은 군사들이 모였지.

그런데 나는 바로 그날 밤, 세몬의 군사들이 가지고 있는 화약을 모조리 물에 적셔놓았지. 그리고는 인디아 임금에게로 가서 무수히 많은 군사들을 짚으로 만들어놓으라고 했지. 세몬의 군사는 자기네 쪽으로 사방팔방에서 지푸라기 군사들이 몰려오는 것을 보고는 잔뜩 겁을 먹었지.

세몬은 '쏘아라!' 하고 명령을 내렸지만, 대포고 총이고 간에 나가야 말이지. 세몬의 군사들은 죽을상을 한 채 줄행랑을 놓을 밖에. 마치 양 떼처럼 말이야.

그러자 인디아 임금이 그들을 단번에 쳐부쉈지. 세몬은 톡톡히 망신을 당하고 땅을 모조리 몰수당한 데다, 내일은 사형을 집행당할 위기에 처하고 말았지.

나는 이제 하루만 일하면 될 것 같아. 이제 세몬이 자신의 집으로 도망치도록 그 녀석을 옥에서 빼내는 일만 남아 있을 뿐이야. 내일이면 완전히 끝나니까, 너희들 중 누가 내 도움이 필요한지 말해 봐."

이번에는 타라스를 맡은 다른 부하 도깨비가 자기 일에 대해서 얘기하기 시작했다.

"나는 도움 따윈 필요 없어. 내 일도 잘 되고 있으니까. 타라스란 녀석도 이제 일주일 이상을 넘기지 못할 거야. 나는 말이야, 가장 먼저 그 녀석 배를 잔뜩 불려서 욕심쟁이가 되게 했지. 그랬더니 그 녀석은 남의 재산을 턱없이 탐내면서, 세상에 있는 온갖 것을 모두 사고 싶어 하는 거야.

돈을 있는 대로 탈탈 털어서 끝없이 물건을 사들이고 있는데, 그래도 모자란지 아직도 사들이고 있는 중이야. 요즘엔 빚까지 져가면서 사들이더라고. 그런데 이제는 너무 사들이다 보니까 어떻게 처치해야 할지 몰라 쩔쩔 매고 있어.

일주일 뒤가 이것저것 사느라고 빌려 쓴 돈을 갚아야 할 기한이니까, 그 안에 나는 그 녀석의 물건들을 몽땅 거름 무더기로 만들어 놓을 생각이지. 그러면 그 녀석은 틀림없이 빚을 갚지 못해서 빚쟁이에게 쫓겨 바로 자기 아버지한테 달려갈 거야."

그들은 마지막으로, 이반에게서 돌아온 셋째 도깨비에게 물었다.

"그런데 말이야, 실은 내 일은 어쩐지 잘 풀리질 않아. 우선 먼저 배탈을 나게 할 양으로 그 녀석의 크바스를 담는 병 속에다 독침을 넣고, 그 녀석의 밭으로 가서 땅바닥을 돌처럼 딱딱하게 만들어 놓았지. 그 녀석이 꼼짝 못하게 말이야. 그리고는 이쯤 되면 녀석도 절대 밭을 쟁기로 갈지 못하리라 생각하고 있었는데, 아 그 바보 녀석은 말없이 쟁기를 가지고 와서는 갈아 젖히는 거야. 배가 아파 끙끙 앓으면서도 계속해서 갈아대니, 이거 참…….

그래서 나는 그 녀석의 쟁기를 부숴놓았지. 그랬더니 그 녀석은 집으로 돌아가 딴 쟁기를 가져와서는 또다시 갈기 시작하지 뭐야. 그래서 나는 땅 밑으로 기어들어가 쟁기를 붙들어보려고 안간힘을 썼는데, 이게 도무지 붙잡아져야 말이지. 그 녀석이 쟁기를 누르고 있는 데다 쟁깃날이 날카로워서, 도리어 내 손을 마구 베이고 말았다니까.

그 녀석은 그렇게 거의 다 갈아버리고, 이제 겨우 한 두둑밖에 남지 않았어. 그러니까 여러분들이 와서 좀 도와주게나. 우리가 그 녀석 하나를 때려잡지 못하면, 우리 일이 모두 허사가 되고 말 테니 말이야. 만약 그 바보가 남아 계속 농사를 짓게 되면, 그들은 별로 곤란을 받지 않게 될 거거든. 그 녀석이 두 형을 먹여 살릴 테니 말이야."

무관인 세몬을 맡고 있는 도깨비가 내일 도우러 가겠다고 약속하고, 다른 부하 도깨비들은 일단 헤어졌다.

3

이반은 묵혀 두었던 밭을 거의 다 갈고, 이제는 그저 한 두둑만 남겨놓았을 뿐이었다. 그는 배가 아파 견딜 수 없었으나, 남은 것을 마저 다 갈아버리려고 말을 타고 왔다. 그래서 고삐의 줄을 잡아 당겨 쟁기를 돌려서 갈기 시작했다.

한 번 갔다가 되돌아와서 다시 되짚어오려고 하는데, 마치 나무뿌리에 걸리기라도 한 것처럼 쟁기가 나가지 않았다. 그것은 부하 도깨비가 두 발로 쟁기 줄에 매달려 꽉 누르고 있기 때문이었다. 이반은 별 이상한 일도 다 있다고 생각했다.

'아까만 해도 나무뿌리 같은 건 없었는데. 하지만 그래도 나무뿌린지 모른다.'

이반은 땅 속에다 손을 집어넣었다. 그러자 무엇인가 부드러운 것이 뭉클하며 손에 닿았다. 그는 그것을 움켜잡아 밖으로 끄집어냈다.

나무뿌리 같은 새까만 것이었는데, 그 위에서 무엇인가가 꿈틀거렸다. 자세히 보니까, 살아 있는 도깨비가 아닌가.

"아니, 뭐 이 따위 빌어먹을 게 다 있어!"

이반은 부하 도깨비를 번쩍 치켜들고 쟁기부리에다 내리쳐 박살을 내버리려고 했다. 그러자 부하 도깨비가 소리를 지르면서 말했다.

"제발 살려만 주십시오. 그 대신 무엇이건 원하는 대로 해드리겠습니다."

"그래, 무얼 해주겠다는 거냐?"

"무얼 원하시는지 말씀만 해주세요."

이반이 머리를 긁적거리며 말했다.

"나는 배가 아픈데 말이야, 낫게 할 수 있냐?"

"할 수 있고말고요."

"어디, 그럼 낫게 해보렴."

부하 도깨비는 두둑 위에 몸을 구부린 채 손으로 여기저기 뒤져가며 무엇인가를 찾았다. 이윽고 가지가 셋인 조그만 뿌리를 쑥 뽑아, 그것을 이반에게 건네며 말했다.

"여기 있습니다. 이 뿌리를 한 뿌리만 삼키시면, 그 어떤 아픔이라도 이내 사라집니다."

이반은 뿌리를 받아 한 가지를 찢어내어 삼켰다. 그러자 신기하게도 금방 씻은 듯이 배가 나았다.

부하 도깨비는 다시 애원하기 시작했다.

"자, 이제 놓아주세요. 나는 땅 속으로 기어들어가 이제 다시는 나오지 않을 겁니다."

그러자 이반이 말했다.

"자, 그럼 잘 가거라!"

이반의 말이 끝나기도 전에, 부하 도깨비는 마치 물속에 던져진 돌처럼 땅 속으로 금방 모습을 감추고 말았다. 그리고 그 자리엔 구멍 하나만 덩그러니 남아 있을 뿐이었다.

이반은 남아 있는 뿌리 두 가지를 모자 속에다 쑤셔 넣은 다음, 나머지 밭을 갈기 시작했다. 그리고 마지막 두둑을 다 갈고 나자, 쟁기를 챙겨 들고 집으로 돌아왔다.

말을 풀어놓고 나서 오두막 안으로 들어가니, 맏형인 무관 세몬이 아내와 함께 앉아 저녁을 먹고 있었다.

세몬은 가지고 있던 논과 밭을 몰수당한 후, 가까스로 옥에서 도망쳐 나와 아버지한테 달려온 것이었다.

세몬은 이반을 보자 이렇게 말했다.

"너와 함께 지내려고 왔다. 새 일자리를 구할 때까지, 나하고 집사람을 좀 있게 해다오."

"아, 그렇게 하시죠. 염려 말고 여기서 지내세요."

그렇게 말하고 이반이 막 의자에 걸터앉았는데, 세몬의 아내는 이반에게서 나는 흙냄새가 마음에 들지 않는지 얼굴을 찌푸렸다. 그러다가 마침내 참지 못하고 남편에게 이렇게 말했다.

"난 정말 못 견디겠어요. 고약한 냄새가 나는 흙투성이 농부와 어떻게 같이 밥을 먹어요, 네?"

그러자 세몬이 말했다.

"네 형수가 너에게서 나는 냄새가 싫다고 하니까, 웬만하면 너는 문간에서 밥을 먹도록 해라."

"아, 그렇게 하죠. 그렇잖아도 난 바로 밤 순찰을 나갈 시간도 되고, 말에게도 먹이를 줘야 하니까요."

이반은 빵과 윗옷을 집어 들고 밤 순찰을 하러 나갔다.

4

세몬을 맡은 부하 도깨비는 그날 밤에 일을 다 마친 다음, 약속대로 바보를 괴롭히기 위해 이반을 맡은 부하 도깨비를 찾아왔다. 밭으로 와서 한참 동안 여기저기 동료를 찾아 헤맸으나, 어디에서도 그의 모습이 보이지 않았다. 그저 뻥 뚫려 있는 구멍 하나가 눈에 띄었을 뿐이었다.

'이거 아무래도 무슨 좋지 않은 일이 일어난 것 같은데. 그렇다면 내가 대신해서 그 녀석을 괴롭힐 수밖에 없지. 밭은 이제 다 갈아놨으니까, 이번에는 풀밭에서 그 바보를 괴롭혀줘야지.'

부하 도깨비가 목장으로 가서 이반의 풀밭에 큰물이 들게 하니, 풀밭이 온통 진흙바닥으로 변해버렸다. 이반은 가축을 지키고는 밤 순찰을 나갔다가 새벽녘에 돌아왔으나, 바로 큰 낫을 들고 풀을 베러 풀밭으로 나갔다.

이반은 풀밭이 진흙바닥으로 변한 것도 상관하지 않은 채 이내 풀을 베기 시작했다. 그러나 여느 때와는 달리 낫을 한두 번밖에 내두르지 않았는데도 날이 쉽게 무뎌져, 다른 것으로 갈아봤지만 별 소용이 없었다. 이반은 여러 방법을 써봤지만 되지 않자, 혼잣말로 중얼거렸다.

"안 되겠다. 집에 가서 숫돌을 가져와야겠다. 간 김에 빵도 가져와야지. 비록 일주일이 넘게 걸리더라도, 다 베기 전에는 여기서 떠나지 않겠다."

부하 도깨비는 이 소리를 듣고 한참 동안 생각에 잠겼다.

'제기랄, 이 녀석은 진짜 바보로군. 이 녀석에겐 딴 수를 쓰든

지 해야지, 이런 방법은 먹히지 않겠는데.'

이반은 집에 갔다 와서 낫을 갈더니, 이내 풀을 베기 시작했다. 부하 도깨비는 풀 속에 몰래 기어들어가 낫 등에 달라붙어 날을 흙 속에다 처박기 시작했다. 이반은 힘이 들었으나, 간신히 일을 끝냈다. 이젠 물이 고인 늪의 한쪽 모서리만 남았을 뿐이었다.

부하 도깨비는 늪 속으로 기어들어가 이렇게 생각했다.

'이번에는 비록 손가락이 잘리는 한이 있더라도, 절대 베지 못하게 해줘야지.'

이반은 늪으로 왔다. 보기에는 풀이 그렇게 칙칙하지도 않은데, 어쩐지 낫이 말을 잘 듣지 않았다. 이반은 바짝 약이 올라 힘껏 낫을 내두르기 시작했다.

이렇게 되자 도리어 부하 도깨비가 낫을 피할 수 밖에 없게 됐다. 뒤로 물러날 겨를이 없을 지경이었다. 일이 틀렸다고 생각한 부하 도깨비는 다급하게 덤불 속으로 몸을 숨겼다.

이반이 큰 낫을 마구 휘둘러 덤불을 치는 바람에 부하 도깨비의 꼬리가 절반가량 잘려 나갔다.

풀을 다 벤 이반은 누이에게 그것을 긁어모으라고 일러놓고, 이번에는 호밀을 베러 갔다.

이반이 갈고랑 낫을 가지고 호밀밭으로 갔을 때는, 꼬리 잘린 부하 도깨비가 어느 틈에 와서 호밀을 마구 흩어놓은 다음이었다. 그래서인지 갈고랑 낫으로는 도무지 벨 수가 없었다. 그래서 이반은 집으로 되돌아가, 다시 보통 낫을 가지고 와서 베기 시작했다. 시간이 얼마 지나지 않아 모두 다 베어버렸다.

"자, 이번에는 귀리를 베어야지."

이 말을 들은 꼬리 잘린 부하 도깨비는, 이번에야말로 저 녀석을 괴롭혀주겠노라고 결심했다.

'어디 내일 아침까지만 두고 봐라.'

그러나 그 이튿날 아침에 부하 도깨비가 귀리 밭에 달려가보니, 귀리가 벌써 다 베어져 있는 것이 아닌가. 밤사이에 귀리의 낟알이 떨어지는 것을 줄이기 위해, 이반이 그것을 말끔히 베어놓았던 것이다. 부하 도깨비는 약이 너무나 오른 나머지 이렇게 중얼거렸다.

"저 바보 녀석은 내 꼬리를 잘라놓은 것도 모자라서, 나를 계속 괴롭히고 있다. 전쟁에서도 이처럼 번번이 지는 일은 없는데……. 저 빌어먹을 바보는 밤에도 잠을 자지 않으니, 도무지 당해낼 도리가 없군. 그러나 이번에는 호밀 더미가 있는 곳으로 들어가 모조리 썩혀버리고 말겠다."

부하 도깨비는 호밀 더미가 있는 데로 가서 다발 사이로 기어들어가 호밀을 썩히기 시작했다. 그런데 호밀을 썩히는 동안 공기가 따뜻해지자, 부하 도깨비는 자기도 모르는 새 잠이 들어버렸다.

부하 도깨비가 이렇게 계책을 꾸미다 잠이 든 동안, 이반은 암말에게 수레를 끌게 한 후 누이와 함께 호밀 더미를 나르러 왔다. 호밀 더미를 짐수레에다 싣기 시작했다.

호밀 더미를 두어 단가량 들어냈을 때, 잠든 부하 도깨비의 등을 눌러댔기 때문인지 뭔가 이상한 감촉이 느껴졌다. 이반이 그것을 치켜드니, 갈퀴 끝에 꼬리가 잘려진 부하 도깨비가 걸려 있는 것이 아닌가. 꼬리 잘린 도깨비는 움츠린 채 버둥거리면서 도망치려고 갖은 애를 다 썼다.

이반이 그것을 보고 말했다.

"아니, 요놈 좀 보게. 뭐 이렇게 못된 놈이 다 있어! 너 또 나왔구나?"

그러자 부하 도깨비가 말했다.

"아니에요, 내가 아니에요. 저번에는 내 동료였어요. 나는 당신의 형님이신 세몬한테 붙어 있었어요."

"네가 어떤 놈이든지 간에 똑같이 혼을 내야겠다."

이반이 밭두둑에다 내리쳐 박살을 내려고 하자, 부하 도깨비가 이렇게 사정하기 시작했다.

"한 번만 놓아주세요. 이제 다시는 나오지 않겠습니다. 놓아주시기만 하면, 당신이 원하는 것은 뭐든 해드리겠습니다."

"그래, 뭣을 할 수 있다는 거냐?"

이반이 묻자 부하 도깨비가 말했다.

"당신이 원하신다면, 그 어떤 것으로라도 군병을 만들어드릴 수 있어요."

"그렇지만 군병을 만들어서 어디에 쓰지?"

"쓸 수 있는 곳은 너무나 많죠. 그들은 원하는 것을 무엇이든 할 수 있거든요."

"노래를 부를 수도 있단 말이지?"

"부르고 말고요."

"어디 한번 만들어보려무나."

"이 호밀 더미를 한 단 들어 땅바닥에 반듯이 세운 다음, 그것을 흔들면서 이렇게 말하기만 하면 돼요.'내 종이 내리는 명령이다. 다발이 아니라 보릿짚의 수만큼 군병이 되어라!'"

이반은 호밀 더미를 들어 땅바닥에다 세운 다음, 그것을 흔들면서 부하 도깨비가 일러준 대로 했다. 그러자 호밀 더미가 산산이 흩어지더니 많은 군병으로 변하고, 북을 치는 고수와 나팔수가 맨 앞에서 둥당거리는 것이었다.

이반은 너무 신기하고 재미있어 마구 웃음을 터뜨렸다.

"그것 참. 네놈의 솜씨가 대단하구나! 이걸 여자애들이 보면 정말 기뻐하겠는걸."

"그럼, 이제 저를 놓아주세요."

"아니야. 낟알도 떨지 않은 호밀 더미로 군병을 만들면 낟알을 버리잖아. 그러니 어떻게 하면 다시 호밀 더미로 되돌아가는지를 가르쳐줘야지. 그 낟알을 떨어야 하니까."

그러자 부하 도깨비가 말했다.

"이렇게 말하시면 됩니다. '군병의 수만큼 보릿짚이 되어라, 또 다발이 되어라. 내 종이 내리는 명령이다.'"

이반이 그대로 말하자, 군병들이 다시 다발로 변했다.

부하 도깨비는 또다시 사정하기 시작했다.

"이제 놓아주세요."

"그래, 그렇게 하마."

이반은 부하 도깨비를 밭두둑에다 걸쳐놓고, 한쪽 손으로 눌러 그를 갈퀴에서 빼주면서 말했다.

"잘 가거라."

그런데 그가 말을 채 끝내기도 전에 부하 도깨비는 물 속에 던져진 돌처럼 금방 땅 속으로 뛰어 들어가 버렸다. 그리고는 뻥 뚫린 구멍 하나로 남아 있을 뿐이었다.

이반이 일을 마치고 집으로 돌아오자, 이번에는 둘째 형인 타라스가 아내와 함께 저녁을 먹고 있는 중이었다. 배불뚝이 타라스는 빌린 돈을 갚지 못하고 빚 때문에 도망쳐 온 것이었다.

그가 이반을 보자 말했다.

"얘, 이반. 내가 다시 장사를 시작할 때까지 집사람과 나를 여기서 지내게 좀 해줘야겠다."

"아, 그렇게 하세요. 여기서 지내세요."

이반이 이렇게 대답하며 윗옷을 벗고 식탁 앞에 앉았다. 그러자 장사치의 아내가 입을 열었다.

"나는 땀 냄새가 고약하게 나는 바보 따위와 같이 밥을 먹을 수가 없어요!"

그러자 타라스가 이렇게 말했다.

"이반. 너에게서 좋지 않은 냄새가 나니, 저기 저 문간에 가서 먹어라."

"그럼, 그렇게 하죠. 그렇지 않아도 마침 밤 순찰을 나갈 시간이에요. 말에게도 먹이를 주어야 하고요"

그렇게 말한 다음, 이반은 제 몫의 빵을 들고 밖으로 나갔다.

5

또 다른 부하 도깨비는 그날 밤 일이 끝나자, 약속대로 동료를 거들러 왔다. 그러니까 바보 이반을 괴롭히기 위해 타라스한테서 일을 마치고 온 것이다.

밭으로 와서 동료들을 찾아 여기저기 헤맸으나 아무도 보이지 않고, 그저 뻥 뚫린 구멍만 눈에 띄일 뿐이었다. 그래서 이번에는 풀밭으로 가보았다. 그곳에도 동료들은 없었고, 다만 잘린 꼬리만 늪 부근에 떨어져 있을 뿐이었다. 그리고 호밀을 베어낸 밭에도 가봤지만, 그곳에도 뻥 뚫린 구멍만 하나 남아 있을 뿐이었다.

'아무래도 동료들의 신상에 무엇인가 좋지 않은 일이 일어난 것 같다. 내가 그들을 대신해서라도 그 바보 녀석을 혼내줘야겠다.'

부하 도깨비는 이런 생각을 하며, 이반을 찾으러 타작마당으로 갔다. 그런데 이반은 벌써 들일을 마치고 숲속에서 나무를 쳐내고 있었다.

모두 함께 살다 보니, 두 형들은 집이 너무 좁다고 불평이 대단했다. 그러면서 나무를 베어다, 자기네가 살 새 집을 지어 달라고 바보인 이반에게 이른 것이었다.

부하 도깨비는 숲으로 달려가서 나뭇가지로 기어올라가, 이반이 나무를 베어 눕히는 것을 방해하기 시작했다. 이반은 쓰러뜨리기 좋게 나무 밑동을 미리 쳐놓은 다음 가지에 걸리지 않게 나무를 쓰러뜨리려고 했으나, 이상하게 반대 방향으로 쓰러져서 거기 있는 나뭇가지에 걸리곤 했다. 이반은 지렛대를 하나 만들어, 여기저기로 그 방향을 틀어 겨우 나무를 쓰러뜨렸다.

이반은 다른 나무를 베기 시작했다. 그런데 이번에도 아까와 마찬가지였다. 이반은 갖은 애를 써서 가까스로 나무를 쓰러뜨렸다. 세 번째 나무에 달려들었다. 그것도 역시 마찬가지였다. 이반은 쉰 그루쯤 베어 눕힐 생각이었지만, 의외로 너무 힘이 들었다. 열 그루도 채 베어 눕히지 못했는데 벌써 해가 뉘엿뉘엿했다.

이반은 이미 지칠 대로 지쳐 있었다. 땀에 젖은 그의 몸뚱이에서 김이 무럭무럭 나자, 마치 숲속에 안개가 낀 것처럼 보일 정도였다. 그런데도 그는 일손을 멈추지 않고, 또 한 그루를 베어 눕혔다.

그런데 급기야 맥이 탁 풀리더니, 등짝이 지끈지끈 쑤시기 시작했다. 그래서 도끼를 나무에다 처박아 놓고 조금 쉴 생각으로 주저앉았다.

부하 도깨비는 이반이 잠잠해진 것을 알고 기뻐했다. 그리고 생각했다.

'녹초가 되어 뻗은 거로군. 어디 그럼, 나도 좀 쉬어볼까.'

부하 도깨비가 나뭇가지 위에 올라타고 앉아 속으로 고소해

하고 있는데, 이반이 다시 벌떡 일어났다. 그러더니 도끼를 쳐들어 반대쪽에서 냅다 내리쳤다. 그러자 나무가 별안간 우지직하고 빠개지면서 쓰러졌다. 워낙 갑작스런 일이라, 부하 도깨비는 미처 발을 비킬 겨를이 없었다. 우지끈 하고 가지가 꺾이는 바람에, 불행하게도 나뭇가지 틈에 부하 도깨비의 손이 끼고 말았다.

이반이 깜짝 놀라 소리쳤다.

"아니, 요 망할 놈! 또 나왔구나?"

그러자 부하 도깨비가 말했다.

"내가 아니에요. 나는 당신의 형님이신 타라스한테 있다 왔어요."

"네가 어떤 놈이건 그건 알 바 아니다."

이반은 도끼를 번쩍 치켜들어 도끼 등으로 내리쳐 죽이려고 했다.

부하 도깨비는 정신없이 싹싹 빌어대며 이렇게 애원했다.

"제발 치지만 마세요. 원하시는 것이 있으면 무엇이든 해드릴게요."

"그래, 도대체 너는 무엇을 할 수 있다는 거냐?"

"나는 당신에게 당신이 원하시는 만큼의 돈을 만들어 드릴 수 있어요."

"그렇다면 어디 한번 만들어보려무나."

부하 도깨비는 이반에게 이렇게 가르쳐주었다.

"이 떡갈나무 잎을 들고 두 손으로 비비세요. 그러면 금화가 땅바닥에 떨어질 겁니다."

이반은 나뭇잎을 들고 비벼보았다. 그랬더니 아니나 다를까, 누런 금화가 우수수 쏟아졌다.

"어린애들이 가지고 놀기에 좋겠는걸."

"자, 그럼 놔주세요!"

부하 도깨비가 말했다.

"그래, 그렇게 하지!"

이반은 지렛대를 들고 부하 도깨비를 빼내주며 말했다.

"잘 가거라."

그가 말을 끝내기가 무섭게 부하 도깨비는 돌이 물 속에 던져지기라도 한 것처럼, 금방 땅 속으로 기어들어가 버렸다. 그리곤 그저 뻥 뚫린 구멍만 하나 남아 있을 뿐이었다.

6

형제들은 집을 지어 따로따로 살기 시작했다. 이반은 들일을 마친 후에 맥주를 담가 잔치를 열어 두 형들을 초대했다. 그러나 형들은 이반의 손님 노릇을 하고 싶어 하지 않았다.

"우리들은 농부들의 음식을 먹어본 일이 없어."

이반은 농부며 아낙네들을 불러 음식과 술을 나누어주고, 자기도 맘껏 마셨다. 그리고 취기가 오르자 춤판이 벌어진 한길로 나갔다.

이반은 춤판 한가운데로 들어가 아낙네들에게 자기를 칭찬해 달라고 하면서, 이렇게 말했다.

"그러면 나는 여러분들이 아직 한 번도 구경해 보지 못한 것을 줄게요."

이 말을 들은 아낙네들은 웃음을 터뜨리면서, 그를 칭찬해 주며 손을 내밀었다.

"자, 한 번도 구경해 보지 못한 것을 빨리 주세요."

"금방 가져올게."

이반은 이렇게 말하고 나서 씨앗 상자를 안고 숲속으로 뛰어갔다.

"어머, 저 바보 좀 봐! 어딜 가는 거야?"

아낙네들은 이반을 가리키며 마구 비웃었다. 그러고 나서 그가 말한 것에 대해서는 잊어버렸다.

그런데 잠시 후에 이반이 되돌아 달려오는 것을 가만 보니, 무엇인가를 가득 채워 넣은 씨앗 상자를 들고 있는 것이 아닌가.

"어때, 이걸 나눠줄까?"

"그것이 뭔지, 나눠줘 봐요."

이반은 금화를 한 주먹 쥐어 아낙네들을 향해 던졌다. 그러자 갑자기 소란이 일어났다. 아낙네들은 그것을 주우려고 정신이 없었다.

농부들도 앞다투어 달려왔다. 서로 금화를 잡아채느라고 난리가 났다. 어떤 한 노파는 하마터면 사람들에게 깔려서 죽을 뻔했다. 그 모습을 보고 있던 이반이 껄껄 웃으면서 말했다.

"그렇게 서로들 밀치지 말아요. 더 줄 테니까."

이렇게 말하고, 그는 다시 금화를 흩뿌리기 시작했다. 많은 사람들이 잇따라 떼를 지어 몰려왔다. 이반은 상자에 있는 것을 전부 뿌려버렸다. 그런데도 모인 사람들은 더 달라고 계속 아우성이었다. 그러자 이반이 이렇게 말했다.

"이젠 다 털어버렸어. 다음번에 또 주지. 자, 이젠 춤을 추어 볼까, 좋은 노래를 불러봐."

아낙네들은 노래를 부르기 시작했다.

"그런 노래는 재미없는데……."

그가 말했다.

"그럼, 어떤 노래가 좋지?"

아낙네들이 물었다.

"그렇다면 내가 당신들에게 보여주지."

그리고는 헛간으로 가 보릿단을 한 움큼 뽑아내어 낟알을 떨어내고는, 그것을 반듯이 세워놓은 다음 툭 치면서 말했다.

"자, 내 종이 내리는 명령이다. 다발로 있을 게 아니라 보릿짚의 수만큼 군병이 되어라."

그러자 보릿단은 산산이 흩어져 군병으로 변하더니, 북과 나팔을 쿵작거리기 시작했다. 이반은 군병들에게 노래를 부르라고 이르고, 그들과 함께 한길로 나갔다.

모인 사람들은 깜짝 놀랐다. 군병들은 잠시 동안 노래를 부르고 있었다.

얼마 후, 이반은 아무도 뒤따라와서는 안 된다고 일러놓고, 그들을 도로 헛간으로 데리고 갔다. 그런 다음 다시 본래대로 다발을 지어 마른 풀더미 위에 내던졌다. 그리고 집으로 돌아와, 마구간에 들어가서 잠을 잤다.

7

이튿날 아침, 맏형인 무관 세몬이 어제 있었던 일을 알고 이반을 찾아왔다.

"너 나한테 자초지종을 말하렴. 도대체 너는 그 군병을 어디서 데리고 왔다가 어디로 데려갔지?"

"그걸 알아서 뭘 하시려구요?"

"뭘 하려느냐구? 군병만 있으면 뭐든지 다 할 수 있단 말이야. 나라를 얻을 수도 있어."

이반은 깜짝 놀랐다.

"그럼, 왜 진작 말씀하지 않으셨죠? 얼마든지 원하시는 대로 만들어 드리겠습니다. 마침 누이와 둘이서 보릿단을 잔뜩 장만해 놨으니까요."

이반은 형을 헛간으로 데리고 가서 이렇게 말했다.

"군병을 원하는 만큼 만들어 드릴 테니, 반드시 데리고 떠나셔야 해요. 그렇지 않고 여기서 먹여 살려야 하는 날엔, 하루에 온 동네를 몽땅 털어 먹여도 식량이 부족할 테니까요."

무관인 세몬이 군병을 데리고 떠나겠노라고 약속하자, 이반은 군사를 만들어내기 시작했다. 그는 보릿단으로 타작마당을 내리쳤다. 그러자 그와 동시에 1개 중대의 군병이 만들어졌다. 또 한 번 내리치면 또 1개 중대의 군병이 튀어나왔다. 이리하여 그는 온 들판을 가득 메울 만큼, 무수히 많은 군병을 만들어냈다.

"어떻습니까, 이젠 됐어요?"

"이제 됐어. 고맙다, 이반."

세몬은 크게 기뻐하며 이렇게 말했다.

"뭘요, 만일 더 필요하시거든 언제든지 오세요. 얼마든지 만들어 드릴 테니. 요새는 보릿짚이 잔뜩 있으니까요."

무관인 세몬은 곧 군대를 지휘하여 바르게 줄을 맞춘 후, 싸움을 하러 떠났다.

세몬이 떠나자, 이번에는 배불뚝이 타라스가 끄덕끄덕 찾아왔다. 그도 어제의 일을 알고 있었던 것이다. 그는 아우에게 이렇게 간청하기 시작했다.

"숨기지 말고 말해 보렴. 그래, 너는 어디서 금화를 가져왔지? 만일 나한테 그렇게 마음대로 쓸 수 있는 돈이 있다면, 나는 그 돈으로 온 세상의 돈을 모두 긁어모을 수 있을 텐데 말이야."

이반이 깜짝 놀라며 말했다.

"그래요! 아, 그렇다면 그렇다고 진작 말씀하실 일이지. 형님께서 원하시는 대로 만들어 드릴게요."

형은 크게 기뻐했다.

"나는 씨앗 장사로 세 상자만 있으면 된다."

"그럼 그렇게 하세요. 숲속으로 갑시다. 한데 말을 챙겨가지고 가셔야죠, 날라 오기가 힘들 테니까."

둘이서 숲속으로 말을 타고 갔다. 그리하여 이반은 떡갈나무에서 잎을 훑어내어 비비기 시작했다. 금화가 쏟아져 산더미처럼 쌓였다.

"어때요, 이만하면?"

타라스는 기뻐서 정신을 잃을 정도였다.

"당장은 이만큼이면 충분하다. 고맙다, 이반."

"뭘요, 더 필요하시거든 언제든지 오세요. 더 만들어 드릴 테니까. 얼마든지 만들어 드리겠어요. 잎사귀는 얼마든지 있으니까."

배불뚝이 타라스는 달구지에다 금화를 가득 싣고 장사를 하러 떠났다.

이리하여 두 형들이 제각기 떠났다. 세몬은 전쟁을 시작하고, 타라스는 장사를 시작했다. 무관인 세몬은 두 나라를 정복하고, 배불뚝이 타라스는 큰돈을 벌었다.

어느 날 세몬과 타라스가 한자리에서 만나, 그간에 있었던 일에 대해 이런저런 얘기를 나누게 되었다. 세몬은 군대를 얻은 경위에 대해서, 그리고 타라스는 돈을 모으게 된 경위에 대해서 털어놓았다. 그러면서 덧붙이길, 그런데도 아직 걱정이 있다고 서로에게 말했다.

무관인 세몬이 아우에게 말했다.

"나는 말이야. 나라를 정복해서 잘 지내고 있기는 한데, 다만 돈이 부족하단 말이야. 군대를 먹여 살려야 할 돈이 턱없이 부족하거든."

그러자 타라스가 형에게 말했다.

"그런데 나는 말이에요. 돈은 어지간히 모았는데, 그것을 지켜줄 사람이 한 명도 없어서 약간 불안해요."

그러자 세몬이 다시 말했다.

"이반에게 찾아가 보자꾸나. 나는 그 녀석에게 군대를 더 만들게 하여 네 돈을 지키게 할 테니까, 너는 그 군대를 먹여 살릴 만큼의 돈을 만들어 달라고 그 녀석에게 말하란 말이야."

이리하여 둘이 같이 이반한테 찾아가기로 했다.

이반의 집에 오자, 세몬이 이렇게 말문을 열었다.

"이봐, 이반. 내겐 아무래도 군병이 좀 모자라. 그러니까 군병을 좀더 만들어다오. 비록 한두 짚가리만이라도 좋으니 말이야."

그러자 이반이 고개를 살래살래 내저으며 말했다.

"안 돼요."

"형님에게는 이제 더 이상 군병을 만들어 드리지 않겠습니다."

"아니, 왜 그러지? 이반, 그 전에 너는 언제든지 군병을 만들어 주겠다고 약속했었잖아?"

"그야 그랬죠. 그러나 이제 더는 만들지 않겠습니다."

"아니, 어째서 만들지 않겠다는 거야? 이 바보 녀석아!"

"왜냐하면 형님의 군병들이 사람을 죽였기 때문이에요. 얼마 전에 내가 길가의 밭을 갈고 있다가 본 것인데 말이에요, 한 아낙네가 그 길로 관을 지고 가면서 엉엉 통곡하고 있더라고요. 그래서 나는 '누가 돌아가셨어요?' 하고 물어봤죠. 그러자 그 아낙네가 이렇게 말하는 것이었어요. '세몬의 군병들이 전쟁에서 내 남편을 죽였다오.' 하고 말이에요.

군대란 건 노래를 부르는 것으로만 알고 있었는데, 사람을 죽였다고 하잖아요. 그래서 나는 이제 더는 군병을 만들지 않기로 했어요."

이렇게 말하면서, 이반은 이제 더는 군병을 만들어내려고 하지 않았다.

배불뚝이 타라스도 이반에게 금화를 더 만들어 달라고 사정했지만, 이반은 이번에도 역시 고개를 살래살래 내저었다.

"안 돼요. 이제 더는 금화를 만들지 않겠습니다."

"어째서 그러지? 너는 언제든지 만들어주겠다고 약속했었잖아?"

"그야 그랬었죠. 하지만 이제 더는 만들지 않겠어요."

"어째서 만들지 않겠다는 거냐? 이 바보 녀석아!"

"어째서가 아니라, 형님의 금화가 미하일로프네 암소를 빼앗아 갔기 때문이에요."

"어째서 빼앗겼다고 하는 거냐?"

"그 얘기를 자세히 할까요? 미하일로프한테 암소가 한 마리 있어서, 어린애들이 그 암소에서 짜낸 우유를 마시고 있었대요. 그런데 얼마 전에 그 어린애들이 나한테 찾아와서 우유를 달라고 졸라대는 거예요. 그래서 나는 그 어린애들한테 '너희 집 암소는 어디 있지?' 하고 물어봤어요. 그랬더니 끌려가 버렸다는 거예요.

'어떤 놈이 끌고 갔는데?' 하고 물었더니 '배불뚝이 타라스네 관리인이 찾아와 엄마에게 금화를 세 닢 주니까 엄마가 그 사람에게 암소를 주어 버렸어요. 우리는 아무것도 마실 것이 없어요.' 하고 말하더군요. 나는 형님이 금화를 노리개로 삼고 있는 줄로만 알고 있었는데, 어린애들한테서 암소를 빼앗아 가버렸어요. 나는 이제 형님에게는 더 이상 금화 따윈 만들어 드리지 않겠습니다."

바보 이반은 고집을 꺾지 않고, 더 이상 군사와 금화를 만들어주지 않았다. 그래서 두 형제는 빈손으로 떠났다.

두 형들은 돌아가는 도중에, 어떻게 서로 도와나갈 것인지에 대해서 의논했다.

세몬이 말했다.

"그럼 이렇게 하자꾸나. 그러니까 네가 나에게 군대를 먹여 살릴 돈을 주면, 내가 너에게 군대를 절반 줄게. 네 돈을 지킬 수 있도록 말이지."

그러자 타라스가 그의 말에 동의했다.

두 형제는 가지고 있는 것을 서로 나누어 가짐으로써 둘 다 임금이 되었으며, 둘 다 부자가 되었다.

8

그러나 이반은 내내 고향에서 살고 있었고, 부모를 봉양하면서 벙어리인 누이와 함께 들에서 일을 하는 생활에 변함이 없었다.

한번은 이런 일이 있었다. 이반네 집의 늙은 개가 병이 나고, 옴이 생겨 죽게 됐다. 그것을 가엾게 여긴 이반은, 벙어리인 누이에게서 얻은 빵을 모자 속에 넣어 가지고 개에게 던져주었다.

그런데 모자에 구멍이 뚫려 있어서, 빵과 함께 부하 도깨비가 준 조그만 뿌리가 한 가지 굴러 떨어졌다. 늙은 개는 빵과 함께 그것을 주워 먹었다.

그런데 그 뿌리를 먹은 늙은 개는 갑자기 생기가 솟는지 뛰어오르기도 하고, 장난을 치는가 하면 짖기도 하고, 꼬리를 흔들기도 했다. 병이 말끔히 나은 것이었다.

부모는 그것을 보고 깜짝 놀랐다.

"너는 무엇으로 개를 낫게 했지?"

그러자 이반이 이렇게 말했다.

"나는 어떤 병이든 낫는 풀뿌리 두 개를 가지고 있었는데, 그 하나를 이 개가 먹은 거예요."

마침 그 무렵, 임금의 딸인 공주가 병을 앓고 있었다. 임금은 방방곡곡에 방을 써 붙여, 공주의 병을 낫게 해준 자는 누구든지 크게 상을 줄 것이며, 만일 그가 독신이라면 부마로 맞이하겠다는 것이었다.

물론, 이반네 마을에도 이 방문(榜文)이 나붙었다.

아버지와 어머니는 이반을 불러놓고 그에게 이렇게 말했다.

"너도 임금님의 방문이 어떤 것이라는 걸 들었겠지. 네가 만병통치의 풀뿌리를 가지고 있다면, 한번 가서 공주님의 병을 낫게 해보렴. 그러면 너는 한평생 복을 누리게 될 게 아니냐."

"그럼, 그렇게 하죠."

이반은 대수롭지 않게 대답한 다음, 곧 떠날 채비를 했다. 부모님이 깨끗한 나들이옷으로 차려 입혀 주었다.

이반이 길을 떠나기 위해 문간으로 나가자, 손이 굽은 여자 거지가 서 있다가 이반을 보며 말했다.

"듣자니까 당신은 무슨 병이든 다 낫게 한다면서요? 그렇다면 내 손도 좀 낫게 해주세요. 이대로는 내 손으로 신발도 신을 수 없어요."

"그렇게 해주지."

이반은 풀뿌리를 꺼내어 여자 거지에게 주면서, 그것을 삼키라고 일렀다. 여자 거지가 그것을 삼키자, 여자 거지의 병이 거짓말처럼 나아 그 자리에서 바로 손을 움직이게 됐다.

아버지와 어머니는 이반을 임금에게 데리고 가려고 나왔다가, 이반이 한 가닥밖에 남지 않은 풀뿌리를 여자 거지에게 주어 버리자, 공주를 낫게 할 방도가 없게 되었음을 알고 욕을 퍼부었다.

"그래, 네놈은 거지 따윈 가엾게 여기면서, 공주는 가엾지 않다는 말이냐!"

그 말을 듣자 이반은 공주도 가엾어졌다. 그는 말에게 수레를 끌게 하고는, 부랴부랴 짚을 쌓고 그 위에 앉으며 어디론가 떠나려고 했다.

"그래, 도대체 너는 어디로 가려는 거냐? 이 바보 녀석아!"

"공주님을 낫게 해드리려고 가는 겁니다."

"하지만 네겐 이제 풀뿌리도 없잖아."

"뭐, 괜찮아요."

이렇게 말하고 그는 말을 몰았다.

이반이 궁궐에 닿아 막 내려서자마자, 어느 틈에 공주의 병이 씻은 듯이 나아버렸다.

임금은 크게 기뻐하면서 신하에게 이반을 자기에게로 불러 들이라고 일렀다.

임금은 이반에게 훌륭한 옷을 차려 입힌 다음 말했다.

"이제부터 그대는 짐의 부마로다."

"황공하옵니다."

그리하여 그는 공주와 결혼했다. 그리고 임금은 오래지 않아 세상을 떠났다.

그래서 이반이 새 임금 자리에 올랐다. 이리하여 세 형제가 모두 임금이 되었다.

9

세 형제는 저마다의 방식으로 나라를 다스렸다.

맏형인 무관 세몬은 참으로 잘살고 있었다. 그는 짚으로 만든 군병을 바탕으로 진짜 군병을 모집했다. 그는 온 나라에다 열 집마다 한 명씩 군병을 차출하되, 그 군병은 키가 크고 살갗이 희며 얼굴이 깨끗해야 한다고 명령을 내렸다.

그는 이런 군병을 수시로 모집하여 모두 철저하게 훈련시켜 놓았다. 그리고 자신에게 거스르는 자가 있으면, 이내 군병을 풀어 그의 뜻대로 처단하곤 했다. 그리하여 모든 사람이 그를 두려워하게 되었다.

그의 생활은 더 이상 바랄 것이 없을 만큼 훌륭한 것이었다. 그의 머리에 떠오른 것, 그의 눈에 띄는 것은 모두 그의 것이 되었다. 군대만 풀어놓으면, 그 군대가 그가 필요로 하는 것은 무엇이든 빼앗아 날라 오기도 하고 끌고 오기도 하는 것이었다.

배불뚝이 타라스의 생활도 호화롭기가 이루 말할 수 없을 정도였다. 그는 이반에게서 얻은 돈을 낭비하지 않고 그것을 밑천 삼아 거액의 재산을 모았다.

그리고는 자신의 나라에 맞는 그럴듯한 제도를 만들었다. 그는 자기 돈은 돈궤 속에 감추어놓고 백성들에게 갖은 명목으로 돈을 갈취했다. 그는 인두세 · 통행세 · 거마세 · 짚신세 · 치장세 등으로 돈을 짜냈다.

그리하여 그에게는 입으로 말할 수 있는 것은 없는 것이 없었다. 가난한 백성들은 누구나가 돈이 아쉬워서 무엇이나 그에게 가져왔고, 가져올 것이 없는 사람들은 일을 하기 위해 몰려들었다.

바보 이반의 생활도 그리 나쁘지는 않았다. 장인어른인 임금의 장례를 치르고 새 임금의 자리에 오르기가 바쁘게, 그는 임금의 옷을 다 벗어던지고는 그것을 왕비의 옷장에 집어넣게 했다. 그리고 자기는 다시 삼베 속옷에 잠방이를 걸치고는, 짚신을 신고 예전처럼 일을 하기 시작했다.

"나는 일을 하지 않으니, 도무지 답답해서 못 견디겠어. 배만 자꾸 나오니, 마음대로 먹을 수도 잠을 잘 수도 없지 뭐야."

그리하여 그는 부모와 벙어리인 누이를 불러와, 또다시 옛날처럼 농사를 짓고 풀을 베고 나무를 하기 시작했다. 사람들은 그에게 이렇게 말했다.

"하지만 당신은 이 나라의 임금님이십니다."

"그런 게 뭐가 중요해? 임금도 먹어야 하니까, 일을 해야지."

신하가 들어와서 이렇게 진언했다.

"녹봉을 치를 국고가 없사옵니다. 창고도 텅텅 비었사옵니다."

"뭐, 괜찮아. 돈이 없거든 주지 않으면 되지."

"그럼, 그들은 근무를 하지 않게 될 것이옵니다."

"그럼, 하지 말라고 내버려 둬. 근무하지 않아도 괜찮아. 오히려 자유롭게 일들을 하게 될 테니까. 모두들 거름이나 가져오게 해. 그들은 거름을 많이 만들어놓았을 테니까."

이번에는 백성들이 이반에게 재판을 받으려고 왔다.

한 사람이 머리를 숙인 채 말했다.

"저 자가 소인의 돈을 훔쳤사옵니다."

그러자 이반이 말했다.

"아, 좋아, 좋아! 그러니까 저 자는 돈이 필요했단 말이지?"

이 광경을 본 모든 사람은 이반이 바보라는 사실을 알게 되었다.

그러자 왕비가 그에게 말했다.

"모두들 임금님을 바보라고 말하면서 수군거린다고 하옵니다."

"아, 괜찮아요. 걱정하지 말아요."

이반의 아내인 왕비는 생각하고 또 생각했다. 그러나 그녀 또한 바보였다.

"제가 어떻게 감히 남편의 뜻을 거스를 수 있겠나이까? 실은 바늘이 가는 대로 따라가야 하는 법이거늘."

이렇게 말하고, 그녀도 왕비의 옷을 벗어 옷장 속에 집어넣고 농사일을 배우러 벙어리 처녀에게 갔다. 그리하여 제법 일을 익히고 난 후, 남편을 거들기 시작했다.

똑똑한 사람은 모두 이반의 나라를 떠나버리고, 남은 것은 그저 바보들뿐이었다.

돈이라는 것은 어느 누구에게도 없었지만, 그들은 별다른 불만이 없었다.

모두들 일을 하여 자기 스스로 살아가는 것은 물론이고, 착한 사람들을 도와주면서 더불어 살아나갔다.

10

왕초 도깨비는 부하 도깨비들이 세 형제를 어떻게 파멸시켰는지가 너무나 궁금했다. 하지만 소식이 오기를 목이 빠지게 기다려도, 아무런 소식도 없었다.

그래서 사정을 살펴보기 위해서 직접 나서서 여기저기 찾아 돌아다녔지만, 찾아낸 것이라곤 그저 뻥 뚫린 구멍 세 개뿐이었다.

'아무래도 당한 모양이군. 그렇다면 내가 직접 손을 쓸 수밖에 도리가 없지.'

그는 이반의 형제들을 찾으러 갔으나, 그들은 이미 고향을 떠나고 없었다. 그는 형제들을 각각 다른 나라에서 찾아냈다. 셋다 건재한 데다, 나름대로 자기 나라를 다스리는 임금이 되어 있었다. 이것을 본 그는 혼잣말로 중얼거렸다.

"이제는 내가 직접 나서지 않으면 안 되겠다."

그는 먼저 무관인 세몬의 나라로 갔다. 그리고 도깨비인 자기 모습을 감추고 장수로 둔갑하여, 세몬 왕에게 찾아가서 말했다.

"세몬 임금님, 임금님께서는 위대한 무관이신 듯하옵니다. 그러나 신(臣)도 군사(軍事)와 전쟁에 대해서는 확고히 아는 바가 있사오니, 전하를 섬기도록 허락해 주십시오."

세몬 왕은 그에게 여러 가지를 물어보고 나서, 그가 현명한 사람이라고 생각되어 그를 부하로 삼았다.

새로 임금님을 모시게 된 장수는 강력한 군대를 모으는 방법에 대해 세몬 왕에게 진언했다.

"무엇보다도 우선적으로 더 많은 군사를 모아야 하옵니다. 왜냐하면 이 나라에는 편안하게 지내려는 백성이 너무 많기 때문입니다. 그중에서도 젊은 사람들은 이것저것 가리지 말고 모조리 징집해야 하옵니다.

둘째로 새로운 소총과 대포를 만들지 않으면 안 되옵니다. 마치 콩이라도 흩뿌리듯이 단번에 백 발의 총알이 나가는 소총을 제가 만들어 올리겠사옵니다. 또한 어떠한 것이든 불로 태워버릴 수 있을 정도로 대단한 성능을 가진 대포를 만들어 올리겠사옵니다. 이것은 사람이고 말이고 성벽이고 할 것 없이 모든 것을 태워 없애버리고 말 것입니다."

세몬 왕은 새로 기용된 장수의 진언을 받아들였다.

그리하여 젊은이는 모조리 군대에 징집할 것을 명령하고 또 새로운 공장을 지어 신식 소총과 대포를 만들어냈다. 그리고는 이내 이웃 나라의 임금에게 싸움을 걸었다. 싸움이 벌어지자마자 세몬 왕은 자기의 군사들에게 적군을 향해 총포를 마구 퍼부으라고 명령했다. 그 결과, 적을 단숨에 쳐부수고 그 절반을 불태워버렸다.

이웃 나라의 임금은 기겁을 하여 이내 항복하면서 자기 나라를 바쳤다. 세몬 왕은 크게 기뻐하며 자신에게 말했다.

"이번에는 인디아 왕도 정복하고 말아야지."

그런데 인디아 왕은 세몬 왕의 소문을 듣고, 그의 전략을 완전히 가로챈 데다 자신의 생각까지 덧붙여서 강한 군대를 만들었다.

인디아 왕은 젊은이들뿐만 아니라, 독신의 여자들에게까지도 징집 명령을 내려 모조리 군병으로 뽑았다. 그리하여 그의 군대는 세몬의 군사보다 훨씬 수가 많아졌다. 또 그는 소총이며 대포 만드는 법을 세몬 왕에게서 빼낸 데다, 공중을 날아 머리 위에서 던지는 포탄까지 고안해 냈다.

세몬 왕은 인디아 왕에게 싸움을 걸었다. 그의 생각으론 지난번의 전쟁과 마찬가지로 일거에 칠 수 있을 것 같았다. 하지만 날카로운 낫도 언제나 잘 드는 것은 아니었다.

인디아 왕은 세몬의 군대를 사정권 안까지 들어오게 하지 않고, 여자 군병들을 하늘에서 날게 하여 적군의 머리 위에다 포탄을 던지기로 했다.

그리하여 여자 군병들은 공중에서 진딧물 위에다 약을 뿌리듯이, 세몬의 군대에 포탄을 퍼붓기 시작했다. 세몬의 군대는 모두 혼비백산하여 여기저기로 흩어지거나 달아났고, 궁전에는 세몬 임금만 남았을 뿐이었다.

인디아 왕은 세몬의 나라를 몰수하고, 무관인 세몬은 발길 닿는 대로 정처 없이 도망을 다니는 신세가 되었다.

왕초 도깨비는 이 맏형을 완전히 망쳐놓자, 이번에는 타라스 왕에게로 갔다. 그는 장사꾼으로 둔갑하여 타라스의 나라에 자리를 잡고, 장사에 돈을 마구 쏟아 부으면서 선심을 베풀었다. 이 장사치는 모든 물건을 비싼 값으로 사주었으므로, 백성들은 돈을 벌기 위해 모두 이 장사치에게 몰려들었다. 이리하여 백성들의 호주머니가 아주 두둑해져서, 그들은 그간 밀렸던 외상값과 빌린 돈 등을 말끔히 갚았을 뿐 아니라 어떤 세금이건 기한 안에 낼 수 있게 되었다.

타라스 왕은 크게 기뻐하면서 '참으로 고마운 장사치로군.' 하고 생각했다. 그에게는 자꾸자꾸 더 많은 돈이 생겼고, 갈수록 생활이 더욱 풍요로워졌다.

 그리하여 타라스 왕은 새로운 계획을 세우고, 자기의 새 궁전을 짓기 시작했다. 그는 재목이나 돌을 날라 오라고 명령을 내리고, 일을 하러 나오는 백성들에게 비싼 품삯을 쳐주겠다고 약속했다.

 타라스 왕은 예전처럼, 백성들이 일을 하려고 몰려올 거라고 생각했다. 그런데 재목이며 돌은 모두 그 장사치에게로 실려 갔으며, 일꾼마저도 모두 그리로 몰려갔다.

 할 수 없이 타라스 왕은 품삯을 더욱 많이 올렸다. 그러나 장사치는 더 많은 돈을 뿌렸다. 타라스 왕은 많은 돈을 가지고 있었다. 하지만 왕보다 돈이 더 많은 장사치는 품삯을 계속 더 높게 매겼다. 궁전은 착공만 해놓고 좀처럼 진척되지 않았다.

 타라스 왕은 정원을 만들려고 계획했다. 가을이 되었으므로, 타라스 왕은 정원을 만들러 오라고 백성들에게 알렸다. 그러나 아무도 왕의 정원을 만들러 오지 않았고, 모두 장사치네 못을 파러 가버렸다.

 겨울이 닥쳤다. 타라스는 새 털외투를 짓기 위해 검정 담비 가죽을 사야겠다고 생각하고 신하를 보냈다. 그랬더니 얼마 후에 신하가 돌아와 이렇게 말했다.

"그 장사치가 모조리 사들였기 때문에 검정 담비가 없사옵니다. 그 자는 매우 비싸서 값을 쳐주고, 그 가죽으로 방석까지 만들었다 하옵니다."

타라스 왕은 종마를 사들여야 했다. 그래서 그것을 사러 사람을 보냈더니, 모두가 돌아와서 전하는 말이 똑같았다. 좋은 종마는 모두 그 장사치의 손에 들어갔으며, 장사치의 못에 채울 물을 나르고 있다는 것이었다.

모두들 왕의 일은 아무것도 해주지 않으면서, 장사치를 위해서는 무슨 일이든지 가리지 않고 했다. 그리고는 장사치에게서 번 돈 중 일부를 그에게 가지고 와서 세금이라고 내밀 뿐이었다.

이리하여 타라스 왕은 돈은 너무 많이 남아돌아 그것을 어디다 두어야 할지 모를 정도였지만, 생활은 점점 불편해져 갈 뿐이었다.

왕은 이제 계획 세우는 것을 그만두고, 어떻게든 살아나갈 방도를 찾지 않으면 안 되었다. 마침내는 생활 자체도 위태로울 지경이었다.

모든 것이 궁색해졌다. 그를 둘러싸고 있던 여자도 사제들도 모두 그에게서 장사치 쪽으로 빠져나가기 시작했다. 식량까지 모자라게 된 지 이미 오래였다. 시장으로 물건을 사러가 봐도 아무것도 구입할 수가 없었다. 장사치가 모든 물건을 몽땅 사들였기 때문이다. 그는 다만 쓸 데도 없는 돈을 조세로 받아들이는 한심한 신세가 되었다.

타라스 왕은 몹시 화가 나서 장사치를 나라 밖으로 내쫓았다. 그러나 장사치는 국경에 버티고 앉아 역시 똑같은 짓을 계속했다. 백성들은 여전히 장사치의 돈을 보고 그에게로 몰려갔다.

타라스 왕은 최악의 상황을 맞이하고 있었다. 며칠씩 꼬박 굶는 적이 있는가 하면, 장사치가 왕비까지도 사려 한다는 풍문까지 떠돌아다녔다. 따라서 왕은 이제 실성한 사람처럼 무엇을 어떻게 해야 할지도 모른 채 비참한 나날을 보냈다.

어느 날 무관인 세몬이 타라스에게 찾아와 이렇게 말했다.

"좀 도와줘. 나는 인디아 왕에게 완전히 패망했어."

그러나 배불뚝이 타라스는 뱃가죽이 등뼈까지 붙어 있는 상황이라, 형의 말을 들어줄 수가 없었다.

"나도 이틀 동안 아무것도 먹지 못하고 있단 말이에요."

11

왕초 도깨비는 두 형제를 완전히 망쳐놓고, 이번에는 이반에게 갔다.

왕초 도깨비는 장수로 둔갑한 후, 이반에게 찾아가 군대를 만들 것을 제안했다.

"임금께서 군대가 없이 지내신다는 것은 체통이 서지 않는 일이옵니다. 명령을 내리시기만 한다면, 신은 임금의 백성 가운데서 군병을 모집하여 훌륭한 군대를 만들어 올리겠습니다."

이반은 그의 말을 듣고 나서 이렇게 말했다.

"그것도 좋은 말이오. 그럼, 어디 한번 만들어 보시오. 그리고 그들이 노래를 잘 부르도록 가르치시오. 나는 그것을 좋아하니까."

왕초 도깨비는 이반의 나라를 돌아다니면서 지원병을 모집하기 시작했다. 군병을 지원하면 누구에게나 술 한 병과 빨간 모자를 주겠다고 말했다. 바보들은 코웃음만 칠 뿐, 아무도 관심을 갖지 않았다.

"술 따윈 우리들에게 얼마든지 있단 말이야. 우리는 직접 손으로 빚고 있으니까 말이야. 그리고 모자도 갖고 싶은 건 어떤 것이든 아낙네들이 만들어준단 말이야. 알록달록한 것이나 레이스가 너울너울 달린 것까지도 말이야."

이래서 군대에 지원하는 자가 한 사람도 없자, 왕초 도깨비가 이반에게 찾아와서 말했다.

"나라의 바보들은 자진해서 군병이 되려고 하지 않습니다. 따라서 권력을 앞세워서 끌어와야 할 것 같습니다."

"응, 그것도 좋겠는걸. 그럼 권력을 앞세워서 군대를 만들어 보시오."

왕초 도깨비는 임금의 허락을 받아 다음과 같은 내용의 포고문을 곳곳에 붙였다.

'백성들은 누구나 군병이 되어야 하며, 만일 거역하는 자가 있으면 이반 왕께서 사형을 내릴 것이다.'

바보들은 장수에게 찾아와서 이렇게 말했다.

"당신은 우리들이 군병이 되지 않으면 임금님께서 사형을 내리신다고 말씀하시는데, 군병이 되면 어떻게 된다는 건 말씀해 주지 않았습니다. 군대에 나가면 목숨을 잃는다는 말이 있던데."

"그렇지, 그런 일이 있을 수도 있을 것이다."

그 말을 듣자, 바보들은 더욱 고집을 부렸다.

"그럼, 우리들은 나가지 않겠습니다. 어차피 죽어야 하는 거라면, 차라리 집에서 죽는 게 더 나을 것 같습니다."

"너희들은 바보구나! 이 바보들아! 군병이 됐다고 해서 반드시 죽는 것은 아니야. 그렇지만 군병이 되지 않으면, 이반 왕에게 사형당하는 것을 피할 수가 없다."

바보들은 곰곰 생각하다가, 임금인 바보 이반에게 물어보러 갔다.

"장수께서 나오셔서 모두 군병이 되라고 저희들에게 명령하고 있습니다. 군대에 나가면 죽을는지 살아 올 것인지 모르지만, 나가지 않으면 임금님께서 저희들에게 반드시 사형을 내리실 것이라고 하는데, 정말입니까?"

이반이 껄껄 웃으며 말했다.

"어떻게 내가 혼자서 그대들을 모두 사형시킬 수 있겠는가? 내가 바보가 아니라면 그대들에게 잘 알아듣도록 설명했겠지만, 나 자신도 뭐가 뭔지 통 모르겠다."

"그러하시다면 저희들은 군대에 나가지 않겠습니다."

"그럼, 그렇게들 하지. 나가지 않아도 괜찮아."

바보들은 장수에게 가서 군사가 되지 않겠다고 말했다.

왕초 도깨비는 이 일이 잘 되어 나가지 않음을 보고, 이웃나라의 타라칸 왕에게 가서 온갖 아부를 다하여 싸움을 부추겼다.

"이번 기회에 싸움을 걸어서 이반 왕의 나라를 치십시오. 그 나라에는 비록 돈은 없지만, 곡식이며 가축이며 그 밖의 온갖 것이 풍부하니까요."

타라칸 왕은 싸움을 하기로 결정한 후, 먼저 대군을 모았다. 그리고는 총이며 대포를 갖춘 다음, 국경을 넘어 이반의 나라로 쳐들어 갔다.

사람들이 이반에게로 달려와 이렇게 말했다.

"타라칸 왕이 우리들에게 싸움을 걸어왔습니다."

"그래? 싸움을 하고 싶으면 그렇게 하라고 하지."

타라칸 왕은 국경을 넘은 다음, 이반의 나라 군대 동정을 살피게 하려고 척후병을 보냈다. 척후병은 여기저기 찾아다녔지만 군병 같은 것은 어디에도 없었다. 그러나 어디선가 나타날지 모른다고 생각하고 오래오래 기다렸지만, 군대에 대해서는 뜬소문조차도 들을 수가 없었다. 누구와 싸움을 하려 해도 싸울 상대가 없었다.

그래서 타라칸 왕은 마을을 점령하라고 군병들에게 명령을 내렸다. 군병들이 한 마을로 들이닥치자, 남녀 바보들이 뛰어나와 미심쩍어 하며 놀란 눈치로 바라보았다.

군병들은 바보들에게서 곡식이며 가축을 닥치는 대로 약탈했다. 바보들은 무엇이건 선선히 내주었고, 어느 누구도 자신들을 지키려고 안간힘을 쓰지 않았다. 도리어 여기 와서 살라고 권유하는 것이었다. 군병들은 딴 마을로 가봤으나, 그곳도 역시 마찬가지였다. 군병들은 그날도 그 이튿날도 여기저기 진종일 돌아다니고 또 돌아다녀보았지만, 어디나 마찬가지였다. 있는 대로 다 털다시피 했지만, 그들은 전혀 저항하지 않고 무엇이든

고분고분 내주었다. 그리고 어느 한 사람도 애써서 자기를 지키려고 하지 않았다.

그들은 군병들을 보며 이렇게 말했다.

"이것 보세요. 당신네 나라에서 살기가 어렵거든, 모두 우리나라로 와서 사세요."

군병들은 사방팔방으로 헤매고 돌아다니면서 알아보았으나, 군대 같은 건 어디에도 없었다. 뿐만 아니라, 백성들은 누구나 다 일을 하면서 자기 스스로 생활을 꾸려 갔다. 그러면서 한편으로는 서로 도와주었고, 누구도 제 한 몸만을 지키려고 버둥대지 않았다. 이웃나라의 군병을 보고도, 오히려 여기 와서 살라고 권유할 따름이었다.

군병들은 차츰 따분해지기 시작했다. 그리하여 타라칸 왕에게 돌아가서 말했다.

"소신들은 전쟁을 할 수가 없습니다. 소신들을 다른 나라로 보내주십시오. 전쟁은 전쟁다워야 좋은데, 이게 무엇이옵니까? 마치 약하고 힘없는 사람을 참살하는 것 같아, 이 나라에서는 이제 더 이상 싸울 수 없습니다."

타라칸 왕은 머리끝까지 화가 치밀었다. 그리하여 온 나라를 돌아다니면서 마을을 어질러놓고, 집과 곡식을 불사르며, 가축을 죽여 버리라고 군병들에게 명령했다.

"만일 명령에 따르지 않는 자가 있으면 누구나 모두 가차 없이 처벌할 것이다."

군병들은 깜짝 놀라 임금의 명령을 실행에 옮기기 시작했다. 그들은 집이며 곡식을 불태우고, 가축을 죽였다. 그런데도 바보들은 자기를 지키려고 하지 않고, 그저 울기만 할 뿐이었다.

"어쩌자고 너희들은 우리들을 괴롭히는 거냐. 너희들은 어째서 우리 재산을 망쳐놓는 거냐. 필요한 것이 있으면, 모두 가져가면 될 것 아니냐."

군병들은 마음이 착잡해져서, 더 이상 돌아다닐 수가 없었다. 싸울 의사가 전혀 없는 무고한 사람들을 괴롭히는 것이 너무 힘들어서, 도리어 군병들은 뿔뿔이 흩어지고 말았다.

12

이리하여 왕초 도깨비는 뜻을 이루지 못하고 떠나버렸다. 군대의 힘으론 이반을 괴롭히지 못했던 것이다.

왕초 도깨비는 다시 말쑥한 신사로 둔갑하여, 이반의 나라로 살러 왔다. 배불뚝이 타라스에게 했던 것처럼, 돈으로 이반을 괴롭혀줘야겠다고 생각했다.

"나는 훌륭한 지식을 가르쳐서 당신네들에게 도움이 되고자 합니다. 나는 먼저 당신네 나라에서 집을 지은 다음 장사를 시작하겠습니다."

"그거 좋은 생각이오. 그러시다면 여기서 사시죠."

한 벼슬아치가 신사에게 숙소를 내어주어서, 이 신사는 그날 밤 편안하게 잠자리에 들었다.

다음 날 아침, 그는 금화가 들어 있는 커다란 자루와 종이묶음을 들고 광장으로 나가 이렇게 말했다.

"당신네는 마치 돼지처럼 생활하고 있습니다. 그래서 나는 당신네들에게 어떻게 살아야 하는지를 가르쳐주고 싶습니다. 먼저 이 도면에 있는 대로 집을 지어주시오. 당신들은 일을 하고, 지시는 내가 하도록 하겠습니다. 그 대신 일을 하는 답례로 이 금화를 드리겠습니다."

그가 그들에게 금화를 보여주자, 바보들은 어리둥절해 했다. 그들은 돈이라는 것을 처음 보았을 뿐 아니라, 무엇에 쓰는 물건인지도 몰랐다. 그들은 필요한 것이 있으면 물물교환으로 서로 바꿔 썼고, 도울 일이 있으면 서로 품앗이를 하면서 공동으로 살아왔기 때문이었다.

하지만 그들은 반짝반짝 빛나는 금화를 무척 마음에 들어 하면서, 한마디씩 했다.

"그거 노리갯감으로 썩 괜찮겠는데."

왕초 도깨비는 타라스의 나라에서 했던 것처럼, 싯누런 금화를 마구 뿌려댔다. 그러자 사람들은 물건을 가져와서 금화와 바꾸는가 하면, 일을 해주고 금화를 받기도 했다. 왕초 도깨비는 속으로 고소해 하면서 이렇게 생각했다.

'이쯤 되면 일이 순조롭게 되어 간다고 볼 수 있겠지. 이번에야말로 그 바보 녀석을 다시는 일어나지 못하게 해줘야지.'

그런데 바보들은 손에 넣은 금화로 목걸이를 만들어서 아낙네들의 목에 걸어주는가 하면, 처자들의 댕기에 주렁주렁 달아주기도 했다. 어린애들도 한길에서 금화를 가지고 놀 정도로 많은 금화가 생기자, 이제는 더 이상 얻으려고도 하지 않았다. 그러니 금화를 얻으려고 일하러 오는 사람들도 당연히 없을 수밖에…….

그런데 말쑥한 신사의 대궐 같은 집은 아직 절반도 지어지지 않았으며, 곡식이며 가축도 일 년분이 채 비축되어 있지 않은 상태였다. 그래서 신사는 마을로 나가 이렇게 소리쳤다.

"나한테로 일을 하러 오라! 곡식이며 가축을 가지고 오라! 어떤 일이 됐건 어떤 물건이 됐건, 그 값으로 많은 금화를 주겠다."

그러나 누구 하나 일하러 가는 사람이 없었고, 무엇 하나 들고 가는 사람이 없었다. 이따금 어린 아이들이 달걀을 가지고 와서 금화를 바꾸거나 혹은 물건을 날라다 주고 금화를 받는 일이 고작이었다.

마침내 먹을 것이 점점 줄어들어, 말쑥한 신사는 그날그날 끼니 걱정을 해야 될 정도였다. 배가 고파서, 뭣이든 먹을 것을 사 보려고 마을로 나가 이곳저곳을 기웃거렸다. 그러다가 어느 한 집에 불쑥 들어가 금화를 내밀면서 암탉을 사겠다고 했다. 그랬더니 안주인은 그걸 받으려고 하지 않으며, 이렇게 말했다.

"그런 거, 우리 집에도 여기저기에 많이 굴러다녀요."

이번에는 어느 날품팔이꾼 집에 들러 금화를 내밀면서 비옷을 달라고 하자, 이런 대답이 돌아왔다.

"우리 집엔 그런 건 필요 없어요. 어린애들이 없어서 아무도 가지고 놀 사람이 없거든요. 게다가 하도 귀한 물건이라고 해서 나도 세 닢 가져다 놨죠."

왕초 도깨비는 다음엔 빵을 사려고 어느 농사꾼 집에 들렀다. 그러나 이 농사꾼도 돈을 받지 않으면서 이렇게 말했다.

"우리 집엔 그런 거 필요 없어요. 차라리 예수님을 위해 선한 일을 하는 거라면 몰라도. 그럼, 좀 기다리세요. 마누라보고 금방 빵을 썰어오라고 할 테니까요."

농사꾼의 말이 끝나기가 무섭게 왕초 도깨비는 기분이 몹시 상해 침을 뱉고는 냅다 농사꾼 집에서 줄행랑을 놓았다. 아무리 사정이 급해도 예수님 이름으로 행해지는 선심을 받아들일 수는 없었다. 그로서는 '예수'라는 말을 듣는 것이 칼보다도 더 무서웠던 것이다.

결국 도깨비는 빵도 얻지 못하고 돌아서야 했다. 사람들은 모두 금화를 충분히 갖고 있었고, 더 이상 필요로 하지도 않았다. 그리하여 왕초 도깨비가 어디를 가든, 돈을 보고는 그 무엇도 주려고 하지 않았다. 다만 모두들 이렇게 말하는 것이었다.

"무엇인가 딴 것을 가지고 오거나 일을 하세요. 그렇지 않으면, 적선을 바라고 동냥을 하든지요."

그러나 왕초 도깨비는 금화 이외에는 아무것도 가진 것이 없었다. 그렇다고 일을 하기도 싫었고, 더구나 적선을 바라고 동냥을 하는 것은 더 참을 수 없었다.

왕초 도깨비는 잔뜩 화가 나서 씨근덕거렸다.

"도대체 어떻게 된 거야? 당신네는 금화가 더 필요하지 않아? 돈만 있으면 무엇이든지 살 수 있고, 어떤 일꾼이든지 들여놓을 수 있을 텐데 말이야."

그러나 바보들은 그 말을 듣는 척도 하지 않았다.

"그런 건 정말 필요 없어요. 여기선 계산이나 세금 따위는 없으니까요. 그러니까 그까짓 돈을 가지고 있어도 쓸 데가 없죠."

왕초 도깨비는 저녁도 쫄쫄 굶은 채 잠자리에 들었다.

그동안 있었던 이러한 얘기가 바로 이반의 귀에 들어갔다. 백성들이 그에게로 찾아와 이렇게 물었기 때문이었다.

"이 일을 어찌해야 합니까? 어느 날, 저희 고을에 말쑥한 신사가 나타났습니다. 그는 맛있는 음식이나 좋은 술만을 좋아하고, 깨끗한 옷만 입은 채 일은 아예 하려고 하지 않습니다. 그런가 하면 동냥도 하지도 않으면서 그저 금화라는 것만 내밀 뿐입니다.

전에 금화가 없을 때는 사람들 모두가 그 신사에게 무엇이나 다 갖다 주었지만, 이제는 그 어떤 것도 주는 사람이 없습니다. 이 신사를 어떻게 해야 할까요? 굶어 죽지나 말아야 할 텐데 말입니다."

이반은 이 말을 다 듣고 나서 이렇게 말했다.

"아무렴, 그렇고 말고. 먹여 주어야 하느니라. 양치는 목자처럼 집집마다 돌아다니면서 얻어 먹게 하라."

할 수 없이 왕초 도깨비는 이 집 저 집 돌아다니면서 얻어먹어야 했다. 그렇게 하는 동안, 마침내 차례가 이반의 궁궐까지 왔다.

왕초 도깨비가 점심을 먹으러 갔을 때, 이반의 궁궐에서는 벙어리 여동생이 점심을 차리고 있었다. 그녀는 그동안 자주 게으름뱅이에게 속아왔다. 게으름뱅이는 일을 하지도 않는 주제에, 꼭 제일 먼저 밥을 먹으러 와서는 준비해 놓은 음식을 싹싹 먹어치우는 것이었다. 그 결과, 벙어리 처녀는 사람의 손만 보고도 게으름뱅이인지 아닌지를 분간할 수 있었다. 그녀는 손에 못이 박힌 사람은 식탁에 앉아 밥을 먹게 하지만, 못이 박히지 않은 사람에게는 먹다 남은 찌꺼기만 주곤 했다.

왕초 도깨비가 식탁 머리에 앉자, 벙어리 처녀는 슬쩍 그 손을 들여다보았다. 못이 박히지 않았다. 손은 깨끗하고 매끈하며, 손톱이 길게 자라나 있었다.

벙어리 처녀는 무엇이라고 알아들을 수도 없는 소리로 외쳐대더니, 도깨비를 식탁에서 끌어냈다.

그러자 이반의 아내가 도깨비에게 말했다.

"너무 나무라지 마세요. 우리 아가씨는 손에 못이 박히지 않은 사람은 식탁에 앉히지 않으니까요. 자, 잠깐 기다리세요. 곧 다들 잡수시고 나면, 그 다음에 남은 것을 드세요."

'임금의 궁궐에서는, 나에게 돼지에게 주는 것을 먹이려 하고 있구나'라고 생각하자, 왕초 도깨비는 은근히 화가 났다. 화가 난 도깨비가 이반에게 말했다.

"임금님의 나라에는 모든 사람이 손으로 일을 하도록 정해져 있나 봅니다. 그러나 그것은 여러분이 어리석기 때문에 나온 생각에 지나지 않습니다. 영리한 사람은 무엇으로 일을 하는지 아십니까?"

"우리가 그런 걸 어떻게 알겠는가. 우리들은 무슨 일이든 대부분 손과 등으로 하고 있지."

"그것은 여러분들이 어리석기 때문입니다. 그럼, 어떻게 머리로 일을 하는 것인지 그 방법을 가르쳐 드리겠습니다. 그러면 여러분들도 손보다 머리로 일을 하는 편이 쉽다는 것을, 바로 깨닫게 될 것입니다."

그 말을 들은 이반이 깜짝 놀라며 물었다.

"음, 그것이 바로 우리가 바보로 불리는 이유란 말이지?"

그러자 왕초 도깨비가 대답했다.

"그러나 머리로 일을 하는 것도 결코 쉬운 일은 아닙니다. 지금만 해도, 제 손에 못이 박히지 않았다고 해서 여러분들은 저에게 먹을 것을 주시지 않았습니다. 그것은 이런 것을 모르기 때문입니다. 즉 머리로 일을 하는 것이 백 갑절이나 더 어렵다는 것을……. 음, 때론 머리가 빠개지는 수도 있으니까요."

이반은 생각에 잠겼다.

"한데 어찌 그대는 그렇게 자기 자신을 괴롭히는가? 머리가 빠개지는 수도 있다니, 과연 쉬운 일은 아니군! 그보다는 차라리 그대의 손과 등을 써서 더 쉬운 일을 하면 될 게 아닌가?"

그러자 도깨비가 말했다.

"제가 제 자신을 괴롭히는 것은 어리석은 여러분들을 불쌍히 여기기 때문입니다. 만일 제가 제 자신을 괴롭히지 않는다면, 여러분들은 영원히 바보로 남게 될 것입니다. 저는 지금까지 머리로 일을 해왔으니, 이제부터 여러분들께도 가르쳐 드릴까 합니다."

"그래, 어디 한번 가르쳐줘 보게. 손이 지쳤을 때 머리로 대신할 수 있다는 그 방법을."

도깨비가 그것을 가르쳐주겠다고 약속하자, 이반은 온 나라에 방을 써 붙였다.

'훌륭한 신사가 나타나 여러분들에게 머리로 일하는 법을 가르쳐준다고 한다. 머리로는 손보다도 훨씬 더 많은 일을 할 수 있다고 하니, 모두들 배우러 나오라!'

이반의 나라에는 높은 망대가 세워졌다. 그리고 망대로 올라갈 수 있는 반듯한 사닥다리가 걸쳐지고, 그 위에 단이 마련되었다.

이반은 신사의 모습이 잘 보이도록 높은 망대로 안내했다. 바보 백성들은 구경을 하러 꾸역꾸역 모여 들었다.

바보들은 어떻게 하면 손을 쓰지 않고 머리로 일을 할 수 있는지를 신사가 실제로 보여줄 거라고 생각하고 있었다. 그러나 왕초 도깨비는 어떻게 하면 일을 하지 않고도 살아갈 수 있는지를, 단지 말로만 지껄일 뿐이었다.

바보들은 그게 무슨 소리인지 통 알아들을 수가 없었다. 그래서 잠시 멍하니 바라보고 있다가, 저마다 하던 일을 하러 가겠다면서 뿔뿔이 흩어져버렸다.

왕초 도깨비는 하루 종일 망대 위에 서 있었다. 다음 날도 마찬가지로 그렇게 서서 쉬지 않고 떠들어댔다.

그는 떠들다보니 너무 지치기도 했지만, 무엇보다도 배가 고팠다. 그래서 무엇이라도 좀 먹었으면 했지만, 아무도 그에게 먹을 것을 갖다 주지 않았다. 그러나 바보들은, 만일 저 사람이 손보다 머리로 훨씬 더 일을 잘할 수 있다면, 자기가 먹을 빵쯤은 머리로 마음대로 만들 수 있을 거라고 생각했다. 때문에 망대 위의 그에게 빵을 가져다주어야겠다는 생각 따위는 할 이유가 없었다.

왕초 도깨비는 그 이튿날도 단 위에 올라서서 줄곧 떠들어 댔다. 그러나 사람들은 가까이 다가와서 잠시 바라보다가, 이내 또 이리저리 흩어져 갈 뿐이었다.

이반은 이따금 사람들에게 물어봤다.

"그래 어떻든가? 그 신사는 머리로 일을 하기 시작했나?"

"아닙니다. 아직도 여전히 떠들어 대기만 할 뿐입니다."

왕초 도깨비는 먹을 것도 제대로 먹지 못한 채 날마다 단 위에 서서 떠들다 보니, 점점 쇠약해져 갔다. 마침내 머리가 빙빙 돌면서 어지러워지기 시작하더니, 어느 순간 비틀거리다가 그만 기둥에 머리를 부딪히고 말았다.

한 바보가 이것을 보고, 이반의 아내에게 알렸다. 이반의 아내는 들에 나가 있는 남편에게로 달려가서 말했다.

"자, 구경하러 가시죠. 신사가 드디어 머리로 일을 하기 시작한 모양입니다."

"그게 정말이오?"

그 말을 들은 이반은 말을 몰아, 신사가 떠들어 대고 있는 망대로 달려갔다.

망대에 가까이 다가가서 보니, 굶주리다 못해 이제는 너무나 쇠약해진 도깨비가 비틀거리다가 기둥에 머리를 부딪히는 것이었다. 그러다가 이반이 도착한 그 순간, 그 자리에서 거꾸러진 도깨비는 요란스런 소리를 내며 사다리 아래로 굴러 떨어졌다. 마치 한 층 한 층 계단 수를 세기라도 하듯이.

이반은 머리를 끄덕이며 말했다.

"아하! 머리가 빠개지는 수도 있다고 하더니, 아닌 게 아니라 정말이네. 정말 손에 못이 박히는 건, 아무것도 아닌걸. 저렇게 일을 하다가는 머리가 남아나지 않을 게 아닌가."

사다리 밑으로 굴러 떨어진 왕초 도깨비는 땅 속에 머리를 처박고 말았다.

신사가 얼마나 많은 일을 했는지를 보기 위해 이반이 가까이 다가가려고 하는데, 별안간 땅바닥이 쫙 갈라졌다. 그러더니 왕초 도깨비가 땅 사이로 떨어져 들어가는 것이 아닌가. 그리고 그 자리에는 그저 뻥 뚫린 구멍이 하나 남아 있을 뿐이었다.

그리하여 이반은 그 구멍을 보면서 머리를 긁적였다.

"아, 요런 빌어먹을 게 다 있나! 아니, 또 그놈이었단 말인가! 그놈들의 애비가 틀림없을 거야. 별별 지독한 놈들도 다 있군!"

그리하여 이반은 오늘날까지 살아 있고, 인근의 모든 백성이 그의 나라로 몰려왔다.

빈털터리가 된 두 형들도 그에게 다시 찾아왔다. 물론, 이반은 그들을 받아들여 모시고 살았다.

또 누구라도 찾아와서 "우리들을 좀 살려 주세요" 하고 말하면, 그는 아무렇지도 않게 이렇게 말하곤 한다.

"그렇게 하지. 여기 와서 살게나. 여기엔 뭐든지 다 풍족하니까."

그러나 이 나라에는 전해 내려오는 단 하나의 관습이 있다.

손에 못이 박힌 자는 식탁에 앉아서 밥을 먹지만, 못이 박히지 않은 자는 먹다 남은 찌꺼기를 먹어야 한다는 것이다.

꼬마 도깨비의 선물

 가난하지만 부지런한 농부가 있었다. 농부는 아침 일찍 일어나, 점심때 먹을 생각으로 전날 먹다 남은 자투리 빵을 챙겨들고 밭일을 하러 나갔다. 농부는 빵을 자신의 외투로 둘둘 말아 덤불 아래 내려놓고 말에게 쟁기를 매어 일을 시작했다.

 한참을 일하고 나니, 말도 지치고 자신도 배가 고파 농부는 쟁기질을 멈췄다. 그는 말이 풀을 뜯어먹도록 풀어준 다음, 빵을 놓아두었던 덤불에 앉았다. 그런데 둘둘 말아놓은 외투를 풀어헤쳐 보았지만 그 안에 들어 있어야 할 빵이 보이지 않았다. 농부는 주변을 살펴보고 외투도 다시 들쳐보는 등으로 여기저기 찾아보았지만, 빵은 어디에도 없었다.

"이상한 일이네. 지금까지 아무도 지나간 사람이 없었는데 말이야. 아무래도 누군가 몰래 와서 내 빵을 훔쳐간 게로군."

농부가 쟁기질을 하는 동안 빵을 훔쳐간 것은 다름 아닌 꼬마 도깨비였다. 꼬마 도깨비는 심술을 부릴 작정으로 덤불 뒤에 앉아, 농부가 욕설을 퍼부으며 악마를 불러들이기를 기다리고 있는 참이었다.

그러나 농부는 빵을 잃어 몹시 아쉬워하면서도, 이렇게 말할 뿐이었다.

"어쩔 수 없는 일이지. 배 좀 고프다고 죽기야 하겠어? 얼마나 배가 고팠으면 부스러기에 불과한 내 빵을 훔쳐갔을까. 누군지 모르지만, 부디 그 사람이라도 허기를 면했으면 좋겠군!"

농부는 배고픔을 달래기 위해 샘으로 가서 물을 마시고 잠시 쉬었다. 그리고 다시 말을 끌고 와 쟁기를 채운 다음 일을 시작했다.

꼬마 도깨비는 자기가 배고픈 농부의 빵을 훔쳤지만, 농부가 저주를 퍼붓기는커녕 '훔쳐간 사람이라도 허기를 면했으면 좋겠군!'이라고 말하는 것을 보고 몹시 분개했다.

너무나 실망한 꼬마 도깨비는 그날 있었던 일을 보고하기 위해 자기 주인인 악마를 찾아갔다. 꼬마 도깨비로부터 아침에 있었던 일을 보고 받은 악마는 크게 화를 내며 이렇게 말했다.

"인간이 너를 이겼다는 것은 순전히 네 실수다. 너는 네 임무를 확실히 알지 못하고 있는 거야! 농부와 그의 아내가 계속 그런 식으로 행동한다면, 우리는 모두 분발해야만 돼! 나는 이 문제를 그대로 덮어둘 수만은 없다! 너는 그 농부에게로 당장 돌아가서 세상을 바로잡도록 해라. 만일 앞으로 3년 안에 그 농부를 이기지 못하면 너를 성수(聖水) 속에 빠뜨려버리겠다!"

꼬마 도깨비는 주인 악마의 말이 너무 무서웠다. 그래서 어떻게 하면 실수를 만회할 수 있을지를 곰곰이 궁리하며, 허둥지둥 지상으로 되돌아왔다. 그리고 꼬마 도깨비는 궁리를 거듭한 끝에 마침내 멋진 계획 하나를 떠올렸다.

꼬마 도깨비는 부지런하고 성실한 일꾼으로 변신하여 가난한 농부를 찾아가 그의 일을 거들었다.

첫해에 꼬마 도깨비는, 습지대에 옥수수 씨앗을 뿌리라고 농부에게 권했다. 농부는 일꾼의 말을 이상하게 여겼지만, 그 의견을 받아들여 습지대에 옥수수 씨앗을 뿌렸다. 그런데 그 해에는 무척이나 심한 가뭄이 닥쳤다. 때문에 다른 농부들의 옥수수는 모두 햇볕에 말라죽고 말았다. 하지만 습지대에 심은 가난한 농부의 옥수수만은 매우 튼튼하고 커다랗게 자랐다. 덕분에 가난한 농부는 한 해를 충분히 지낼 수확물을 거두었을 뿐 아니라, 많은 옥수수를 저장해 둘 수도 있게 되었다.

다음해에 꼬마 도깨비는, 언덕에다가 옥수수 씨앗을 뿌리라고 농부에게 말했다. 농부는 이번에도 일꾼의 말이 이상하게 생각되었지만, 작년에 일꾼의 말을 들은 결과 큰 이익을 얻었던 것을 떠올리고 언덕에 옥수수 씨앗을 뿌렸다. 그러자 그 해 여름에는 유난히 비가 많이 내렸다. 그래서 다른 농부들의 옥수수는 넘어지고 썩어서 낟알이 여물지 않았지만, 언덕에 심은 농부의 옥수수는 낟알이 꽉 차 수확량이 무척 많았다. 농부는 다시금 풍성한 수확을 올리게 되어, 남은 옥수수를 어떻게 처리해야 할지 고민할 정도가 되었다.

이를 본 꼬마 도깨비는, 옥수수를 갈아 술을 담는 법을 농부에게 가르쳐주었다. 두 해에 걸친 풍년으로 큰 수확을 얻은 농부는 꼬마 도깨비의 말대로 독한 술을 담았다. 그리고 매일 밤 친구들을 초청해 술자리를 벌이기 시작했다.

자신의 세 가지 계획을 다 마친 꼬마 도깨비는 곧바로 주인인 악마에게 달려가 마침내 실수를 만회하게 되었다고 자랑했다. 그러자 악마는 꼬마 도깨비의 말이 사실인가를 직접 확인해 보기 위해 농부의 집을 찾아갔다. 그리고 농부가 이웃사람들을 초대하여, 자신이 직접 만든 술을 대접하는 모습을 지켜보았다.

농부의 아내가 손님들에게 술을 따라주고 있었다. 그때 농부의 아내는 술을 차례로 돌리다가 식탁에 걸려 넘어지면서 술잔에 담긴 술을 쏟고 말았다. 그런데 그것을 본 농부는 아내에게 화를 내며 마구 욕설을 퍼붓기 시작했다.

"지금 뭐 하는 거야? 덜 떨어진 여편네 같으니라구! 이게 뭐 구정물쯤 되는 줄 알아? 이처럼 귀한 것을 마룻바닥에 다 쏟아버리다니, 바보천치 같으니라구!"

꼬마 도깨비는 즐거운 목소리로 악마의 귀에 대고 속삭였다.

"보세요. 저 농부가 빵이 없어졌는데도 원망하지 않았던 바로 그 사람입니다!"

농부는 아내를 야단치며 직접 술을 돌리기 시작했다.

그런데 그때, 밭에서 일을 마치고 돌아오던 한 가난한 농부가 비록 초대는 받지 않았지만 잠시 그 집에 들렀다. 가난한 농부는 사람들에게 인사를 하고 자리에 앉아 그들이 술 마시는 것을 지켜보았다. 농부는 하루 종일 힘든 일을 해서 매우 피곤했으므로, 술을 한 모금 얻어 마시고 싶어졌다. 그래서 그는 자리를 뜨지 않고 앉아 침을 삼키면서 계속 술잔이 오고가는 것을 바라보았다. 하지만 주인은 그에게 조금도 술을 나누어주지 않았다.

"우리 집에 찾아오는 모든 사람들에게 다 술을 줄 수는 없어!"

주인인 농부가 투덜댔다.

이러한 광경을 본 악마가 매우 기뻐하자, 꼬마 도깨비가 옆에서 낄낄거리며 말했다.

"잠깐만 기다려 보세요. 더 멋진 일이 벌어질 테니까요."

주인인 농부와 사람들은 계속 술을 마셨고, 그들은 마침내 서로에게 입에 발린 거짓말을 하기 시작했다.

악마는 그들의 대화를 귀담아 듣고 나서 꼬마 도깨비를 칭찬해 주었다.

"술 때문에 저들이 거짓말을 일삼는 교활한 인간들이 되었구나. 이제 저들이 저렇게 계속 떠들어 대기만 한다면, 저들 모두 우리 손아귀에 들어온 것이나 마찬가지다."

꼬마 도깨비가 말했다.

"자, 무슨 일이 벌어지는지 더 기다려보세요. 저 사람들이 또 술을 마시고 있잖아요. 이제 곧 저들은 여우같은 인간들로 변할 겁니다. 그래서 꼬리를 흔들며 서로에게 환심을 사려고 안간힘을 다할 겁니다. 그리고 시간이 지나면 지날수록 사나운 늑대처럼 변하지요."

농부는 다시 술 한 잔씩을 사람들에게 돌렸다. 술이 계속될수록 사람들의 대화는 점점 거칠어지고 사나워졌다. 입에 발린 칭찬을 하던 사람들은 어느새 서로를 헐뜯으며 으르렁대기 시작했다. 그러다 마침내는 서로 주먹질까지 해대는 것이었다. 집주인인 농부도 싸움에 끼어들었는데, 결국 실컷 얻어맞고 말았다.

악마는 그런 모습을 보면서 몹시 즐거워했다.

"정말 잘했다, 꼬마 도깨비야!"

꼬마 도깨비는 악마의 칭찬에 의미심장한 미소를 흘리며 자신만만한 목소리로 대답했다.

"조금만 더 기다려보세요. 이제 곧 세상에서 가장 멋진 장면을 보게 될 겁니다. 저자들이 석 잔의 술을 더 마실 때까지만 기다려보시라구요. 지금도 늑대처럼 광란을 벌이고 있지만, 이 상태에서 조금만 더 마시게 되면 그땐 마치 돼지 새끼들처럼 변해버리고 말 거예요."

농부들은 꼬마 도깨비의 말처럼 결국 석 잔째 술을 비웠고, 정말 돼지 새끼들처럼 변해갔다. 그들은 서로를 향해 뭐라고 투덜대면서 괴성을 질러댔다. 상대방의 이야기는 전혀 들으려 하지 않았고, 자신의 주장만 앞세우느라 방 안은 온통 시끄러운 함성으로 가득 차게 되었다.

잠시 후 술자리는 끝났다. 혼자 돌아간 사람을 비롯해 둘 또는 셋씩 짝을 지어 돌아간 사람들 모두가 길거리에서 비틀거렸다.

집주인인 농부는 손님들에게 작별 인사를 하려고 밖으로 니왔다가, 진흙탕과 구정물이 넘쳐나는 웅덩이에 코를 박고 쓰러지고 말았다. 그는 머리끝에서 발끝까지 온통 더러운 오물을 뒤집어쓴 채 웅덩이에서 빠져나오지 못하고, 거세된 수퇘지처럼 끙끙거렸다.

악마는 이 모습을 보더니 기뻐서 어쩔 줄 몰라 했다.

"잘했다. 정말 멋진 술을 만들었구나. 너는 이것으로 빵 때문에 저질렀던 실수를 만회하고도 남았다. 하지만 사람들을 저렇게 만든 술을 어떻게 만드는 것인지 내게도 알려다오. 틀림없이 너는 제일 먼저 여우의 피를 물에 넣었겠지. 그래서 저 농부들이 여우처럼 간교해졌을 테고……. 다음에는 늑대의 피를 탔겠구나. 그러니까 저들이 늑대처럼 흉포하게 변했을 테지. 마지막으로는 돼지의 피를 넣었지? 저들이 돼지처럼 행동하게 만들려고 말이야."

꼬마 도깨비가 말했다.

"아닙니다. 저는 그런 방법은 사용하지 않았습니다. 다만, 저 농부가 필요 이상의 옥수수를 수확할 수 있도록 했을 뿐입니다. 짐승의 피는 항상 사람들 속에 흐르고 있으니까요.

사람들은 필요한 만큼의 곡식만 가지면 결코 그 한계를 넘어서지 않습니다. 바로 그 때문에 저 농부는 예전에 빵을 잃어버리고도 아무런 불평을 하지 않았던 겁니다. 하지만 필요 이상으로 곡식이 넘쳐나자, 그는 그것에서 다른 즐거움을 찾으려 했습니다. 저는 그 즐거움이 술이라고 가르쳐 주었던 것입니다. 결국 저 농부는 하느님의 선물을 자기만의 쾌락을 위해 술로 바

꾸기 시작했습니다. 그러자 그의 몸속에 흐르던 여우와 늑대, 돼지의 피가 한꺼번에 솟아 나오게 되었죠. 저 농부가 계속해서 술을 마시는 한, 그는 언제나 짐승과 다를 바 없게 될 것입니다."

악마는 꼬마 도깨비의 지혜로움을 칭찬했다. 그리고 예전의 실수를 모두 용서해 주었을 뿐 아니라, 지위 또한 높여 주었다.

사랑이 있는 곳에 신도 있다

어떤 거리에 마르틴 아브제이치라는 구두장이가 살고 있었다. 그가 거처하는 곳은 창문이 하나밖에 없는 지하실이었다. 그 창 너머로는 사람들이 분주하게 오고가는 것이 보였다. 그렇지만 보이는 것은 발뿐이었다.

마르틴은 그곳에 오래 살았기 때문에 친구가 많았다. 이 근처에서 구두 때문에 한두 번이라도 마르틴의 신세를 지지 않은 사람이 거의 없을 정도였다. 구두창을 갈아댄 것도 있고, 해진 데를 기운 것도 있고, 둘레를 다시 꿰맨 것도 있으며, 그중에는 가죽을 완전히 새로 갈아댄 것도 있었다. 그래서 창 너머로 사람들이 오가는 것을 보고 있으면, 자기가 고치거나 수선한 구두들이 눈에 띄곤 했다.

 일감은 많은 편이었다. 왜냐하면 마르틴은 좋은 재료를 쓸 뿐 아니라 정성스럽게 구두를 손질했고, 수공비를 싸게 받는 데다 약속까지 꼬박꼬박 잘 지켰기 때문이다. 손님이 원하는 날짜 안에 반드시 일을 끝마치는 마르틴의 성격을 모두가 알고 있었기 때문에, 그에게는 일이 끊이지 않았다.

 마르틴 아브제이치는 원래 순박한 사람이었지만, 나이가 들어가면서부터는 더욱 자신의 영적 생활에 정성을 쏟으며 신에게 가까이 가고 있었다.

 마르틴이 예전의 주인 밑에서 일하고 있을 때 아내가 세상을 떠나고, 세 살짜리 아들만 남아 있었다. 그들 부부에겐 일찍이 아들 둘을 보았었는데, 어찌된 일인지 태어난 지 얼마 되지 않아 모두 세상을 떠났다.

 세 살짜리 아들과 혼자 남은 마르틴은 처음에는 그 아들을 시골 누님 댁에 맡길까도 생각했었다. 하지만 어머니가 없는 데다 아버지마저 떨어져 있어야 한다고 생각하니, 측은한 마음이 들어 생각을 고쳐먹었다.

 '우리 아기 카피토슈카를 남의 집에 맡긴다면, 그애가 너무 가엾어. 차라리 내가 데리고서 같이 고생하는 것이 낫겠어.'

 마르틴은 주인 밑을 떠나, 아이와 둘이서 셋방살이를 했다.

그렇게 세월이 흘러, 어렸던 카피토슈카가 아버지의 심부름을 할 정도로 자랐다. 이젠 한결 안정을 찾고 살 무렵, 그 아이는 병으로 앓아눕더니 일주일가량 고열에 시달리다가 끝내 죽고 말았다.

마르틴은 아들 장례식을 마치고 나자, 완전히 실의에 빠졌다. 마르틴은 슬픔을 견디지 못하고, 제발 자기를 죽게 해 달라고 하느님께 애원한 적도 한두 번이 아니었다. 그리고 늙은 자기 대신 어린 아들을 데려간 하느님을 원망하면서, 그때부터 교회에도 나가지 않았다.

어느 날, 고향에서 한 노인이 마르틴을 찾아왔다. 이 노인은 벌써 8년째 성지를 순례하고 있는 중이었다. 마르틴은 이 노인과 세상 사는 이야기를 주고받다가, 자기가 그동안 겪은 일을 얘기하며 신세 한탄을 했다.

"영감님, 난 이제 더 이상 살 기력을 잃었어요. 그저 죽고 싶은 마음뿐이라고요. 난 이제 아무 소망이 없기 때문에, 하루라도 빨리 데려가 달라고 하느님께 빌고 있어요."

그러자 노인이 말했다.

"마르틴, 그건 잘못된 생각이야. 우리는 하느님께서 하시는 일을 가지고 이러쿵저러쿵 말할 수가 없네. 무슨 일이건 우리의 지혜가 아니라, 하느님의 재량으로 결정되는 것이니까. 자네

아들은 죽었지만, 자네는 살아야 하는 것이 하느님의 뜻이라네. 그것 때문에 하느님을 원망하거나 삶을 포기하는 것은 자네가 자신의 즐거움만을 생각하기 때문이야."

"그럼, 무엇 때문에 산다는 건가요?"

"하느님을 위해 살아야 하네. 마르틴, 하느님께서 허락해 주신 생명이니까 하느님을 위해 사는 것이 도리가 아니겠나. 하느님을 위해서 살면 아무 걱정이 없고, 모든 일이 편안해진다네."

마르틴은 잠자코 있다가 한참 후에 입을 열었다.

"하느님을 위해 사는 것이란 도대체 어떻게 사는 것을 말하나요?"

"어떻게 하면 하느님을 위해 살 수 있느냐 하는 것은 예수께서 모두 가르쳐 주셨네. 자네, 글 읽을 줄 알지? 성경을 읽어 보게나. 그러면 하느님을 위해 산다는 것이 무엇인지 알게 될 거야. 거기엔 무엇이든 다 쓰여 있으니까."

이 말이 마르틴의 마음을 사로잡아, 그날로 당장 커다란 활자로 된 《신약성서》를 구해 읽기 시작했다. 처음에 마르틴은 주일이나 축일에만 읽을 생각이었지만, 한번 읽기 시작하자 완전히 빠져들어 날마다 읽지 않으면 허전할 정도였다. 어떤 때는 너무나 열중해서 읽은 나머지, 램프의 석유가 다 닳은 것도 모를 지경이었다. 읽으면 읽을수록 하느님께서 무얼 말씀하시는지, 신을 위해 산다는 것이 어떤 것인지를 분명하게 알게 되어 마음이 더할 수 없이 가벼워졌다.

예전에는 잠자리에 누워서도 꺼질 듯이 한숨만 쉬며 카피토 슈카의 일만 생각했으나, 요즘은 오로지 하느님께 감사와 찬양의 기도를 드리면서 하루 일을 마무리하곤 했다.

"하느님 아버지, 감사합니다. 감사합니다! 모든 일을 당신 뜻에 온전히 맡기오니, 주님 뜻대로 하옵소서!"

그 뒤, 마르틴의 생활은 놀랍게 달라졌다. 전에는 주일 날도 빈둥빈둥 돌아다니고, 음식점에 들어가 차를 마시거나 보드카도 사양치 않고 마시곤 했다. 아는 사람과 한잔 마시고 나면 별로 취하지 않았는데도 공연히 쓸데없는 잔소리를 늘어놓거나 시비를 걸곤 했었다. 그런데 이제는 그런 일이 거의 없었다. 하루하루가 조용하고 만족스러웠다.

아침부터 일을 시작하여 정한 시간만큼 일을 하고 나면, 램프를 걸쇠에서 벗겨 테이블 위에 올려놓은 다음 벽장에서 성경을 꺼내어 읽던 페이지를 펼쳐놓고 읽기 시작했다. 읽으면 읽을수록 그 뜻을 알게 되고 기쁨이 샘솟아 마음이 밝아졌다.

여느 날과 마찬가지로 그날 밤도 마르틴은 늦은 시간까지 책을 읽고 있었다. 마침 '누가복음 6장'을 읽고 있었는데, 다음과 같은 구절이 특히 눈에 띄었다.

'누가 뺨을 치거든 다른 뺨마저 돌려 대주고 누가 겉옷을 빼앗거든 속옷마저 내어 주어라. 달라는 사람에게는 주고 빼앗는 사람에게는 되받으려고 하지 말라. 너희는 남에게서 바라는 대로 남에게 해 주어라.'

다시 다음 구절을 읽었다. 그 구절은 이렇게 적혀 있었다.

'너희는 나에게 주님, 주님, 하면서 어찌하여 내 말을 실행하지 않느냐? 나에게 와서 내 말을 듣고 실행하는 사람이 어떤 삶인지 가르쳐 주겠다. 그 사람은 땅을 깊이 파고 반석 위에 기초를 놓고 집을 짓는 사람과 같다. 홍수가 나서 큰물이 집으로 들이치더라도 그 집은 튼튼하게 지었기 때문에 조금도 흔들리지 않는다. 그러나 내 말을 듣고도 실행하지 않는 사람은 기초 없이 맨땅에 집을 지은 사람과 같다. 큰물이 들이치면 그 집은 곧 무너져 여지없이 파괴되고 말 것이다.'

마르틴은 이 말씀을 읽고 나자, 더욱 큰 기쁨을 느꼈다. 안경을 벗어 책 위에 놓고, 테이블 위에 팔꿈치를 괴고 앉아 한참 동안 생각에 잠겼다. 그리고 자기가 이제까지 해온 일들을 이 말씀에 비춰보면서 많은 생각을 했다.

'내 집은 어떤가. 반석 위에 서 있는가, 모래 위에 서 있는가? 반석 위에 서 있으면 얼마나 좋을까. 실로 홀가분한 마음으로 이렇게 혼자 앉아 있으면 얼마나 좋을까. 이럴 때는 모든 일을 하느님의 지시대로 할 것 같은 생각이 들지만, 어쩌다 보면 그만 죄를 짓고 마니……. 아니, 그래도 더욱 열심히 해야지. 아아, 오늘은 참으로 기분 좋다. 하느님 아버지! 부디 제게 힘을 주시옵소서!'

마르틴은 이런 생각을 하다 그만 잠자리에 들려고 했지만, 왠지 쉽게 책을 놓을 수가 없었다. 그래서 계속해서 7장을 읽었다. 백인 대장의 이야기를 읽고, 과부 아들의 이야기를 읽고, 세례 요한이 제자에게 말하는 대목을 읽었다. 그리고 마침내 부자 바리새파 사람들이 예수님을 그들 집에 초대한 대목까지 읽었다. 그리고 다시 죄 많은 여자가 예수님의 발에 향유를 부어드리고, 그 위에 눈물을 뿌리니 예수께서 그 죄를 용서했다는 이야기도 읽었다. 이렇게 읽는 동안 44절에 이르렀다.

'그 여자를 돌아보시며 시몬에게 말씀을 계속하셨다. "이 여자를 보아라. 내가 네 집에 들어왔을 때 너는 나에게 발 씻을 물도 주지 않았지만 이 여자는 눈물로 내 발을 적시고 머리카락으로 내 발을 닦아주었다. 너는 내 얼굴에도 입 맞추지 않았지만 이 여자는 내가 들어왔을 때부터 줄곧 내 발에 입 맞추고 있었다. 너는 내 머리에 기름을 발라주지 않았지만 이 여자는 내게 향유를 발라주었다."'

여기까지 읽은 마르틴은 잠시 멈추었다.

'발 씻을 물을 주지 않고, 입을 맞추지도 않고, 머리에 기름도 발라주지 않고······.'

마르틴은 다시 안경을 벗어 책 위에 놓은 다음, 생각에 잠겼다.

'아무래도 내가 그 바리새파 사람들과 같았던 모양이야. 오로지 나 자신만 생각해 왔어. 차를 마시고 싶다든지 따뜻하고 깨끗한 옷을 걸치고 싶다는 따위의 생각만 하고, 손님을 위한 생각은 별로 하지 않았지. 오직 나 위주로만 생각했어. 손님의 입장은 아무래도 상관없었지. 그런데 손님은 누군가? 다름 아닌 하느님이 아니신가. 만약 하느님께서 나를 찾아오시면, 나는 도대체 어떻게 맞이해야 하는가?'

마르틴은 턱을 괴고 앉아 생각에 잠겼다가, 어느 사이에 스르르 잠이 들어버렸다.

"마르틴!"

문득 누군가가 등 뒤에서 부르는 소리가 들려왔다. 마르틴은 놀라서 벌떡 일어났다. 그러나 고개를 돌려 문 쪽을 보았지만, 아무도 없었다. 도로 몸을 눕히며 잠이 들려고 하는 순간, 갑자기 누군가의 소리가 또렷하게 들려왔다.

"마르틴, 마르틴아! 내일 창 너머 길을 내다 보아라. 내가 그곳에 갈 터이니."

마르틴은 자리에서 일어나 눈을 비벼댔다. 꿈결에서 그 말소리를 들었는지, 깨어서 들었는지 도무지 갈피를 잡을 수가 없었다. 마르틴은 참으로 이상하다는 생각을 하면서, 등불을 끄고 다시 잠자리에 들었다.

이튿날 아침, 마르틴은 아직 날이 밝기도 전에 일어났다. 가장 먼저 하느님께 기도를 드린 다음, 난로에 불을 지펴 국과 보리죽을 끓이고, 사모바르(구리나 은으로 만든 러시아 고유의 주전자)에 물을 담아 불에 올린 후 앞치마를 두르고 창가에 앉아 일을 시작했다.

마르틴은 일을 하는 중에도 마음속으로는 어젯밤 일만을 생각하고 있었다. 그냥 그런 마음이 들었을 뿐이라고 생각하기도 했지만, 한편으로는 실제로 그런 목소리를 들었다고 생각되기도 했다.

'뭐, 이런 일은 가끔 있을 수 있는 일이니까.'

창가에 앉은 마르틴은 일을 하기보다는 창 너머로 길을 내다보는 시간이 훨씬 더 많았다. 낯선 구두를 신고 지나가는 사람이 있으면, 몸을 구부려 밖을 내다보면서 구두뿐 아니라 얼굴까지 보려고 기를 썼다.

새로 지은 장화를 신은 정원 관리인이 지나가는가 하면 지게를 진 일꾼도 지나갔다. 그 뒤로 여기저기를 땜질한 낡은 장화를 신은 니콜라이 1세 시대의 늙은 병사가 손에 삽을 들고 창 앞으로 다가왔다. 마르틴은 그 장화를 보고, 바로 그라는 것을 알 수 있었다.

이 늙은 병사는 스테파니치라고 불렸는데, 옆집 상인이 인정상 데리고 있었다. 정원 관리인의 일을 도와주는 것이 그의 일이었다. 한참 동안 그 모습을 바라보고 있다가, 마르틴은 다시 일을 하기 시작했다.

'아무래도 내가 늙어서 망령이 난 모양이야.'

마르틴은 이런 생각을 하며 혼자 실없이 웃었다.

'스테파니치가 눈을 치우고 있는데, 나는 예수님이 내게 오신 게 아닌가 하고 생각하니 말이야. 난 아주 정신이 나간 모양이야.'

그러나 몇 바늘을 채 꿰매지도 않았는데, 마르틴의 마음은 다시 창 밖으로 끌리고 말았다. 창 너머로 바라보니, 스테파니치는 삽을 벽에 기대놓고서 볕을 쬐는 것 같기도 하고 쉬는 것 같기도 한 모양으로 앉아 있었다. 이제 늙어서 눈을 치우는 일도 힘이 부치는 것 같았다.

마르틴은 '마침 사모바르의 물도 끓고 있는데, 저 사람에게 차라도 한 잔 대접할까' 하고 생각하며, 바늘을 일감에다 찔러놓고 일어났다.

사모바르를 테이블 위에 올려놓고 차를 준비한 다음, 손가락으로 창문 유리를 똑똑 두드렸다.

스테파니치가 돌아보더니, 창가로 가까이 왔다. 마르틴이 손짓을 하면서 문을 열고 말했다.

"들어와서 몸 좀 녹이지 그래요. 몸이 꽤 얼었겠네요."

"어이구, 고맙네. 온몸이 다 쑤시는구먼."

스테파니치가 반갑게 대답했다.

스테파니치는 들어와서 옷에 묻은 눈을 턴 다음, 마룻바닥에 자국이 나지 않도록 장화에 묻은 눈까지 말끔하게 닦아냈다. 그러는 동안에도 그는 계속 몸을 떨고 있었다.

"닦지 않아도 괜찮아요. 이리 줘요, 내가 털 테니. 나야 늘 하는 일이잖아요. 자, 어서 이쪽으로 와서 차 좀 드세요."

마르틴은 두 개의 컵에 찻물을 부어서 하나를 그에게 준 다음, 자기도 찻잔을 들어 후후 불며 마시기 시작했다. 스테파니치는 차를 다 마셔버리자 컵을 엎어놓은 다음, 그 위에다 먹던 설탕을 올려놓고는 고맙다고 말했다. 그런데 어쩐지 조금 아쉬운 듯한 표정이었다.

"한 잔 더 하시겠어요?"

마르틴은 그의 컵에다 가득 차를 따른 다음, 자기 컵에도 조금 더 따랐다. 하지만 차를 마시면서도 어쩔 수 없이 자꾸 창밖의 길 쪽으로 눈이 쏠리곤 했다.

그러자 스테파니치가 물었다.

"자네, 누구 기다리는 사람이라도 있나?"

"누굴 기다리느냐구요? 글쎄요, 누굴 기다리는지 쑥스러워서 말을 못하겠군요. 기다리는 것도 아니고, 그렇다고 기다리지 않는 것도 아니에요. 다만 언뜻 들은 한 마디가 기억에 남아서 그렇습니다. 꿈인지 생시인지도 잘 모르지만요······. 어젯밤에 나는 성경을 읽었어요. 예수께서 이 세상 여러 곳을 다니며 고생한 이야기였지요. 아저씨도 물론 들었거나 했던 이야기에요."

"듣기는 들었어. 하지만 원래 나야 배우질 못해서 글을 읽을 줄 모르지 않나."

"그런데 내가 읽은 이야기가 어떤 건지 알아요? 예수께서 바리새파 사람들에게 오셨는데, 그들이 변변히 대접도 하지 않은 대목을 읽었거든요. 그런데 오늘 하루 종일 어젯밤에 읽은 그 구절이 자꾸 생각나는 거예요. 예수님이 오셨는데, 대접을 하지 않는다는 것이 말이 됩니까? 그렇지만 혹시 만에 하나라도 내게 또는 다른 누구에게 오신 일이 있다면, 우리는 어떻게 했을까요? 이런 일을 생각하면서 나도 모르게 꾸벅꾸벅 졸기 시작했어요. 그런데 어디선가 나를 부르는 소리가 들려서 잠에서 깨어났어요. 주변에는 아무도 없었지만, 분명 누군가가 조그만 목소리로 말하는 소리가 들렸어요. '기다려라. 내일 그곳에 갈 테니' 하고 말이에요. 그것도 두 번이나 되풀이해서 말했어요. 그 말이 자꾸 생각이 나서, 아무리 태연한 척하려 해도 자꾸 기다려지네요."

스테파니치는 그 말을 듣고 고개를 갸우뚱거릴 뿐 아무 말도 하지 않은 채, 남은 차를 마시고 잔을 내려놓았다. 마르틴은 다시 빈 컵에 차를 가득 따랐다.

"자, 기운 나게 한 잔 더 마시세요. 예수님께서 이 세상을 두루 돌아다녔을 때는 이런 사람 저런 사람 가리지 않는 것은 물론이고, 오히려 신분이 낮고 힘없는 사람들을 보살펴주셨을 거라고 생각해요. 언제나 가난한 사람들과 함께 지내시고 제자도 우리처럼 신분이 낮은 기술자 가운데서 고르셨잖아요. 마음이 교만한 자는 지옥으로 떨어지고, 마음이 가난해야만 천국에 올라간다고 말씀하셨어요. 너희들은 나를 '주님이시여' 하고 부르지만 나는 너희들의 발을 씻어주겠다고도 하시고, 우두머리가 되고 싶은 자는 모든 사람의 하인이 되라고도 말씀하셨어요. 또한 마음이 가난하고 겸손하며 인정이 있는 자는 행복할 거라고도 말씀하셨고요."

스테파니치는 차 마시는 것도 잊은 채 가만히 앉아 듣고 있었는데, 그의 볼에서 눈물이 흘러내리고 있었다.

"한 잔 더 드세요."

마르틴이 다시 차를 권했으나, 스테파니치는 가슴에 성호를 긋고 인사를 한 다음 컵을 밀어놓으며 일어섰다.

"고맙네, 마르틴 아브제이치. 정말 잘 마셨네. 덕분에 몸도 훈훈해졌고, 마음도 따뜻해졌네."

"종종 들르세요. 나는 손님이 찾아오는 것이 기쁘니까요."

스테파니치가 구둣방에서 나갔다. 마르틴은 차를 따라 마시고 찻잔을 치운 다음, 창가 일터로 가서 뒤꿈치를 꿰매기 시작했다. 구두 수선을 하면서도 연신 창밖을 바라보며 예수님의 방문을 고대했다. 그러면서 예수님의 일에 대해서만 생각했다. 머리 속에는 예수께서 말씀하신 여러 가지 일들로 꽉 차서 좀처럼 사라지지 않았다.

창밖으로 두 병사가 지나가고 있었다. 한 사람은 군화를, 다른 한 사람은 신사화를 신고 있었다. 그 뒤로 이웃집에 살고 있는 주인이 반짝반짝 윤이 나는 방한용 신발을 신고 지나가고, 또 바구니를 옆에 낀 빵 가게 아저씨가 지나갔다. 모두가 지나가 버렸을 때, 털실로 짠 긴 양말에 낡은 신발을 신은 여자가 창 앞으로 다가왔다. 그리고 창 옆 바로 벽에 발을 멈췄다.

마르틴이 창 너머로 내다보니, 초라한 차림새에 아기까지 안고 있는 여자는 다른 마을에 사는 사람처럼 보였다. 그녀는 바람을 등진 채 벽과 마주서서 아기가 바람을 맞지 않도록 자신의 몸으로 감싸고 있었는데, 감싸줄 덮개 하나도 갖고 있지 않은 듯했다. 게다가 여자는 얇은 여름옷을 입고 있었다.

마르틴은 일어나서 밖으로 나가, 돌층계 위에 서서 큰 소리로 그녀를 불렀다.

"아주머니, 아주머니!"

그가 부르는 소리를 듣고, 여자가 뒤를 돌아보았다.

"여보시오, 이런 추운 날씨에 왜 아기를 안고 거기 서 있어요? 어서 안으로 들어오세요. 따뜻한 방에 들어와서 아이를 좀 녹여 주어야 할 것 같은데, 어서 이리로 들어오세요."

여자는 깜짝 놀라는 표정이었다. 올려다 보니, 안경을 쓴 중년 남자가 안으로 들어오라고 자기에게 손짓을 하고 있지 않은가.

여자는 중년남자를 따라갔다. 층계를 내려가 방에 들어서자, 노인은 여자를 난로 쪽으로 안내했다.

"아주머니, 여기에 앉으세요. 난로 가까운 쪽으로 와서 몸을 녹이면서 아기에게 젖을 주도록 하세요."

"젖이 나지 않아요. 아침부터 아무것도 먹지 못했거든요."

여자는 이렇게 말하면서도 아기에게 젖을 물렸다. 마르틴은 딱한 듯 혀를 차며 테이블로 가서 빵을 준비했다. 그리고는 난로 뚜껑을 열어 수프를 그릇에 담았다. 보리죽이 담긴 항아리를 꺼내보니, 아직 덜 물러 있었다. 그래서 수프만 따라 식탁 위에 놓았다. 그리고 빵을 놓은 다음, 못에 걸린 수건을 벗겨 식탁 위에 깔았다.

"아주머니, 여기 앉아서 어서 드세요. 아기는 내가 안고 있을 테니까. 나도 예전에는 아기가 있었거든요. 그래서 좀 볼 줄 안답니다."

여자는 식탁에 앉더니, 가슴에 성호를 그은 다음 먹기 시작했다.

마르틴은 아기가 있는 침상에 걸터앉았다. 아기는 자꾸만 울어댔다. 그러자 마르틴은 입가에 손가락을 갖다대고 이리저리 얼러댔다. 하지만 입 속에 손가락을 넣지는 않았다. 아교 같은 게 묻어 손이 까맣게 되어 있었기 때문이다.

아기는 손가락을 바라보는 동안에 울음을 그치고 방긋방긋 웃기 시작했다. 마르틴도 기뻐서 같이 웃었다.

여자는 식사를 하면서, 자신의 처지에 대해 이야기를 하기 시작했다.

"저의 남편은 병사였는데, 여덟 달 전에 어디론가 멀리 전속되어 갔어요. 그런데 그 뒤로 통 소식이 없습니다. 저는 남의 집 하녀로 들어갔는데, 얼마 안 되어서 아기를 낳았어요. 하지만 아기가 있어서 일을 제대로 하지 못한다고, 그 일마저도 할 수 없게 되었어요. 벌써 석 달째 일 없이 지냈습니다. 입던 옷까지도 다 팔아서, 이젠 아무것도 남은 게 없어요. 그래서 유모로라도 들어갔으면 싶은데, 그런 자리도 없군요. 몸이 워낙 야위어서 젖이 잘 나지 않을 거라는 거예요. 지금은 장사를 하고 있는 주인 아주머니에게 갔다 오는 길이에요. 그 집에 제가 아는 여자가 일하고 있는데, 저를 써주겠다고 약속했거든요. 그래서 저는 오늘부터 일할 수 있을 걸로 알고 갔는데, 다음주에 다시 오라는 거예요. 그런데 그 집이 어찌나 멀던지, 저도 지쳐서 쓰러질 지경이지만 어린 것이 여간 혼이 나지 않았어요. 고맙고 다행스럽게도 지금 살고 있는 집의 주인 아주머니가 하느님을 믿는 분이라 우리 모자를 불쌍하게 여겨주시기에 망정이지, 그렇지 않았다면 벌써 어떻게 되고 말았을 거예요."

마르틴이 긴 한숨을 내쉬면서 물었다.

"따뜻한 옷은 없나요?"

"이제 따뜻한 옷을 입어야 할 때가 되었지만, 바로 어제도 하나밖에 없는 목도리를 20코페이카에 저당 잡혀야 했어요."

그녀는 침상으로 돌아가 아기를 안았다. 마르틴은 일어나 한쪽 구석으로 가더니, 한참 동안 무엇인가를 부스럭거리며 찾았다. 잠시 후, 그는 소매 없는 낡은 외투 하나를 들고 왔다.

"이걸로 어떻게 안 되겠소? 다 낡았지만, 그래도 아기를 감쌀

수는 있을 거요."

여자는 소매 없는 낡은 외투와 마르틴을 번갈아 쳐다보다가 그만 울음을 터뜨렸다.

마르틴은 얼굴을 돌린 다음, 침상 밑으로 들어가 옷궤를 끌어내서 그 속을 뒤졌다.

그녀가 말했다.

"정말 고맙습니다. 저는 갚을 길이 막연하지만, 하느님께서 은총을 내려주실 겁니다. 아무리 생각해 봐도, 주님께서 저를 이곳으로 인도하신 모양입니다. 정말 하마터면 이 아이를 얼려 죽일 뻔했어요. 집을 나섰을 때는 따뜻했는데, 갑자기 추워지더라고요. 이것은 분명 주님께서 아저씨를 창가에 앉게 하셔서, 우리 모자의 가엾은 모습을 보게 하셨을 거예요."

마르틴이 빙그레 웃으며 말했다.

"듣고 보니 그렇군요. 예수께서 그렇게 하도록 만드신 거예요. 사실, 내가 창밖을 내다보고 있었던 것은 괜스레 그랬던 것이 아니었어요."

마르틴은 병사의 아내에게도 어젯밤의 이야기를 하면서, 오늘 자기에게 오시겠다고 약속한 일에 대해 들려주었다.

"그것은 우리를 살려주시겠다는 하느님의 은총이 아닐는지요."

이렇게 말하며 여자는 일어나, 소매 없는 외투를 걸친 다음 그 속에 아기를 감싸 안았다. 그리고는 마르틴에게 허리를 굽혀 공손하게 인사했다.

"자, 예수님의 이름으로 이것을 받으세요."

마르틴은 여자에게 20코페이카를 주었다.

"이것으로 목도리를 찾아 다시 두르도록 하세요."

여자는 성호를 그었다. 마르틴도 성호를 그으며 여자를 배웅했다.

여자가 가버리자, 마르틴은 스튜를 먹고 뒷정리를 한 다음 다시 일을 시작했다. 일을 하는 동안에도 창밖 바라보는 것을 잊지 않았다. 창문이 그늘지면 얼른 고개를 들어, 누가 지나가나 하고 유심히 바라보곤 했다. 아는 사람도 지나가고 모르는 사람도 지나갔으나, 이렇다 할 만한 일은 일어나지 않았다.

그러다가 문득 바라보니, 마르틴의 창문 바로 앞에 한 할머니가 멈춰 서 있었다. 그 할머니는 사과가 담긴 바구니를 들고 있었다. 거의 다 팔고, 나머지는 얼마 되지 않았다. 그 대신 나무 부스러기가 든 자루를 어깨에 메고 있었는데, 아마 어떤 공사장에서 주워 집으로 가지고 돌아가는 모양이었다. 할머니는 어깨가 몹시 아파서 다른 쪽 어깨에다 바꿔 메려고 사과 바구니를 말뚝에 걸어놓고는 자루 속의 나무 부스러기를 추스르고 있는 참이었다.

그런데 자루를 들어올리려는 순간, 어디서 나타났는지 찢어진 모자를 쓴 사내아이가 불쑥 튀어나와 바구니에서 사과 한 개를 훔쳐가지고 그대로 도망치려고 했다. 하지만 할머니는 재빨리 눈치를 채고 바로 돌아서서 사내아이의 옷소매를 움켜잡았다. 사내아이는 마구 소리를 지르며 욕을 해댔다.

마르틴은 미처 바늘도 제대로 챙겨놓지 못하고 마룻바닥에 내팽개친 채 문 밖으로 뛰어나갔다. 얼마나 급히 나갔으면, 층계에 발이 걸려 안경을 떨어뜨렸을 정도였다.

마르틴이 길로 뛰어나갔을 때, 할머니는 사내아이의 머리카락을 움켜쥐고 욕을 하면서 경찰서에 가자고 하고 있었다. 사내아이는 있는 힘을 다해 발버둥치면서 소리쳤다.

"이거 놔요! 왜 때려요? 난 훔치지 않았다고요."

마르틴이 사내아이의 손을 잡고 말렸다.

"할머님, 놓아주세요. 예수님의 이름으로 용서해 주세요!"

"놓아주긴 하겠지만, 앞으로 다시는 이런 짓 못하게 경찰서에 끌고 가서 혼을 내야 해요."

마르틴이 할머니를 달랬다.

"그만 놓아주세요. 다시는 그러지 않을 거예요. 예수님의 이름으로 놓아주세요!"

할머니는 사내아이를 잡고 있었던 손을 놓았다. 사내아이가 도망치려 하자, 마르틴이 얼른 붙잡아 세우며 말했다.

"할머니께 잘못했다고 빌어라. 다시는 이런 나쁜 짓을 해서는 안 된다! 네가 사과 꺼내는 걸, 나도 보았으니까."

사내아이는 훌쩍거리면서 할머니께 용서를 빌었다.

"음, 이제 됐다. 자, 이 사과는 네가 갖고 가거라."

마르틴은 바구니에서 사과 하나를 집어 사내아이에게 주었다.

"할머니, 사과 값은 제가 낼게요."

"괜한 짓을 해서 아이들의 버릇만 나쁘게 들이지 마세요. 저런 애들은 한 일주일쯤 경찰서에서 혼이 나야 해요."

"아니에요, 할머니. 그것은 우리들 생각이지만, 주님의 뜻은 그렇지 않을 거예요. 사과 한 개 때문에 이 아이를 혼내줘야 한다면, 저처럼 죄 많은 죄인은 도대체 어떤 벌을 받아야 할까요?"

할머니는 대답을 하지 않은 채 잠자코 있었다. 그러자 마르틴은 할머니에게 이야기 하나를 들려주었다. 주인은 관리인이 진 빚을 용서했는데, 그 관리인은 자기에게 빚을 진 사나이를 용서하기는커녕 몹시 괴롭혔다는 이야기를…….

할머니가 아무 말 없이 가만히 이야기를 듣고 있자, 아까 그 사내아이도 옆에 서서 같이 이야기를 들었다.

"주님께서는 죄를 용서하라고 말씀하셨지요. 그렇지 않으면 우리도 죄를 용서받을 수 없지 않겠습니까? 주님의 말씀을 따르려면 어떤 사람이라도 용서해 주어야 할 텐데, 하물며 철없는 어린아이는 더 말해서 무엇 하겠습니까."

마르틴이 열심히 말하자, 그 말에 고개를 끄덕이던 할머니가 긴 한숨을 내쉬었다.

"그야 그렇지만, 이런 아이들은 너무나 버릇이 없어요. 한번 된통 혼이 나야 해요. 그렇지 않으면……."

"그러니까 우리 어른들이 가르쳐야지요."

"그래요. 나도 아이들을 일곱이나 낳았지만, 지금은 딸 하나밖에 남지 않았어요."

그리고는 어느 마을에서 그 딸과 같이 살고 있는지, 외손자가 몇인지 등을 이야기하기 시작했다.

"나도 이제 기운이 다 돼서 움직이기도 힘들지만, 그래도 일을 하지요. 어린 손자들이 가엾어서 말이에요. 그것들이 얼마나 착한지, 내가 집으로 돌아가면 죽 나와서 마중해 주곤 해요. 글쎄, 아크슈트 그 녀석은 내 곁을 떠나지 않으려고 졸졸 따라다니지 뭡니까. '할머니, 우리 할머니가 난 제일 좋아.'라고 말하면서 말이에요."

이제 할머니의 마음은 완전히 풀어진 듯했다.

"물론, 너도 철이 없어서 그런 짓을 했겠지."

할머니가 사내아이를 보며 말했다. 그런 다음 할머니가 자루를 들어올리려고 하자, 사내아이가 재빨리 나서며 말했다.

"할머니, 제가 들어다 드릴게요. 가는 길이니까요."

할머니는 뭐라고 중얼거리면서 자루를 사내아이의 어깨에 올려주었다.

이렇게 해서 두 사람은 어깨를 나란히 하고 걷기 시작했다. 할머니는 마르틴에게 사과 값 받는 것도 잊어버린 모양이었다.

마르틴은 우두커니 서서 두 사람의 뒷모습을 바라보며, 둘이서 걸으면서 무엇인가 연신 이야기하는 것에 귀를 기울였다.

두 사람이 가고 난 후, 마르틴은 집안으로 되돌아오다가 층계에 떨어져 있는 안경을 주웠다. 그런데 한 군데도 긁히거나 깨진 데가 없었다. 그는 다시 바늘을 찾아 들고 창가에 앉아 수선 작업을 시작했다.

일을 하는 동안, 어느덧 날이 저물어 바늘구멍이 잘 보이지 않게 되었다. 벌써 점등부가 가스 등을 켜느라고 돌아다니고 있었다. 마르틴은 램프에 불을 댕겨 고리에 걸고, 다시 일을 시작했다. 한쪽 장화의 수선을 끝내고 나서 이리저리 살펴보니 무척 잘 꿰매졌다.

도구를 치우고 가죽 부스러기를 쓸어낸 다음 실이랑 바늘을 제자리에 잘 챙겨 넣었다. 그리고 램프를 떼어 테이블 위에 놓고는 벽장에서 성서를 꺼냈다.

어제 저녁에 가죽 조각을 끼워놓은 데를 펼치려고 했는데, 다른 페이지가 펼쳐졌다. 마르틴은 성서를 펼치자 어제 저녁의 꿈이 생각났다. 꿈이 되살아나는 동시에, 무엇인가 부스럭거리는 소리가 귀에 들려왔다. 마르틴이 뒤를 돌아다보니, 어두컴컴한 구석에 사람이 서 있었다.

확실히 사람은 사람인데, 누군지는 알 수 없었다. 그는 다만 마르틴의 귀밑에서 이렇게 소곤대는 것이었다.

"마르틴, 마르틴. 너는 나를 알아보지 못했지?"

"누구를요?"

마르틴이 되물었다. 그러자 어두운 한구석에서 스테파니치가 앞으로 나오더니, 빙그레 웃고 나서 형체도 그림자도 없이 사라졌다.

"그것도 나였어."

또다시 아까 그 목소리가 말했다. 그러자 어두운 한구석에서 아기를 안은 여자가 나타났다. 여자가 미소 짓고, 아기가 빙그레 웃는가 싶더니 이내 사라졌다.

"그것도 나였어."

역시 그 목소리가 말했다. 그러자 할머니와 사과를 가진 사내아이가 나와서, 둘이 똑같이 빙그레 웃더니 사라져 버렸다.

몹시 기쁘고 행복한 마음이 된 마르틴은 성호를 긋고 나서 안경을 낀 다음 성서의 펼쳐진 페이지를 읽기 시작했다.

페이지의 첫머리에 이렇게 쓰여 있었다.

'너희는 내가 굶주렸을 때에 먹을 것을 주었고, 목말랐을 때에 마실 것을 주었으며, 나그네가 되었을 때에 따뜻하게 맞이하였다. 또 헐벗었을 때에 입을 것을 주었으며…….'

또한 같은 페이지 아래쪽에는 이렇게 쓰여 있었다.

'분명히 말한다. 너희가 여기 있는 형제 중에 가장 보잘것없는 사람 하나에게 해준 것이 바로 나에게 해준 것이다.'

-〈마태복음 25장 40절〉

마르틴은 그제야 분명히 깨달았다. 꿈이 아니었음을……. 이날 예수께서는 어김없이 마르틴에게 왔고, 마르틴은 그를 대접했다는 것을…….

촛불

아직 지주(地主)가 대단하게 위세를 떨치던 시절의 일이다. 그 무렵의 지주 중에는 별별 사람이 다 있었다. 자신도 한 번은 죽는다는 사실을 알고 하느님을 경외하며 남을 불쌍히 여기는 자가 있는가 하면, 남을 경멸하는 짐승과 다름없는 자도 있었다.

그중에서도 제일 못된 자는 농노 출신의 관리인, 즉 개천에서 용 나듯이 졸지에 높은 사람들 틈에 끼어 귀족 행세를 하는 무리들이었다. 그런 자들 때문에 농민들의 살림은 말로 할 수 없을 정도로 비참했다.

어느 지주의 영지에 그런 관리인이 나타났다. 농부들은 소작료 대신에 일을 했다. 땅은 얼마든지 있는 데다, 토질도 좋고 물도 넉넉했으며, 풀밭이나 숲까지도 남아돌아갈 정도로 모든 것이 풍족했다. 그래서 지주도 농민도 아무 부족함 없이 자유스러웠다. 그런데 그 땅의 지주는 다른 영지에서 일하던 농군 출신을 관리인으로 앉혔다.

이 관리인은 제 세상을 만난 듯, 농민들을 학대하기 시작했다. 이미 한 가정의 가장으로, 아내 말고도 이미 출가한 딸이 둘이나 되고 돈도 벌 만큼 번 자였다. 그렇게 심하게 굴지 않아도 안락하게 살아갈 수 있었는데도, 욕심이 지나치다 보니 나쁜 길로 빠져버렸던 것이다.

우선 농민들에게 정해진 기일 이상으로 일을 시켰다. 기와 공장을 세워, 남자 여자 할 것 없이 끌어다가 일을 시킨 다음 만들어낸 기와를 팔아먹기 시작했다.

농민들은 모스크바에 있는 지주를 찾아가서 불만을 호소했지만 아무 소용이 없었다. 지주는 농민들을 그냥 쫓아 돌려보낼 뿐, 관리인의 횡포를 응징하려고 하지는 않았다.

관리인은 농민들이 지주에게 다녀왔다는 것을 알고, 그 앙갚음을 하기 시작했다. 그 때문에 농민들의 살림살이는 한층 더 어려워졌다. 게다가 농민들 중에도 좋지 못한 자들이 섞여 있었기 때문에, 동료의 일을 관리인에게 밀고하여 함정에 빠뜨리곤 했다. 그리하여 점차 농민들은 뜻을 모으지 못하고 따로따로 놀게 되어, 날이 갈수록 엉망이 되어 갔다.

날이 가면 갈수록 관리인의 횡포가 심해져서, 마침내 농민들은 관리인을 사나운 짐승보다 더 두려워하게 되었다. 관리인이 마차를 타고 마을을 지나갈 때면, 모두 못 볼 것을 보기나 한 것처럼 눈에 띄지 않도록 어떤 곳에든 재빨리 몸을 숨기곤 했다.

관리인은 그걸 알아채고, '놈들이 날 두려워한단 말이야.' 하며 더욱 화를 내면서 마구 때리거나 일을 고달프게 시켜서 괴롭히곤 했다.

그 무렵, 그런 좋지 못한 악인을 슬그머니 죽이는 일도 종종 일어나곤 했다. 그 마을의 농민들도 뜻 맞는 사람끼리 모여서 어떻게 할 것인지를 의논하기 시작했다. 그중에 그래도 배짱이 있는 사람이 먼저 그 일에 대해 말을 꺼냈다.

"도대체 언제까지 저 악당을 저대로 둬야 하지? 어차피 죽을 목숨이면, 저 놈을 먼저 죽이고 죽는 것이 낫지 않겠어?"

그러던 어느 부활절 전날이었다. 농민들이 모두 숲속에 모여들었다. 관리인이 지주의 숲을 깨끗이 손질하라고 명령을 내렸기 때문이다. 점심을 먹기 위해 한자리에 모였을 때 의논을 시작했다.

"이래 가지고서야 앞으로 어떻게 우리가 살 수 있겠나. 저놈은 우리를 송두리째 말려 죽이려고 하는 것 같지 않나? 과도하게 일을 하다 지쳐 쓰러져도 쉬지 못하고 다시 일을 해야 하니 말이야. 게다가 조금이라도 제 맘에 들지 않으면 무조건 두들겨 패니, 이거 어디 산목숨이라고 할 수 있겠냐고. 세몬 같은 사람은 벌써 얻어맞아 죽었고, 아니심은 감방에 들어가 수갑을 차고 얼마나 곤욕을 치렀느냔 말이야. 우리는 이제 기다리고 말고 할 것이 없지 않은가? 오늘 저녁, 여기 와서 또 몹쓸 짓을 하기 시작하면, 놈을 말에서 끌어내려 도끼로 한 대 쾅 쳐버리자고. 그러면 그것으로 일이 끝나지 않을까? 그리고 눈에 띄지 않는 곳에다 짐승처럼 파묻어버리면, 발각될 이유가 없지 않겠나. 다만 한 가지 중요한 것은, 모두가 마음을 합해서 발설하지 않아야 된다는 거야. 자, 약속하자구!"

바실리 미나예프가 이렇게 말했다. 그는 누구보다도 크게 관리인에게 원한을 품고 있었다. 관리인은 하루가 멀다 하고 미나예프를 때리는가 하면, 그의 아내마저 빼앗아 자기 집 하녀로 만들어버렸던 것이다.

저녁이 되자 관리인이 왔다. 말을 타고 왔는데, 느닷없이 나무 베는 방법이 잘못됐다고 트집을 잡아서 한바탕 난리를 피웠다. 그는 잘라놓은 나뭇더미 속에서 잘려진 보리수 한 그루를 발견하고, 눈을 부릅떴다.

"나는 보리수 가지를 베라고 하지 않았다. 누가 베었나? 썩

나오지 못할까? 어디 보자, 모두 두들겨 패줄 테니!"

그러자 누군가가 그것은 시도르의 구역이라고 말했다. 관리인은 얼굴에 피가 맺히도록 시도르를 심하게 때렸다. 나무를 벤 양이 적다고 바실리까지 가죽 채찍으로 실컷 때린 다음, 관리인은 자기 집으로 돌아갔다.

그날 밤, 농민들이 다시 모였을 때 바실리가 입을 열었다.

"아니, 당신네들도 사람이오? 짐승만도 못 해. 입으로는 해치운다고 말해놓고, 막상 코앞에 그놈이 나타나면 놀란 참새 떼처럼 꼼짝도 못하지 않소. '동료를 배반해서는 안 된다. 기운을 내서 해치우자!'고 말로는 떠들다가도, 막상 매가 나타나면 풀숲에 납작 엎드려서 흩어져버리니……. 그러니까 매는 자기가 눈독 들였던 자를 붙잡아다가 요절을 내는 것 아니오. 매가 날아간 다음 쨱쨱거리며 나타난 참새들은 슬금슬금 기어 나와 주변을 둘러보고는, 한 마리가 모자라면 '누가 없어졌지? 바니카구나. 아아, 그놈은 그런 꼴을 당할 만해. 그만한 이유가 있지' 하는 것이 바로 당신들 아니오? 배신하지 않겠다고 약속했으면, 정말로 배신하지 말아야 되는 것 아니오? 놈이 시도르에게 손찌검을 했을 때, 당신네들이 한 덩어리가 되어 놈을 요절냈어야 하는 것 아니오? '배신하지 않겠다, 해치우자!'고 하다가도 매가 덤벼들면, 혼비백산해서 숲으로 도망쳐 버리니……."

농민들은 다시 의논하여, 관리인을 죽이는 데 합의했다.

관리인은 부활제가 시작되면 보리 씨를 뿌려야 하기 때문에 지주의 밭을 갈아야 한다고 명령을 내렸다. 농민들은 사람을 어떻게 알고 하는 수작이냐고 분개하면서, 부활절 전 금요일에 남의 눈에 띄지 않게 바실리의 집 뒤꼍에 모여 다시 의논했다.

"놈이 이젠 하늘 무서운 줄도 모른다니까. 지금이 어느 때라고 그런 명령을 내리느냔 말이야. 이제 더 이상 참지 말고, 정말 때려죽여야 해. 어차피 한 번은 죽을 목숨 아닌가!"

그때 페트로시카 미헤예프가 왔다. 페트로시카 미헤예프는 성품이 온화한 사람으로, 이제까지 농민들의 모임에 한 번도 나오지 않았었다. 그는 오늘 처음 참석해서, 사람들의 이야기를 말없이 들은 다음 이렇게 말했다.

"여러분들은 정말 엄청난 일을 계획하고 있군요. 사람을 죽인다는 것은 여간 큰일이 아니오. 목숨 하나 죽이는 일이야 별로 어렵지 않게 할 수 있는 일이겠지만, 죽인 사람의 영혼은 어떻게 될 것 같소? 놈이 나쁜 짓을 했다면, 우리가 손을 보지 않더라도 천벌을 받을 것이오. 여러분들, 그때까지 참도록 합시다."

그 말을 듣고, 바실리는 화가 머리끝까지 나서 시근덕거렸다.

"뭐야, 처음 나와서 잘난 척하기는……. 사람을 죽이는 건 죄라고? 죄라는 걸 모르는 사람도 있나? 오죽했으면 그런 일을 계

획했을까. 우리는 계획대로 하겠다. 그놈을 인간이라고 할 수 있는가? 아무 죄도 없이 착한 사람을 죽이는 것은 죄지만, 그런 짐승만도 못한 놈을 죽이는 건 하느님도 이해하실 거야. 인간을 불쌍하고 가엾게 여긴다면, 그런 미친 개 따위는 죽여 없애야 해. 그렇지 않으면 불쌍하게 죽어가는 사람들만 더 늘어날 거야. 놈이 사람을 개 패듯이 두들겨 팬 생각을 하면 치가 떨린다고. 우리가 놈을 죽이는 것은 다른 사람들을 위해서야. 모두가 감사하게 생각할 것이 틀림없어. 그런 걸 우리가 안됐다느니 어떻다느니 하면서 용단을 내리지 못하면, 놈은 결국 우릴 모조리 때려죽이고 말 거야. 자넨 당치도 않은 걱정을 하고 있군. 미헤예프, 도대체 자넨 뭔가? 부활절에 일하러 가는 것이 죄가 덜 된다는 말인가? 그렇게 말하는 자네도 일하러 안 갈 거 아닌가?"

"안 가긴 왜 안 가나? 밭을 갈라고 하면, 가야지. 가고 싶으면 가고, 가기 싫다고 안 가는 게 아니잖나. 누가 나쁜지는 하느님께서 다 알고 계신다네. 우린 늘 하느님을 잊지 말아야 해. 여보게들! 나는 말이지, 내 생각을 말하는 것이 아니라네. 만약에 악을 악으로 뿌리뽑으려고 하는 것이라면, 하느님께서 그와 같은 본을 보여주셨을 테지만 우리에게 가르친 것은 그게 아냐. 우리가 악을 악으로 다스리려 하면, 그 악은 다시 우리에게 옮겨오네. 사람을 죽이는 것은 어렵지 않은 일이지만, 그 피는 자신의 영혼에 달라붙네. 사람을 죽인다는 것은 자신의 영혼을 피투성이로 만드는 일일세. 그것은 결국 자신의 마음을 나쁘게 만드는 것이라네. 재난에는 지고 들어가야 하네. 그러면 재난 쪽에서도 져줄 걸세."

이렇게 하여 농민들은 결말을 보지 못했다. 의견이 가지가지였다. 바실리처럼 생각하는 사람이 있는가 하면, 끔찍한 죄를 짓지 말고 참아내는 것이 낫다고 생각하는 사람도 있었기 때문이다.

농민들이 부활절 전야 축하 행사를 끝마친 저녁 때, 작업반장은 관리인 미하일 세묘느비치로부터 명령을 받았다. 그리하여 보리 씨를 뿌리기 위해 밭을 갈아야 하니, 다음 날 모두 모이라고 공고를 했다.

반장은 마을을 돌아다니며, 내일은 모두 나와 밭을 갈아야 한다고 말했다. 한 조는 강 건너 쪽을, 다른 조는 길가 밭에서부터 시작하라고 알려주었다.

농민들은 너무나 화가 났지만, 그 명령에 반항할 용기가 없었다.

다음 날 아침, 모두들 괭이와 삽을 들고 나가 밭을 갈기 시작했다.

이튿날, 교회에서는 아침 미사 시간을 알리는 종이 울렸다.

사람들은 어디서나 부활절을 축하하느라 떠들썩한데, 이곳 농민들만 모두 괭이와 삽을 들고 나가 밭을 갈고 있었다.

관리인 미하일 세묘느비치는 늦게 잠에서 깨어났고, 관리인의 아내와 과부가 된 딸은 곱게 차려입고 하인에게 마차를 준비시켜 미사에 참례하러 갔다.

미하일 세묘느비치는 아침을 먹은 다음, 파이프의 연기를 길게 내뿜으며 사람을 시켜 반장을 불렀다.

"그래, 농민들은 밭에 나가 열심히 밭을 갈고 있나?"

"네, 모두들 열심히 밭을 갈고 있습니다."

"어때, 모두 다 나왔던가?"

"네, 모두 나왔습니다. 제가 구역도 전부 정해 주었습니다."

"구역을 정해 준 건 좋은데, 제대로 잘하고 있는지 모르겠군. 지금 가서 살펴보게. 점심때 내가 직접 나가볼 테니까. 둘이서 짝을 이뤄 3천 평씩 일구도록 이르게! 만약 허술하게 대충한 데가 있으면, 부활절이라고 해서 용서하는 일은 없을 테니까."

"잘 알았습니다."

그렇게 말하고 반장이 돌아서자, 미하일 세묘느비치는 다시 그를 불렀다. 가던 사람을 불러놓고는, 무슨 곤란한 말이라도 하려는지 머뭇거렸다. 그는 한참을 망설이다가 이렇게 말했다.

"그리고 또 한 가지, 그 도둑놈들이 내 말을 어떻게 하는지 자네가 슬쩍 들어보게. 욕하고 흉본 이야기를 모두 내게 보고하도록. 나는 그놈들을 너무나 잘 알고 있지. 일하기는 싫고, 그냥 놀고 싶어 하는 족속이니까. 먹고 마시고 노는 일만 좋아할 뿐, 밭 가는 시기를 놓치면 일을 망친다는 생각은 하지 않으니까 말이야. 그러니까 누가 뭐라고 했는지를 상세하게 들은 다음, 내게 와서 보고하도록! 나는 그걸 알아둘 필요가 있거든. 자, 어서 가보라고. 그리고 숨김없이 내게 말해 줘야 해. 알았나?"

반장은 농민들이 일하고 있는 밭을 향해 말을 달렸다.

관리인의 아내는 미사에 참례한 후 돌아와 남편이 반장과 주고받는 이야기를 듣고 있다가, 오늘 일하는 것만은 제발 그만두면 어떻겠느냐고 간청했다. 관리인의 아내는 온순하고 착한 마음씨를 가진 여자였으므로, 되도록 남편의 마음을 부드럽게 어루만져줘 농민들을 감싸려고 무척 애를 썼다.

"여보, 오늘이 부활절 대축일이니 제발 죄를 짓는 일은 하지 말고 농민들을 쉬게 해주세요."

미하일 세묘노비치는 아내의 말을 들으려고도 하지 않은 채, 웃음으로 얼렁뚱땅 넘어가려고 했다.

"한동안 하는 대로 그냥 내버려두었더니, 당신 아주 건방져졌는데. 이젠 별 참견을 다하고 나서는군."

"난 당신의 일로 좋지 않은 꿈을 꾸었어요. 제발, 오늘만은 제

말대로 농민들을 쉬게 해주세요!"

"안 된다니까, 왜 자꾸 나서고 그래? 맛있는 음식 배불리 먹고 편하게 지내니까, 채찍이 어떻게 생긴지 모르는 모양이군. 당신도 조심해!"

세묘느비치는 벌컥 화를 내면서 불이 있는 파이프로 아내를 위협하며, 자기 방에서 몰아냈다. 그러면서 식사 준비를 하라고 명령했다. 미하일 세묘느비치는 어묵, 고기만두, 돼지고기가 섞인 양배추 수프, 통돼지구이와 우유가 든 빵을 먹고, 버찌로 담근 술을 마시고, 디저트로 달콤한 케이크와 파이를 먹었다. 그런 다음 하녀를 불러 노래를 시키고, 자기도 기타를 가져다가 노래에 맞춰서 퉁기기 시작했다.

미하일 세묘느비치가 거나한 기분으로 트림을 하면서 하녀와 함께 킬킬거리고 있을 때, 반장이 들어와서 허리 굽혀 인사를 했다. 그리고는 들에서 살펴보고 온 일들을 보고하기 시작했다.

"그래, 어떻든가? 열심히 밭을 갈고 있던가? 오늘 해야 될 일들을 다 마칠 수 있겠던가?"

"이미 반 이상 갈았습니다."

"그래, 빠뜨린 데는 없던가?"

"그런 건 없습니다. 모두들 겁을 먹어서인지 꾀부리지 않고 열심히 일하고 있습니다."

"그래, 흙도 곱게 다지고?"

"얼마나 곱게 다졌든지, 마치 고운 겨자 씨 같습니다."

관리인은 잠자코 듣고 있다가, 맘에 걸리던 것을 물었다.

"그런데 나에 대해서 뭐라고들 수군거리지? 욕을 하지는 않던가?"

반장이 바로 대답하지 못하고 머뭇거리자, 미하일 세묘느비치는 들은 것을 하나도 숨기지 말고 그대로 말하라고 윽박질렀다.

"숨김없이 하나도 빠뜨리지 말고 그대로 다 말해. 딴 말로 꾸며댈 생각일랑 하지 말고, 다 털어놓으란 말이야. 사실대로 말하면 상을 주지만, 혹시 놈들을 두둔한다든가 하면 매로 대신할 테니 알아서 하라구. 야, 카추사. 이 사람 기운 좀 내게 보드카 한 잔 갖다 줘라."

하녀는 바로 반장에게 술을 한 잔 갖다 주었다. 반장은 고개 숙여 고맙다고 인사한 다음, 그것을 단숨에 쭉 들이켜고 나서 입 언저리를 훔쳤다. 그러면서 생각했다.

'할 수 없지, 뭐. 욕을 하라고 내가 시킨 것도 아니니까, 들은 대로 말을 하자.'

그렇게 생각한 반장은 술기운 탓인지 이상하게 용기가 생겨 얘기를 시작했다.

"모두들 불평이 이만저만 아니더라고요. 미하일 세묘느비치님, 그들은 모여서 수군거렸어요."

"그래? 도대체 뭐라고 수군거리는지, 빨리 말을 해보게."

"모두 똑같은 말을 하고 있었습니다. 관리인 어른은 하느님을 공경하지 않는다고요."

그 말을 들은 관리인은 뭐가 그리 우스운지 웃음을 터뜨렸다.

"누구누구가 그런 말을 하던가? 본 대로 전부 말해 주게. 바실리는 뭐라고 하던가?"

반장은 자기의 동료를 나쁘게 말하고 싶지는 않았으나, 바실리와는 예전부터 사이가 좋지 않았기 때문에 머뭇거리지 않고 말했다.

"바실리는 그 누구보다도 가장 심한 욕을 했습니다."

"그자가 도대체 뭐라고 욕을 하던가? 빨리빨리 말해 봐!"

"입에 담기조차 끔찍한 말이었어요. '그 자는 필시 짐승처럼 비참하게 죽을 게 틀림없다.'고 말하는 것을 똑똑히 들었습니다."

"흥, 그래? 그러면서 놈은 왜 진작 날 죽이지 않았다는 거야? 아무래도 미처 손이 움직이지 않았던 모양이군. 좋아, 바실리 네놈과는 지금이라도 셈을 할 테니까. 그리고 치슈카는? 그놈은 뭐라고 떠들던가?"

"네, 모두들 듣기 민망한 말들을 했습니다."

"그래, 뭐라고 했다는 거야? 구체적으로 말해 봐."

"이거 참, 말로 할 수 없을 정도로 너저분한 말이라……."

"뭐가 그렇게 너저분하다는 거야? 겁내지 말고, 있는 그대로 말해!"

"배가 툭 터져서, 창자가 밖으로 튀어나왔으면 좋겠다고 했습니다."

미하일 세묘느비치는 이번에도 뭐가 그리 우스운지 웃음을 참지 못했다.

"그래? 누가 먼저 터지는지, 두고 보면 알 거다. 그래, 그 말은 누가 했나? 치슈카인가?"

"네, 모두가 욕을 하거나 저주하는 말을 했습니다."

"그래? 그렇다면 페트로시카 미헤예프는 뭐라고 하던가? 그놈도 마찬가지로 흉측한 말을 늘어놨겠지?"

"아닙니다. 미하일 세묘느비치 님, 페트로시카는 욕 같은 건 전혀 하지 않았습니다. 모든 사람들이 욕을 하는데도, 그 사람만은 아무 말도 하지 않고 잠자코 있었습니다. 저도 그자를 보고 참으로 이상하다는 생각을 했습니다."

"도대체 뭐가 그렇게 이상하던가?"

"글쎄요, 뭐라고 설명할 수가 없습니다. 내가 그자 곁으로 갔을 때, 그 자는 투르킨 언덕의 경사진 땅을 열심히 갈고 있었습니다. 가까이 가 봤더니, 누군가가 부르는 노래 소리가 들렸습니다. 아주 가늘고 아름다운 목소리였습니다. 더군다나 쾡이 손잡이 사이로 뭔가 반짝이는 게 보였습니다."

"그래?"

"작은 불이 타는 것처럼 보였습니다. 제가 조금 더 가까이 가서 자세히 보니, 교회에서 5코페이카에 파는 초를 쟁기 손잡이 사이에 세워 놓았더군요. 그 초가 타고 있었는데, 바람이 불어도 꺼지지를 않았습니다. 그리고 그자는 새 외투를 입고 열심히 밭을 갈면서 부활절 노래를 부르고 있었습니다. 쟁기를 홱 돌리거나 힘껏 잡아당겨도 촛불이 꺼지지 않았습니다. 내가 보고 있는 앞에서 쟁기를 돌리기도 하고 손잡이를 꺾기도 하면서 마구 밀고 나갔지만, 이상하게도 촛불은 꺼지지 않고 계속 타고 있었습니다."

"그래, 그자가 자네에게 뭐라고 하던가?"

"아니오, 아무 말도 하지 않았습니다. 그냥 나를 쳐다보더니, 부활절 인사를 하고는 계속 노래를 불렀습니다."

"자넨 그에게 뭐라고 물어봤나?"

"아니오, 아무것도 물어보지 않았습니다. 그런데 다른 농민들이 미헤예프에게 와서, 아무리 기도를 드리고 노래를 불러도 부활절에 일을 한 죄를 용서받을 수 없을 거라고 놀려댔습니다."

"그러니까 그자는 뭐라고 대답하던가?"

"글쎄, 그자는 대답은 하지 않은 채 사람들에게 '땅에는 평화, 사람에게는 선한 마음이 있을지어다!'라고 하면서, 다시 하던 일을 계속했습니다. 그리고는 쟁기질을 하면서 낮은 목소리로 노래를 불렀습니다. 물론, 촛불은 여전히 꺼지지 않고 그대로 계속 타고 있었습니다."

세묘느비치는 이제 더 이상 웃지 않고, 기타를 내려놓은 채 생각에 잠기는 듯했다. 그리고는 하녀와 반장을 물러가게 하고는, 커튼 뒤로 들어가 침상에 쓰러져서 끙끙대며 한숨을 내쉬었다. 그 한숨소리는 마치 보릿단을 실은 짐수레를 끌고 갈 때 내는 소리 같았다.

그때 그의 아내가 들어와서 말을 시켰지만, 그는 쳐다보지도 않은 채 멍하니 누워 있었다. 그러다가 간혹 "그놈이 나를 이겼다! 이번에는 내가 당할 차례다!"라는 말만 되풀이할 뿐이었다.

그러자 아내가 그에게 다시 한 번 부탁을 했다.

"여보, 지금이라도 가서 농민들을 돌려보내세요. 그렇게만 하면 아무 일도 없을 거예요. 그동안에 더 심한 일을 하고도 태연하던 당신이, 이번에는 왜 그렇게 겁을 먹고 두려워하는지 모르겠군요."

하지만 세묘느비치는 아무 대꾸도 하지 않은 채, 혼자서 계속 중얼거렸다.

"나는 이제 틀렸어. 그놈이 날 이긴 거야!"

아내는 조금 더 큰 목소리로 그에게 다시 간곡히 부탁했다.

"그놈이 이겼다, 그놈이 이겼다고만 하시면 무슨 소용이 있겠어요. 그보다 지금이라도 농민들에게 가서 일손을 멈추게 하세요. 그러면 틀림없이 모든 일이 잘될 거예요. 자, 빨리요! 말에 안장을 올려놓고, 나갈 준비하라고 할게요."

말이 끌려나왔다. 아내는 남편에게 농민들이 일하고 있는 곳으로 가서, 농민들을 바로 집으로 돌려보내라고 했다. 정신이 나간 듯한 미하일 세묘느비치는 아내의 말대로 순순히 말을 타고 출발했다.

마을 입구에 이르렀을 때 어떤 아낙네가 마을 문을 열어주어 마을 안으로 들어가기는 했지만, 대부분의 사람들은 그의 모습이 나타나기가 무섭게 집 모퉁이나 뒤꼍으로 숨느라고 정신이 없었다.

관리인은 그런 모습들을 보면서 마을을 빠져나가는 문에 이르렀다. 그런데 문이 닫혀 있었다. 말에 올라앉은 채로 문을 열 수 없었기 때문에 그는 크게 소리를 질렀다.

"문 열어라! 문 열어!"

그러나 대답하는 사람이 아무도 없었다. 할 수 없이 말에서 내려 직접 문을 열 수밖에 없었다. 그리고는 다시 말을 타기 위해 한쪽 발을 등자에 걸면서 안장에 걸터앉으려는 순간, 돼지를 보고 놀란 말이 버둥거리는 바람에 울타리에 부딪히고 말았다.

몸이 무거운 관리인은 안장에서 몸을 가누지 못하고 굴러 떨어졌는데, 공교롭게도 울타리에 부딪혔다. 게다가 그 울타리 중 한쪽 끝이 뾰족하면서 다른 것보다 조금 더 길게 튀어나온 말목에, 그의 배가 걸리고 말았다. 그걸 이겨낼 장사가 어디 있겠는가. 배가 찢어진 관리인은 땅바닥에서 어쩔 줄 몰라 하며 뒹굴었다.

밭일을 마친 농민들이 마을로 돌아가고 있는데, 마을로 들어가는 문가에 콧김을 불어대면서 안으로 들어가려고 하지 않는 말이 서 있었다. 이상한 생각이 들어 주위를 살펴보니, 미하일 세묘느비치가 벌렁 나뒹굴어져 있는 것이 아닌가.

양팔은 좌우로 벌린 채 눈을 부릅뜨고 있었다. 창자는 온통 다 찢어져서 안에 있는 것들이 다 튀어나와 있었으며, 옆에는 피가 괴어 웅덩이를 이루고 있었다. 대지가 그의 피를 빨아들여 주질 않는 듯했다.

농민들은 깜짝 놀라 뒷길로 말을 몰고 달아났다. 하지만 페트로시카 미혜예프는 말에서 내려 관리인 곁으로 다가갔다. 관리인은 이미 숨이 끊어져 있었다.

그는 관리인의 눈을 감겨주고, 짐수레에 말을 매어 아들과 함께 시체를 실은 다음 지주의 저택으로 갔다.

지주는 그간에 있었던 이야기를 들은 다음, 농민들에게 부역을 시키지 않고 소작료도 줄여줬다.

하느님의 힘은 악을 악으로 갚는 데 있는 것이 아니라, 선한 일 가운데 있다는 것을 농민들은 깨달았다.

사람에겐 얼마나 많은 땅이 필요한가?

1

도시에 사는 언니가 시골 사는 동생네 집에 놀러왔다. 언니는 장사꾼에게 시집을 가서 도시에 살고 있었고, 동생은 농사꾼에게 시집을 가서 시골에서 살고 있었다.

언니와 동생은 차를 마시면서 여러 가지 이야기를 나누었다. 그러다가 언니는 자랑을 하기 시작했다. 자기가 도회에서 얼마나 넓고 깨끗한 집에 살고 있으며, 아이들은 얼마나 멋진 옷과 음식을 먹고 마시는지, 마차를 타고 놀러 다니는 것은 물론이고, 극장 구경은 얼마나 많이 하는지 모른다면서 은근히 으스댔다.

동생도 화가 나서, 염치없고 몰인정한 장사꾼의 생활을 헐뜯으며 자기네들의 농촌 생활을 자랑했다.

"아무리 도시 생활이 좋다고 해도, 나는 우리 생활을 언니네 생활과 바꿀 생각이 없어요. 우리 생활은 호화롭지는 않지만, 그 대신 걱정은 없어요. 언니네 생활은 얼핏 보면 호화스러워 보이지만, 크게 벌든가 아주 망하든가 둘 중 하나잖아요? 거기에 비하면 우리네 농사일은 안전하고 틀림없지요. 비록 큰 부자는 못 되더라도 배고픈 일은 없거든요."

그러자 언니가 말했다.

"배만 고프지 않으면 뭘 해. 돼지처럼 살면서! 게다가 좋은 옷을 입을 수 있나, 근사한 파티에 참석할 수가 있나. 아무리 뼈 빠지게 일해 봐야 너희들은 어차피 돼지우리 같은 곳에서 살다가 죽어갈 거야. 그렇게 사는 건, 너희 아이들도 마찬가지일 거고."

"그럼, 어때요? 그게 우리의 방식인걸요. 그 대신 우리네 생활은 얼마나 자유스러운데요. 누구에게 머리 숙일 필요도 없고, 누구를 두려워할 필요도 없어요. 그러나 도시에서는 모두들 유혹과 불안 속에서 살아가고 있잖아요. 오늘은 좋지만 내일은 어떤 악마에게 홀릴지도 모르고요. 이런 말해서 좀 그렇지만, 형부도 언제 노름에 미칠지, 술독에 빠질지 모를 일이잖아요. 그땐 모든 게 끝장이에요. 그렇잖아요?"

동생의 남편 빠홈이 난롯가에서 여자들의 이야기를 듣고 있다가 한 마디 했다.

"그건 옳은 말이야. 우리는 어릴 때부터 땅을 파먹고 살아왔기 때문에 어리석은 생각 따위는 하지 않아요. 다만 유감스러운 것은 땅이 모자라다는 거지요. 땅만 많다면, 세상에 겁날 것이 없지. 악마까지도 말이야!"

여자들은 차를 다 마시고 나서도 잠시 동안 아름다운 옷과 맛있는 음식에 대한 이야기를 나누었다. 그러고 나서 찻잔을 치운 다음 잠자리에 들었다.

그런데 악마란 놈이 난로 뒤에 숨어서 이 모든 말을 듣고 있었다.

악마는 농부가 아내의 말에 우쭐해 하는 것을 보고 참을 수가 없었다. 농부는 땅만 있으면 악마도 무섭지 않다고 큰소리치지 않았는가.

악마는 생각했다.

'좋아, 우리 한번 겨뤄보자. 내가 너에게 땅을 주어, 그것으로 너를 홀리겠다.'

2

이 마을에 한 여자 지주가 얼마의 땅을 가지고 머슴들과 함께 살고 있었다. 가지고 있는 땅은 120데샤티나(1데샤티나는 약 1헥타르)였다. 이 여자 지주는 지금까지 농민들과 사이좋게 지냈으며, 그들을 억울하게 만드는 일도 없었다.

그런데 얼마 전에 군에서 제대한 사나이가 관리인으로 들어왔는데, 그는 걸핏하면 농민에게 벌금을 물리는 등으로 그들을 괴롭혔다.

빠홈이 아무리 조심을 해도 그의 계략을 피할 수가 없었다. 말이 지주의 귀리 밭에 뛰어들고, 암소가 마당에 들어가고, 송아지가 풀밭에 들어가 농작물을 망쳤다는 이유로, 그때마다 벌금을 물어야만 했다.

벌금을 물 때마다 빠홈은 화가 나서 소나 말을 때리기도 했다. 이 관리인 때문에 빠홈은 여름 동안에 많은 죄를 지었다. 그래서 가축을 우리 속에 가두는 계절이 되자, 오히려 마음이 놓일 정도였다. 먹이는 아까웠지만 걱정거리가 없어졌기 때문이다.

그런데 그해 겨울에 이런 소문이 떠돌았다. 여자 지주가 땅을 팔기 위해 내놓았는데, 저택 관리인이 땅을 사려고 한다는 소문이었다. 그 소문을 듣고 농부들은 한숨을 내쉬었다.

'만일 저택 관리인의 손에 땅이 들어가게 되면, 그놈은 여자 지주보다도 훨씬 많은 벌금을 매겨 우리를 괴롭힐 것이다. 그렇다고 우리가 이 땅을 떠날 수도 없는 노릇이고!'

농부들은 떼를 지어 여자 지주를 찾아가, 땅을 저택 관리인에게 팔지 말고 자기들에게 넘겨 달라고 사정을 했다. 값도 저택 관리인보다 더 많이 주겠다고 약속했다. 결국 여자 지주는 승낙했다.

농부들은 공동으로 땅을 사들이려고 한두 번 모였으나, 의견의 일치를 보지 못했다. 악마가 훼방을 놓았기 때문에 의견을 모을 수가 없었던 것이다.

그래서 농부들은 각자의 형편대로 적당한 면적의 땅을 사기로 했다. 여자 지주도 이를 승낙했다.

빠홈은 옆집에 사는 농부가 여자 지주에게서 20데샤티나의 땅을 샀는데, 돈을 절반만 주고 나머지 절반은 일 년 후에 주기로 했다는 말을 들었다. 빠홈은 그것이 부러웠다.

'사람들이 땅을 사버리면, 내 손에는 아무것도 들어오지 않게 되잖아.'

그래서 그는 아내와 의논했다.

"모두들 땅을 사는데 우리도 10데샤티나 정도는 사야 하지 않겠소. 안 그러면 우린 살아갈 수 없을 거야. 관리인이라는 자가 벌금으로 다 가져가 버릴 테니까."

두 사람은 어떻게 하면 땅을 살 수 있을까 연구해 보았다. 그들에게는 저금한 돈이 100루블 있었다. 그래서 망아지 한 마리와 벌꿀을 절반 팔고, 아들을 머슴으로 보내고, 동서에게 빚을 얻어 땅값의 절반을 마련했다.

돈이 모이자 빠홈은 작은 숲이 있는 15데샤티나의 땅을 골라 놓고 여자 지주의 집을 찾아갔다. 땅값을 흥정하고 읍에 나가 매매 계약을 한 다음, 땅값의 절반을 현찰로 치르고 나머지 절반은 2년 안에 치르기로 했다.

이래서 빠홈은 땅 소유주가 되었다. 빠홈은 씨앗을 빌려 새로 산 땅에 뿌렸다. 그해 농사는 대풍이었다. 일 년만에 여자 지주와 동서에게 진 빚을 모두 갚을 수 있었다. 빠홈은 이제 진짜 땅 주인이 되었다.

자기의 땅을 갈아 씨앗을 뿌리고, 자기 땅에서 풀을 베고, 자기 숲에서 땔감을 베고, 자기 땅에서 가축을 기르게 된 것이다. 빠홈은 영원히 자기 것이 된 땅을 갈러 나가거나, 씨앗이 얼마나 나왔나 보러 가거나, 풀밭을 돌아보러 나갈 때마다 기뻐서 어쩔 줄 몰라 했다.

땅은 그대로지만, 그 땅에 있는 풀이나 꽃도 다른 집 것들과는 완전히 다른 것같이 여겨졌다. 전에 수없이 지나다녔던 땅이었건만, 지금은 너무나 특별한 땅처럼 생각되었다.

3

 이렇게 빠홈은 매우 즐겁고 만족스런 생활을 하고 있었다. 만약 다른 사람들이 빠홈의 곡식과 풀밭을 짓밟지만 않았다면, 모든 일은 대만족이었을 것이다. 마을 사람들을 풀밭에 소를 풀어놓기도 하고, 야경꾼의 말이 곡식밭에 들어가기도 했다. 그러나 빠홈은 내쫓기만 하고 용서해 주었으며, 한 번도 고소하는 일이 없었다. 이런 일이 있을 때마다 점잖게 부탁을 해보았으나 아무 소용이 없었다.

 그런 일이 계속되자 더 이상 참을 수가 없어서 재판소에 고소를 했다. 사람들이 그런 짓을 하는 것은 땅이 좁기 때문이지 마음이 나빠서 그러는 것이 아니라는 것은 알고 있었으나, 빠홈은 이렇게 생각하지 않을 수 없었다.

 '이대로 내버려둘 순 없다. 그러다간 사람들이 우리 것을 다 망쳐버릴 거야. 혼을 좀 내줘야 해.'

 그리하여 빠홈은 한 번, 두 번 재판을 걸어 따끔한 맛을 보여주고 두 사람에게 벌금을 물게 했다. 그러자 이웃 사람들은 빠홈을 원망하기 시작했고, 이번에는 일부러 땅을 망쳐놓았다. 어떤 사람은 밤중에 숲속으로 숨어 들어가 열 그루 정도의 보리수나무를 모조리 베어버렸다. 숲을 지나던 빠홈은 무언가 희끗

희끗한 것을 발견했다. 가까이 가보니 껍질이 벗겨진 보리수나무가 여기저기 흩어져 있었으며, 잘린 밑동이 튀어나와 있었다. 가장자리의 것을 베든가 한 그루라도 남겨 두었으면 좋으련만, 악당들이 모조리 베어버렸던 것이다.

빠홈은 울화가 치밀어서 견딜 수가 없었다.

'이놈을 찾아내면, 결코 그냥 두지 않을 거다.'

그는 누구의 짓일까를 곰곰이 생각해 보았다.

'이건 쇼무카의 짓이 틀림없어.'

이렇게 생각하고 빠홈은 쇼무카의 집으로 가서 증거를 찾으려 했으나, 아무 단서도 찾지 못하고 말다툼만 하다가 돌아왔다.

빠홈은 더욱더 쇼무카의 짓이라는 생각을 떨쳐버릴 수가 없었다. 그는 고소를 했고, 두 사람은 법정에 출두했다. 몇 차례 재판을 받았으나, 쇼무카는 무죄로 나왔다. 증거가 없었기 때문이다. 빠홈은 더욱더 화가 나서 재판장과 마을 어른에게까지 행패를 부렸다.

"당신들이 어떻게 도둑의 편을 들 수 있어요? 만약 당신들이 정직한 생활을 한다면, 도둑을 무죄로 풀어주진 않았을 겁니다."

빠홈은 이웃과 재판관을 상대로 싸웠다. 그러자 마을사람들은 빠홈의 집에 불을 지르겠다고 위협했다. 빠홈은 넓은 땅을 가지고 있었으나, 인심을 잃어 외롭게 살 수밖에 없었다.

그때 이런 소문이 들려왔다. 마을 농부들이 새로운 고장으로 이주하려고 한다는 소문이었다. 빠홈은 생각했다.

'나는 내 땅을 떠나야 할 이유가 없지. 우리 마을에서 사람들이 떠난다면, 이곳은 더 넓어지겠지. 그러면 그들의 땅을 사들여 이 일대를 내 것으로 만들어야지. 그렇게 되면 생활도 나아지겠지. 지금은 너무 좁아.'

어느 날 빠홈이 집에 있는데, 길 가던 나그네 한 사람이 들렀다. 빠홈은 나그네를 집에 재우고 음식도 대접했다. 서로 이런저런 이야기를 나누다가, 빠홈은 나그네에게 어디서 왔느냐고 물었다. 나그네는 저 아래 볼가 강 건너편에서 왔으며, 지금까지 여기저기 돌아다니며 노동을 했다고 말했다. 나그네는 띄엄띄엄 이야기를 이어가는 중에 많은 사람들이 자기가 일하던 곳으로 이사를 온다고 말했다. 사람들이 그곳으로 이사 와서 마을 조합에 들게 되면, 한 사람 앞에 10데샤티나의 땅을 나누어준다는 말도 했다.

"그런데 그 땅이 얼마나 기름진지 호밀을 심으면 소나 말의 잔등이 보이지 않을 만큼 많이 자라며, 다섯 줌으로 한 다발이 될 만큼 밀알이 많이 열리지요. 어떤 농부는 하도 가난하여 맨주먹으로 왔는데, 지금은 말 여섯 마리와 암소 두 마리를 가지게 되었답니다."

빠홈은 그 말을 듣자 가슴이 마구 뛰었다.

'그렇게 살기 좋은 땅이 있다면, 이렇게 좁은 데서 구차하게 살 필요가 없지. 여기 집과 땅을 팔아가지고 그 돈으로 거기 가서 집을 짓고 잘 살아보자. 여기처럼 비좁은 곳에서 살다가는, 인심만 사나워지고 죄만 지을 뿐이지. 아무튼 내 눈으로 직접 보고 와야지.'

여름이 되자 빠홈은 채비를 하고 길을 떠났다. 사마라까지는 볼가 강을 따라 기선으로 내려가고, 그 다음의 400베르스타(1베르스타는 약 3,500피트) 정도는 걸어서 갔다. 마침내 목적지에 이르렀다. 모든 것이 듣던 대로였다. 농부들은 한 사람 앞에 10데샤티나의 땅을 받아가지고 여유 있게 살고 있었다. 그리고 누구나 기꺼이 조합에 가입시켜 주었다. 돈을 가진 사람은 나누어 받는 땅 외에도 3루블의 가격으로 가장 좋은 땅을 얼마든지 살 수 있었다.

여러 가지 사정을 다 알아보고 가을이 되기 전에 집으로 돌아온 빠홈은, 이것저것 가지고 있는 재산을 팔기 시작했다. 땅은 이익을 보고 팔았다. 집과 가축도 다 팔았다. 그런 다음, 봄이 되자 마을 조합에서 탈퇴하고 가족과 함께 새로운 땅으로 떠났다.

4

 가족을 데리고 새로운 고장으로 온 빠홈은 곧 마을의 조합에 가입했다. 마을 노인들을 초대하여 술을 대접하고 필요한 서류를 모두 갖추었다. 얼마 후 빠홈은 조합원이 되었고, 다섯 명의 가족에 대한 땅을 나누어 받았다. 그것은 여러 군데 흩어져 있기는 했으나, 풀밭을 빼고도 50데샤티나가 되었다. 빠홈은 거기다 집을 짓고 가축을 사들였다.

 그가 소유한 땅은 이전의 세 배가 되었고, 땅도 매우 비옥했다. 생활은 이전보다 열 배나 좋아졌다. 농사를 지을 땅도 충분했지만, 가축에게 먹일 풀밭을 얼마든지 얻을 수 있어서 가축도 마음껏 키울 수 있었다.

 처음에 집을 짓고 가축을 사들이는 동안만 해도 빠홈은 모든 것이 만족스러웠다. 그러나 자리가 잡히고 살림이 불어나자, 이 땅도 좁다는 생각이 들었다. 첫해에 빠홈은 자기 밭에 밀을 심었다. 농사는 대풍이었다. 밀을 더 심고 싶었으나 땅이 모자랐다.

 남은 땅은 밀농사에 적합하지 않았다. 이 고장에서는 밀을 억새풀 밭이나 쉬는 땅에 심는데, 일이 년 심고 나면 풀이 다시 자랄 때까지 묵혀 두어야 했다. 그런데 그런 땅은 갖고 싶어 하는 사람들이 많아서 경쟁이 심했다.

여기서도 그 때문에 땅을 놓고 다툼이 벌어졌다. 돈이 많은 사람들은 땅을 사들여 자기들이 직접 농사를 지으려고 했고, 가난한 사람들은 장사꾼으로부터 땅을 빌려 농사를 짓는 상황이었다.

빠홈은 더 많은 농사를 더 짓고 싶었다. 다음해에 빠홈은 어느 장사꾼을 찾아가서 일 년 동안 땅을 빌렸다. 그래서 더 많은 밀을 심었는데 농사가 아주 잘되었다. 그러나 그 땅은 마을에서 멀어, 농작물을 운반하기가 무척 힘들었다. 그렇지만 그곳에서는 장사도 하면서 농사를 짓는 사람들이 농장을 가지고 부자로 잘살고 있었다.

'저 사람들처럼 내 돈으로 땅을 사들일 수 있다면, 또 농장이라도 운영할 수 있다면 얼마나 좋을까. 그렇게 되면 지금보다 형편이 훨씬 좋아질 텐데.'

이렇게 생각한 빠홈은 어떻게 해서든지 그 땅을 자기 것으로 만들어야겠다고 마음먹었다.

그렇게 3년의 세월이 흘렀다. 그동안 빠홈은 땅을 빌려서 계속 밀을 심었다. 해마다 풍년이 들어 밀농사도 잘되고 돈도 웬만큼 모았다. 생활은 그것으로 충분했지만, 빠홈은 해마다 다른 사람들에게 땅을 빌리기 위해 쩔쩔 매야 하는 것이 지겨웠다. 어디서 좋은 땅이 나오면, 사람들이 당장 몰려들어 빌려버리기

때문이다.

제때에 땅을 빌리지 못하면 농사도 못 짓게 된다. 3년만에 빠홈은 어느 장사꾼과 돈을 반반씩 내어 마을사람들에게 목초지를 빌렸다. 그래서 쟁기질을 완전히 끝내놓았는데, 마을사람들이 재판을 거는 바람에 그동안 했던 일이 그만 허사가 되고 말았다.

'내 땅만 있다면 남에게 머리 숙일 필요도 없고, 귀찮은 일도 당하지 않을 텐데.'

빠홈은 이렇게 생각했다.

그래서 빠홈은 영원히 자기 땅으로 사들일 땅이 없나 하고 두루 알아보기 시작했다. 마침내 한 농부를 찾아냈다. 그 농부는 500데샤티나의 땅을 가지고 있었는데, 망해서 헐값에 판다는 것이었다. 빠홈은 그 사람과 흥정을 벌였다. 여러 번 흥정 끝에 1,500루블에 사기로 하고, 땅값의 절반은 얼마 후에 주기로 했다.

이렇게 흥정이 다 되어갈 무렵, 길 가던 어느 장사꾼이 찾아왔다. 두 사람은 차를 마시면서 잠시 세상 돌아가는 이야기를 나누었다.

장사꾼은 멀리 바시키르에서 오는 길이라고 말했다. 그러면서 그는 바시키르 사람들로부터 1,500데샤티나의 땅을 산 이야기를 빠홈에게 들려줬다. 그런데 그 땅값은 1,500루블에 지나지 않았다.

빠홈이 이상하게 생각되는 것을 장사꾼에게 묻자, 그는 친절하게 대답해 줬다.

"노인들의 기분만 잘 맞춰주면 됩니다. 나는 옷과 양탄자를 나눠주고, 그밖에 차 한 상자와 술을 마실 줄 아는 사람에겐 술을 대접했습니다. 그래서 1데샤티나에 20코페이카씩 주고 땅을 샀습니다."

이렇게 말하며 나그네는 땅문서를 보여주었다.

"게다가 이 땅은 냇물을 끼고 있으며, 무성한 풀이 넓은 들판을 뒤덮고 있는 초원이랍니다."

빠홈은 다시 여러 가지를 물었다.

"그 땅은 얼마나 넓은지, 일 년을 걸려도 다 돌지 못합니다. 그게 모두 바시키르 원주민들의 땅이지요. 그 사람들은 양같이 순해서, 거의 공짜나 다름없는 가격으로 땅을 살 수 있어요."

이 말을 듣고 빠홈은 이렇게 생각했다.

'그렇다면 500데샤티나의 땅을 1,000루블을 주고, 게다가 빚마저 얻을 필요가 있을까. 그곳에 가면 1,000루블을 갖고도 땅을 얼마든지 살 수 있을 텐데!'

5

 빠홈은 그곳으로 가는 길을 자세히 물어보고 나서, 나그네가 떠난 다음 자기도 떠날 채비를 했다. 집안일은 아내에게 맡기고, 하인 한 사람만 데리고 길을 떠났다. 빠홈은 가는 도중에 읍에 들러 나그네가 말한 대로 차 한 상자와 여러 가지 선물을 사고 술도 샀다. 그리고 500베르스타쯤 갔다.

 일주일쯤 걸려 그는 바시키르 사람들이 가축을 기르며 사는 땅에 이르렀다. 모든 것이 장사꾼이 말한 대로였다. 그들은 냇물을 끼고 있는 초원에서 양털로 된 텐트를 치고 살았다. 그 사람들은 밭도 갈지 않았고, 빵을 먹는 일도 없었다.

 넓은 초원에는 소와 말들이 떼 지어 돌아다니고 있었다. 텐트 뒤에는 망아지들이 매어져 있었으며, 하루에 한두 번씩 어미 말이 그곳으로 끌려가는 것이었다.

 사람들은 말의 젖을 짜서 삭혀 술을 만들었다. 여자들은 그것을 휘저어 치즈를 만들고, 남자들은 우유로 만든 술과 차를 마시거나 양고기를 먹으면서 피리를 불 뿐이었다. 사람들은 모두 건강하고 쾌활했으며, 여름 내내 아무 일도 하지 않고 놀기만 했다. 사람들은 까막눈이어서 러시아 말도 할 줄 몰랐지만, 무척 친절했다.

빠홈을 보자 바시키르 사람들이 텐트에서 우르르 몰려 나와 그를 에워쌌다. 빠홈은 땅을 사러 왔다고 통역하는 사람을 찾아 말했다. 바시키르 사람들은 너무 기쁜 나머지 빠홈을 얼싸안으며 제일 훌륭한 텐트 안으로 안내했다.

그러더니 양탄자 위에 깃털 방석을 놓고 자리를 권하면서, 자기들도 그 주위에 둘러앉아 차와 우유로 만든 술과 양고기 요리를 대접했다. 빠홈은 마차에서 가지고 온 선물을 꺼내 그들에게 나누어주었다. 그 사람들은 몹시 기뻐했다. 그리고 그들은 자기들끼리 러시아 말로 무엇인가를 소곤거리더니 통역을 시켜 이렇게 말했다.

"우리는 당신이 마음에 듭니다. 그래서 우리들의 관습에 따라 선물에 대한 답례로 손님을 어떻게든 기쁘게 해드리고 싶습니다. 당신이 우리에게 좋은 선물을 주셨으니, 우리들이 가지고 있는 것 중에서 마음에 드는 것이 있으면 말씀하세요. 선물로 드리겠습니다."

빠홈이 말했다.

"내 마음에 드는 것은 무엇보다도 당신들의 땅입니다. 우리가 살고 있는 곳은 좁은 데다가 너무 오랫동안 곡식을 심었기 때문에 황폐해졌습니다. 그런데 여긴 땅이 많을 뿐 아니라 매우 기름집니다. 이렇게 아름답고 훌륭한 땅은 아직까지 본 적이 없습니다."

통역이 그 말을 전했다. 바시키르 사람들은 자기들끼리 잠시 이야기를 나누었다. 빠홈은 그들의 말을 알아들을 수는 없었으나, 그들은 기분 좋은 듯 뭐라고 소리치며 웃고 있었다. 잠시 후 조용해지더니 모두들 빠홈을 바라보았다. 통역이 말을 전했다.

"당신의 친절에 대해서 이 사람들은 얼마든지 필요한 땅을 드리겠다고 합니다. 어느 땅이든지 손으로 가리키기만 하세요. 그러면 당신의 땅이 되는 것입니다."

그 사람들은 다시 저희들끼리 의논을 하다가 이러쿵저러쿵 다투기 시작했다. 빠홈이 왜 다투느냐고 물어보자, 통역이 대답했다.

"땅에 관한 문제라면 마을 어른이신 이장 어른께 물어서 결정해야 한다는 사람과, 그럴 필요가 없다는 사람이 있습니다."

6

바시키르 사람들이 말다툼을 하고 있는데, 갑자기 여우털모자를 쓴 사나이가 나타났다. 모두들 입을 다물고 자리에서 일어났다. 통역이 말했다.

"이분이 바로 이장 어른이십니다."

빠홈은 얼른 일어나 제일 좋은 옷 한 벌과 5파운드짜리 차를 꺼내주었다. 이장은 그것을 받아 들고 제일 윗자리에 가서 앉았다. 그러자 바시키르 사람들은 곧 이장에게 뭐라고 말하기 시작했다. 이장은 그들의 말을 듣고 나서 머리를 끄덕이며 잠자코 있으라는 시늉을 하더니, 빠홈에게 러시아 말로 말하기 시작했다.

"좋습니다. 마음에 드는 땅을 원하는 대로 가지세요. 땅은 얼마든지 있으니까요."

빠홈은 생각했다.

'원하는 대로 얼마든지 가지라고 하는데, 어떻게 가져야 좋담? 어떻든 땅을 확실히 계약해둘 필요가 있어. 그렇지 않으면 나중에 도로 빼앗아 갈지 모르니까.'

그래서 빠홈이 말했다.

"친절한 말씀 고맙습니다. 당신들에게는 땅이 많지만, 나는 조금밖에 필요 없습니다. 다만 내 땅이 어떤 것인지 그것만 분명히 해두었으면 합니다. 아무튼 한 번 재어서 내 땅이라는 표시를 분명히 해둘 필요가 있다고 봅니다. 사람이란 언제 죽을지 모르니까요. 당신들은 좋은 분이니까 나에게 주시겠지만, 당신네 후손들이 도로 빼앗아 갈지 모르잖습니까."

"옳은 말입니다. 분명히 표시해드릴 수가 있습니다."

"어떤 상인이 여기에 왔었다는 말을 들었습니다. 당신들은 그 사람에게 땅을 판 후에 땅문서를 만들어 주었다는데, 나에게도 그렇게 해주었으면 좋겠습니다."

이장은 그의 말뜻을 다 알아듣고 이렇게 말했다.

"그런 거야 얼마든지 해드릴 수 있지요. 우리에겐 그런 일을 처리하는 사람이 따로 있으니까, 같이 읍으로 가서 서류를 작성하도록 합시다."

"땅값은 얼마로 할까요?"

빠홈이 물었다.

"우리 고장에서는 땅값이 하나로 정해져 있습니다. 누구를 막론하고 하루치에 1,000루블입니다."

빠홈은 무슨 말인지 잘 알아들을 수가 없었다.

"하루치란 대체 어떻게 재는 건가요? 그게 몇 데샤티나나 됩니까?"

"우리는 그렇게 잴 줄 모릅니다. 하루에 얼마로 팔고 있지요? 말하자면 땅을 사고 싶은 사람이 하루 동안 걸은 만큼을 하루치로 하여 그 사람에게 주는 것입니다. 그렇게 해서 하루의 땅값이 1,000루블이랍니다."

빠홈은 놀라지 않을 수 없었다.

"하루 종일 돌아다닌다면 꽤 많은 땅이 되겠는데요."

이장이 웃으면서 말했다.

"그게 다 당신의 소유가 되는 것입니다. 다만 한 가지 조건이 있습니다. 만약 하루 안에 출발했던 곳으로 돌아오지 못하면, 당신이 지불한 돈은 돌려받지 못하게 됩니다. 이 사실만은 명심하십시오."

"그 점은 명심하겠습니다. 그렇다면 내가 돌아다닌 곳을 어떻게 표시하지요?"

"당신이 원하는 장소에 우리가 같이 가서 기다리고 있겠습니다. 그러면 당신은 그곳을 출발하여 한바퀴 돌아오면 됩니다. 그때 당신은 삽을 가지고 가서 필요한 장소에 표시를 해두세요. 그리고 거기에 작은 구덩이를 파고 풀을 꽂아두십시오. 나중에 우리가 구덩이와 구덩이 사이를 쟁기질해서 연결할 테니까요. 어떤 식으로 돌든 상관은 없지만, 반드시 해 떨어지기 전에 출발했던 장소로 되돌아와야만 합니다. 그러면 당신이 돌아온 땅은 모두 당신 소유가 됩니다."

빠홈은 떨 듯이 기뻤다.

그들은 다음 날 아침 일찍 출발하기로 했다. 그러고 나서 여러 가지 이야기도 하고, 우유로 만든 술도 마시고, 양고기도 먹고, 거기다 차까지 마시면서 밤이 이슥하도록 즐겼다.

어느 새 밤이 깊었다. 바시키르 사람들은 빠홈에게 깃털 이불을 덮고 자게 해주고, 자기들은 각자의 텐트로 돌아갔다. 그들은 내일 새벽에 모여서, 해 뜨기 전에 출발 장소로 가기로 약속했다.

7

빠홈은 깃털 이불을 덮고 누웠으나 통 잠이 오지 않아 계속 땅 생각만 하고 있었다.

'어떻게 하든지 땅을 크게 차지해야지. 하루 종일 걸으면 50베르스타 정도는 돌 수 있을 거야. 지금은 해가 긴 때니까. 50베르스타면 너비가 얼마나 될까? 그중 나쁜 땅은 팔아버리거나 다른 사람에게 빌려주고, 좋은 데만 골라서 그곳에 정착하기로 하자. 황소 두 마리가 끌 수 있는 쟁기를 사고, 하인도 두 사람쯤 써야지. 그리고 50데샤티나만 밭을 만들고 나머지는 가축을 치는 목장으로 만들자.'

빠홈은 거의 뜬눈으로 밤을 새웠다. 그러다가 새벽녘에야 잠이 들었다. 그는 잠이 들자마자 꿈을 꾸었다. 꿈속에서 그는 이런 것을 보았다.

자기가 바로 지금 자고 있는 그 텐트 속에 누워 있는데, 밖에서 누군가가 큰 소리로 웃고 있었다. 그래서 그는 도대체 어떤 사람이 웃는가 보려고 잠자리에서 일어나 침대 밖으로 나갔다. 나가 보니 바로 그 바시키르 이장이 텐트 앞에 앉아서 두 손으로 배를 움켜잡고 뒹굴며 웃고 있었다.

빠홈은 곁으로 가서 "무엇이 그렇게 우스우냐?"고 물었다. 그런데 그 사람은 자세히 보니 바시키르의 이장이 아니라 빠홈에게 땅 이야기를 하여 이리로 오게 한 그 상인이었다. 그래서 다가가 "당신은 언제 이곳에 왔소?" 하고 물으려 하자, 어느새 그는 상인이 아니라 전에 볼가 강 저쪽에서 왔던 농부로 변해 있었다.

그러나 빠홈이 다시 보니, 그것은 농부도 아니고 뿔과 발톱이 길게 자란 악마였다. 악마는 앉아서 웃고 있었고, 그 앞에는 셔츠와 바지를 입은 어떤 사나이가 맨발로 누워 있었다. 빠홈은 그가 누군가 하고 자세히 살펴보았다. 그 사나이는 죽어 있었으며, 죽은 사람은 바로 자기 자신이었다.

빠홈은 깜짝 놀라 눈을 떴지만, 좀처럼 무서움이 사라지지 않았다. 그 순간, 정신을 차렸다.

'뭐야, 꿈이 아닌가?'

빠홈은 주위를 둘러보았다. 열린 문 쪽을 보니 뿌옇게 날이 밝아오고 있었다.

'사람들을 깨워야지. 떠날 시간이야.'

이렇게 생각한 빠홈은 마차에서 자고 있는 머슴을 깨워 마차에 말을 매게 한 다음, 바시키르 사람들을 깨우러 갔다.

"시간이 됐습니다. 초원으로 나가 땅을 재야지요."

바시키르 사람들이 일어나 모여들었다. 잠시 후에 이장도 왔다. 바시키르 사람들은 다시 우유로 만든 술을 마시며 빠홈에게 차를 대접하려고 했으나, 그는 기다리려 하지 않고 서두르며 말했다.

"시간이 다 됐으니까, 빨리 떠납시다. 더 늦기 전에."

8

바시키르 사람들은 준비를 마친 후, 어떤 사람은 말을 타고 어떤 사람은 마차를 타고 출발했다. 빠홈은 삽을 가지고 하인과 같이 마차를 탄 후 떠났다. 초원에 도착하니, 날이 훤히 밝았다.

바시키르 말로 '쉬한'이라는 언덕 위로 올라갔다. 그런 다음, 사람들은 말과 마차에서 내려 한데 모였다.

이장이 빠홈 곁으로 와서 한 손으로 광활한 들판을 가리키며 말했다.

"여기 보이는 이 넓은 땅이 다 우리 것입니다. 마음대로 좋은 곳을 선택하십시오."

빠홈의 눈이 이글이글 타올랐다. 아득히 눈앞에 펼쳐진 땅은 온통 무성한 풀로 뒤덮여 있는 데다가, 손바닥처럼 평평하고 양귀비처럼 거무스름한 것이 기름졌으며, 좀 낮은 곳에는 잡초들이 가슴팍까지 우거져 있었다.

이장은 여우털모자를 벗어 땅위에 놓으며 말했다.

"자, 이것이 표적입니다. 여기서 출발하여, 다시 이곳으로 돌아오십시오. 한바퀴 돌아오면 그 안의 땅은 모두 당신 것이 되는 것입니다."

빠홈은 돈을 꺼내 모자 위에 집어넣고, 웃옷을 벗은 다음 조끼 차림을 하고 허리끈을 단단히 매었다. 그리고 빵 주머니를 품속에 넣고, 술병을 허리끈에 찼다. 그런 다음 장화를 단단히 신고, 하인에게서 삽을 받아 쥐는 등으로 떠날 준비를 마쳤다.

빠홈은 어느 쪽으로 가면 좋을까를 생각해 보았다. 그러나 어디로 가도 좋았다.

어디로 가도 좋은 땅이라면, 해 뜨는 쪽으로 가자고 그는 생각했다.

그리하여 동쪽을 향해 제자리걸음을 하면서 해가 떠오르기를 기다렸다.

'조금이라도 시간을 헛되이 보내서는 안 되지. 서늘할 때 걷는 것이 한결 나을 거야.'

이렇게 생각하고 빠홈은 저쪽 하늘 끝에서 해가 떠오르기 무섭게 삽을 어깨에 메고 초원으로 떠났다.

빠홈은 보통 걸음으로 걸었다. 1베르스타쯤 가다가 걸음을 멈추고 작은 구덩이를 파고, 조금이라도 눈에 잘 띄게 풀 몇 포기를 넣어두었다. 그러고는 또 걸어갔다. 걷기 시작하자 발걸음이 점점 빨라졌다. 얼마쯤 가서 또 구덩이를 팠다.

빠홈은 뒤돌아보았다. 언덕이 햇볕을 받아 환히 바라다보였으며, 그 뒤에 서 있는 사람들이 선명하게 보였다. 또한 마차의 쇠바퀴도 눈부시게 빛나고 있었다. 빠홈은 이제 5베르스타쯤 걸었을 것이라고 생각했다. 차츰 더워져서 조끼를 벗어 어깨에 걸치고 앞으로 걸어갔다. 다시 5베르스타쯤 갔다. 점점 더 더워졌다. 해를 쳐다보니, 벌써 아침 먹을 시간이었다.

'이제 하나가 끝났구나. 하루에 네 구덩이를 파게 되어 있으니, 아직 돌아가기는 이르겠지. 그러나 장화는 벗기로 하자.'

이렇게 생각한 빠홈은 앉아서 장화를 벗어 허리끈에 매고 또 걷기 시작했다. 걷기가 한결 편했다.

'5베르스타만 더 걷자. 그리고 왼쪽으로 구부러지도록 하자. 땅이 너무 좋아서, 그냥 버리고 가기가 아까운걸. 가면 갈수록

땅이 좋으니.'

빠홈은 계속 곧바로 걸어갔다. 뒤돌아보니 언덕은 아득하게 멀어졌고, 사람들은 개미처럼 가물가물 보였으며, 무언가 희미하게 반짝이는 것도 겨우 짐작할 수 있을 정도였다.

'이쪽은 이만하면 충분하다. 이젠 구부러지자. 땀을 흘렸더니 목이 타는군.'

빠홈은 이런 생각이 들자 걸음을 멈추어 서서 구덩이를 좀더 크게 판 다음 풀을 놓았다. 그러고는 허리에서 물통을 끌러 물을 잔뜩 마신 다음 왼쪽으로 급히 구부러졌다. 걸을수록 풀의 키는 더 커져서 몹시 더웠다.

빠홈은 몹시 피곤했다. 해를 쳐다보니 바로 점심때였다.

'자, 좀 쉬어 가자.'

이렇게 생각한 빠홈은 걸음을 멈추고 거기에 앉았다. 그러나 빵과 물을 마셨을 뿐 눕지는 않았다. 누우면 잠이 들 것만 같았기 때문에 잠깐 앉았다가 다시 걷기 시작했다.

처음에는 쉽게 걸을 수 있었다. 빵을 먹어 힘이 났던 것이다. 그러나 더위가 점점 심해지자 졸음이 몰려왔다. 그래도 그는 걸음을 멈추지 않고, 한 시간을 참으면 일생을 편히 살 수 있을 거라고 생각했다.

빠홈은 이쪽도 많이 걸었기 때문에 다시 왼쪽으로 구부러지려고 했다. 그러다가 보니 근처에 물기가 촉촉한 분지가 있었다. 그냥 버리고 가기에 아까운 땅이었다.

'저기면 아마가 잘될 거야.'

이렇게 생각하고 빠홈은 다시 곧바로 걸어갔다. 분지를 차지하자, 그 너머에 구덩이를 파고 두번째 모퉁이를 만든 다음 돌아섰다.

빠홈은 언덕 위를 돌아보았다. 더위로 뿌연 공기 속에서 주변이 아른거렸으며, 그 사이로 언덕 위의 사람들이 희미하게 보였다.

'두 쪽은 이렇게 길게 잡았으니 이쪽은 좀 짧게 잡아야겠는걸.'

이렇게 생각하고 빠홈은 세 번째 모퉁이를 향해 걸음을 빨리했다. 해를 보니 한나절이 훨씬 넘었는데, 세 번째 편에서는 2베르스타 정도밖에 걷지 못했다. 출발 지점까지는 아직 15베르스타가 남아 있었다.

'땅 모양이 비뚤어져도 이젠 곧바로 가야겠다. 더 이상 가지려고 해서는 안 돼. 땅은 이만하면 충분해.'

빠홈은 얼른 구덩이를 파고 곧바로 언덕으로 향했다.

9

빠홈은 언덕을 향해 곧바로 걸었다. 몹시 힘이 들었다. 온몸이 땀투성이가 된 데다 맨발이 찢기고 긁혀 제대로 걸을 수가 없었다. 좀 쉬고 싶었으나 그럴 수도 없었다. 해지기 전까지 출발했던 곳으로 돌아갈 수 있을 것 같지 않았기 때문이다. 해는 기다리지 않고 사정없이 서쪽으로 기울고 있었다.

'아아, 실패한 게 아닐까? 너무나 욕심을 부린 게 아닐까? 만약 제시간에 가지 못하면 어떡하지?'

초조한 생각이 들어 빠홈은 숨이 막힐 것만 같았다. 빠홈은 힘이 들었으나 계속 걸음을 재촉했다. 그러나 가도 가도 갈 길은 여전히 멀기만 했다. 그는 달음질치기 시작했다. 조끼도 장화도 물통도 모자도 다 버린 채 오직 삽만 가지고 그것을 지팡이 삼아 뛰었다.

'아아, 욕심이 너무 지나쳤구나. 이젠 다 틀렸어. 해 떨어지기 전에는 못 갈 것 같아.'

무서운 생각이 들면서 주저앉고 싶은 것을 간신히 참으며, 빠홈은 정신없이 달렸다. 셔츠와 바지는 땀에 젖어 몸에 착 달라붙고 입안은 바싹 말랐다. 가슴은 대장간의 풀무처럼 펄떡거리고, 심장은 망치질하듯 뛰고, 다리는 남의 다리처럼 휘청거렸다. 빠홈은 기분이 좋지 않았다.

'이러다가 죽지나 않을까?'

이렇게 생각하니 더욱 무서워졌다.

죽음은 무서웠으나, 멈출 수는 없었다.

'죽을 고생을 하며 여기까지 달려왔는데, 이제 와서 그만둔다면 사람들이 바보라고 손가락질하겠지.'

이런 생각을 하면서, 빠홈은 달리고 또 달렸다. 출발점에 가까이 왔을 때 사람들이 떠드는 소리가 들렸다. 바시키르 사람들이 그를 향해 질러대는 날카로운 함성이었다.

그 소리에 그의 가슴은 더욱 뜨거워졌다. 빠홈은 마지막 힘을 다해 달리고 있었으나, 해는 이미 지평선 쪽으로 기울어 핏빛처럼 빨간 쟁반처럼 변해갔다. 이제 곧 떨어지고 마는 것이었다. 해는 기울어가고 있었다.

출발점까지는 이제 얼마 남지 않았다. 빠홈은 언덕 위에 있는 사람들이 자기에게 손을 흔들며 빨리 오라고 재촉하는 것을 보았다. 땅위에 놓인 여우가죽모자 속의 돈도 보였다. 그리고 땅위에 앉아 두 손으로 배를 움켜잡고 있는 이장도 보였다.

빠홈은 어젯밤의 꿈 생각이 났다.

'땅을 많이 얻었으나, 하느님은 나를 그 땅에서 살게 해주실까? 아아, 내 자신을 내가 망쳤구나! 아무래도 출발점까지 닿지

못할 것 같다.'

빠홈은 해를 바라보았다. 해는 이미 땅에 닿았으며, 한쪽 끝이 가라앉아 밑으로 활처럼 휘어져 있었다. 빠홈은 마지막 힘을 다해 몸을 앞으로 내밀며 넘어지려는 것을 겨우 지탱하고 있었다.

마침내 언덕 밑에 이르렀을 때 갑자기 날이 어두워졌다. 서쪽을 돌아보니, 해는 이미 땅 밑으로 묻혀버렸다. 빠홈은 '아아!' 하고 소리쳤다.

'나의 노력이 허사가 되고 말았구나.'

이렇게 생각하고 그가 걸음을 멈추려는데, 바시키르 사람들이 계속해서 뭐라고 떠들어댔다.

그때 빠홈에게 이런 생각이 들었다. 언덕 밑에서 보면 해가 진 것으로 보이지만, 언덕 위에서 보면 해가 아직 다 지지 않았는지도 모른다. 그래서 빠홈은 마지막 힘을 다해 언덕 위로 달려 올라갔다. 언덕 위는 아직도 밝았다. 빠홈은 올라가기가 무섭게 모자를 보았다.

이장이 모자 앞에 앉아서 두 손으로 배를 잡고, 큰 소리로 웃고 있었다. 빠홈은 꿈 생각을 하며 '아아!' 하고 소리쳤다. 그는 발이 떨어지지 않았으나, 앞으로 쓰러지면서도 두 손으로 모자를 움켜쥐었다.

"정말 장하십니다! 이제 많은 땅을 가지게 됐습니다."

이장이 소리쳤다.

빠홈의 하인이 달려가서 주인을 일으켜 세우려고 했으나, 그의 입에서는 피가 흐르고 있었다. 그는 죽어서 쓰러져 있었던 것이다.

바시키르 사람들은 혀를 차며, 빠홈의 죽음을 애석하게 생각했다.

하인은 삽을 들고, 빠홈의 무덤으로 머리에서 발끝까지 정확하게 치수를 쟀다. 3아르신(1아르신은 약 70센티)이었다.

하인은 그곳에 빠홈을 묻었다. 2미터가량의 넓이가 그가 차지할 수 있었던 땅의 전부였다.

세 그루 사과나무

1

 자식이 없어 늘 외로웠던 한 가난한 농부에게 아들이 태어났다. 농부는 크게 기뻐하며 그 길로 이웃집에 찾아가 자기 아들의 대부가 되어 달라고 부탁했다. 그러나 이웃집에서는 가난한 농부 아들의 대부가 되고 싶지 않아 농부의 부탁을 거절했다. 농부는 다른 집에도 가서 부탁했으나 역시 거절당했다. 이후, 농부는 마을의 모든 집을 돌아다니며 아들의 대부가 될 사람을 찾게 되었다.

 그러던 어느 날, 이웃 마을까지 찾아가게 된 농부는 돌아오던 길에 한 나그네를 만나게 되었다.

 "어딜 다녀오시는 길입니까?"

풀이 죽어 힘없이 걸어오는 농부를 보고 나그네가 물었다.

"하느님께선 믿음의 조상 아브라함에게 그랬던 것처럼 내게도 아들을 주셨답니다. 내 아들은 젊어서는 내 눈을 즐겁게 해주고, 늙어서는 내 여생을 편안하게 해주며, 죽어서는 내 영혼을 위해 기도해 줄 것입니다. 하지만 가난하다 보니 아무도 우리 아들에게 이름을 지어주려고 하지 않는군요. 그래서 이웃 마을에서 아들의 대부가 될 사람을 찾아보고 오는 길입니다."

농부가 대답했다.

"그렇다면 제가 그 아이의 대부가 되면 어떻겠습니까?"

나그네가 말했다.

농부는 이 말에 크게 기뻐하며, 나그네에게 거듭 고맙다는 인사를 했다.

"하지만 대모는 누구에게 부탁해야 할지……."

농부는 또다시 시무룩하고 어두운 표정이 되었다.

"읍내로 가보세요. 광장 쪽으로 가면 가게가 몇 채 붙어 있는 돌집이 하나 있을 겁니다. 그 집 안으로 들어가면 상점 주인을 바로 만날 수 있을 테니, 그분에게 한번 부탁해 보십시오. 그분의 따님을 당신 아들의 대모가 되게 해 달라고……."

농부는 나그네의 말에 망설이며 말했다.

"그런 부자 상인에게 부탁하는 것이 가능할까요? 나를 업신 여겨 딸을 대모로 허락하지 않을 겁니다."

"그런 걱정은 마시고, 오늘 중으로 가서 부탁해 보십시오. 그리고 내일 아침까지 아이의 세례식에 필요한 모든 것을 준비해 두세요. 그럼, 저는 내일 세례식 때 뵙겠습니다."

가난한 농부는 먼저 집에 들러 가장 깨끗한 옷으로 갈아입은 다음, 상인을 만나기 위해 읍내로 갔다. 농부가 상인의 집 마당으로 들어서자, 마치 기다렸다는 듯 상인이 밖으로 나오며 물었다.

"무슨 일로 오셨소?"

농부가 대답했다.

"예, 하느님께선 아브라함에게처럼 제게도 젊어서는 제 눈을 즐겁게 해주고, 늙어서는 제 여생을 편안하게 해주며, 죽어서는 제 영혼을 위해 기도해 줄 아들을 주셨답니다. 그래서 이 댁의 따님을 제 아들의 대모가 되도록 허락해 주십사 찾아왔습니다."

상인이 고개를 끄덕이며 물었다.

"세례식은 언제 하는데요?"

"내일 아침입니다."

"알았소. 그럼 그렇게 알고 준비할 테니 마음 놓고 돌아가시오. 내 딸애가 내일 세례식 때 갈 수 있도록 할 테니."

다음 날이 되었다. 예정대로 세례식이 시작되기 전에 대부가 되어줄 나그네와 대모가 되어줄 상인의 딸이 와 주었고, 농부의 아들은 무사히 세례를 받을 수 있었다. 그런데 세례식이 끝나자마자 대부가 되어준 나그네는 어디론지 사라지고 말았다. 그래서 그가 누구인지도 몰랐고, 그 후로 그를 본 사람도 없었다.

2

아이는 무럭무럭 자랐다. 아이는 자라면서 부모를 즐겁게 해주었다. 아이는 힘도 셌으며 열심히 일했고, 영리하며 또한 온순했다. 아이가 열 살이 되자 부모는 읽기와 쓰기를 배우게 할 생각으로 아이를 학교에 보냈다. 그런데 다른 아이들은 5년이나 걸려 배워야 할 것을 농부의 아이는 1년 만에 모두 다 깨우쳐 더 이상 배울 것이 없게 되었다.

부활절이 다가오자, 아이는 대모를 찾아가 부활절 인사를 드리고 왔다.

"아버지, 어머니, 대모님께 다녀왔습니다."

아버지인 농부가 물었다.

"그래, 네 대모님은 잘 계시더냐?"

"네, 대모님은 건강하게 잘 계십니다. 그런데 제 대부님은 어디에 사시나요? 그분에게도 부활절 인사를 드려야 할 텐데……."

농부가 대답했다.

"아들아, 우리도 네 대부에 대해서는 아는 게 별로 없구나. 네게는 미안한 일이지만 우리 또한 그것이 무척 아쉽단다. 네가 세례를 받은 그날 이후로 지금까지 한 번도 네 대부를 본 적이 없으니……. 소식이나 들었으면 좋을 텐데. 그 사람이 어디에 살고 있는지도 알지 못하고 있는 형편이니……. 사실 지금 살아 있는지조차도 모르겠구나."

농부의 말에 아이는 부모에게 인사를 하며 말했다.

"아버지, 어머니, 제가 직접 대부님을 찾아볼 수 있도록 허락해 주세요. 저도 이제 클 만큼 컸으니 반드시 그분을 찾아 부활절 인사를 드리고 싶습니다."

아들의 믿음직한 말에 농부와 그의 아내는 웃음을 지으며, 아들의 청을 허락했다. 그리하여 아들은 곧 대부를 찾아 길을 떠났다.

3

아이는 집을 나와서 정처 없이 걷기 시작했다. 서너 시간을 걸었을 때쯤 아이는 길에서 낯선 나그네를 만나게 되었다. 나그네는 걸음을 멈추고 소년에게 물었다.

"매우 좋은 날씨로구나. 그런데 너는 어딜 가는 길이냐?"

아이가 대답했다.

"부활절이라서 제 대모님을 찾아가 인사를 드렸답니다. 그리고 대부님도 만나 뵙고 부활절 인사를 드리려 했는데, 부모님은 대부님이 어디에 사시는지도 모르고 계십니다. 부모님 말에 따르면, 제 대부님은 세례식이 끝나자마자 길을 떠나셨기에 그분에 대해 아는 것이 전혀 없다고 하십니다. 심지어 그분이 살아계신지조차 알지 못합니다. 그러나 저는 제 대부님을 만나 뵙고 싶어서 이렇게 길을 떠났습니다."

아이의 말에 나그네가 말했다.

"내가 바로 너의 대부란다."

아이는 나그네의 말에 매우 기뻐하며, 부활절 인사로 세 번의 입맞춤을 한 다음 대부에게 물었다.

"그런데 지금 대부님은 어디로 가는 길이십니까? 만일 저희 동네로 가는 길이시면 부디 저희 집에 들러주십시오. 혹시 댁으로 돌아가는 길이시면 제가 모셔다드리고 싶습니다."

대부가 대답했다.

"안타깝지만 지금은 너희 집에 들를 여유가 없단다. 게다가 나는 지금 여러 마을을 둘러보아야 하기 때문에 집으로도 돌아갈 수가 없구나. 아마도 내일이나 되어야 집으로 돌아갈 수 있을 게다. 그러니 그때쯤 다시 나를 만나러 오거라."

"하지만 대부님, 어떻게 다시 대부님을 찾을 수 있겠습니까?"

"내일 집을 나서서, 해가 뜨는 쪽으로 곧장 걸어가거라. 그러면 숲이 나오게 되고, 그 숲을 지나다 보면 초원이 나올 것이다. 그곳에 앉아서 잠시 쉬면서, 그곳에서 무슨 일이 일어나는지를 눈여겨보면 된다. 그런 뒤 숲을 빠져나오면 정원 하나를 만나게 되는데, 그 정원 안으로 들어오면 황금 지붕을 한 집 한 채가 있단다. 그곳이 바로 내가 사는 집이니 문을 열고 들어오너라. 그러면 내가 직접 너를 맞이하겠다."

대부인 나그네는 이렇게 말한 뒤, 대자인 아이의 눈앞에서 곧 사라져 버렸다.

4

다음 날, 아이는 대부가 일러준 대로 집을 나와 동쪽을 향해 걸었다. 그리고 숲을 지나 초원에 이르자, 대부의 말대로 잠시 쉬면서 주위를 살펴보았다. 그때 초원 한가운데에 소나무 한 그루가 서 있는 것이 보였다. 소나무 가지에는 밧줄이 묶여져 늘어져 있었는데, 그 밧줄의 끝에는 몹시 무거워 보이는 참나무 몽둥이가 매달려 있었다. 그리고 참나무 몽둥이 바로 아래에는 꿀이 가득 든 나무통이 놓여 있었다.

아이가 참나무 몽둥이 아래에 꿀통이 놓여져 있는 까닭을 궁금하게 여기며 걸음을 막 옮기는 순간, 숲속에서 바스락거리는 소리가 나더니 곰 몇 마리가 다가오고 있는 것이 보였다.

어미로 보이는 큰 곰의 뒤로 두 살쯤 되어 보이는 곰 한 마리와 어린 새끼 곰 세 마리가 어슬렁거리며 꿀통 쪽으로 오고 있었다. 큰 곰은 코를 하늘로 쳐들고 쿵쿵거리며 냄새를 맡더니, 곧바로 꿀통으로 다가가 꿀통 속에 주둥이를 밀어 넣었다. 그러자 그 뒤를 따르던 네 마리의 새끼 곰들도 어미 곰을 흉내 내며 똑같이 행동했다.

그런데 그때 꿀통 속의 꿀을 먹느라 어미 곰이 머리로 밀어냈던 참나무 몽둥이가 제자리로 돌아오면서 새끼 곰들을 한쪽으로 슬쩍 밀어냈다. 그러자 어미 곰은 그 모습을 보고 참나무 몽둥이를 앞발로 밀어젖혔다. 하지만 참나무 몽둥이는 하늘로 더 높이 올라갔다가 가속도가 붙어 내려오더니 새끼 곰들을 조금 전보다 더욱 세게 밀어냈다. 그 몽둥이에 세 마리 새끼 곰 중 한 마리가 머리를 얻어맞았고, 또 다른 한 마리는 등을 얻어맞았다.

새끼 곰들은 몽둥이 때문에 놀라고 아파서 크르릉 소리를 내며 잠시 도망쳤다가, 어미 곰 뒤로 다가들었다. 어미 곰은 이런 새끼들의 모습을 보고 화가 나 조금 전보다 더욱 세게 참나무 몽둥이를 앞발로 움켜잡고 하늘을 향해 힘껏 내던졌다. 그 힘에 참나무 몽둥이는 하늘 높이 솟았다. 그러자 참나무 몽둥이는 먼저보다 더 세게 떨어져 내려오면서, 마침 주둥이를 꿀통 속에 처박고 요란한 소리를 내며 빨아먹고 있던 두 살 된 곰의 머리를 후려쳤다. 그 충격에 두 살배기 곰은 그만 즉사하고 말았다.

어미 곰은 분노가 극에 달해 더욱 크게 울부짖으며 참나무 몽둥이를 잡고 있는 힘을 다해 하늘 높이 던져버렸다. 그 바람에 참나무 몽둥이는 묶여 있던 소나무 가지보다 더 높이 치솟아 날아 올라갔다. 너무 높이 올라가 묶어놓은 끈이 느슨해질 정도였다.

어미 곰은 쓰러져 죽어 있는 두 살배기 곰을 한 번 흘낏 바라본 뒤 다시 꿀통으로 다가가 꿀을 먹기 시작했다. 세 마리 새끼 곰들도 어미 곰을 뒤따라 가서 꿀을 먹었다.

그때 하늘 높이 날아올라 갔다가 꼭대기에서 잠시 멈칫했던 참나무 몽둥이가 이내 빠른 속도로 떨어져 내려오기 시작했다. 참나무 몽둥이는 아래로 내려올수록 점점 더 빨라졌다. 그리고 마침내 참나무 몽둥이는 엄청난 속도로 내려와 어미 곰의 머리를 후려갈겼다. 어미 곰은 벌렁 나자빠지더니 네 발을 부들부들 떨다가 그 자리에서 죽고 말았다. 세 마리 새끼 곰들은 깜짝 놀라서 모두 숲속으로 달아나 버렸다.

5

 아이는 곰들의 모습을 보고 너무나 놀라서 대부의 집을 향해 마구 뛰어갔다. 대부의 말대로 숲을 빠져나오자 정원이 나타났고, 그 정원 한가운데에 황금 지붕을 한 높은 궁전이 보였다.

 그 문 앞에서 대부가 미소를 띤 얼굴로 아이를 기다리고 있었다. 대부는 대자인 아이를 반갑게 맞아주며 대문 안의 정원으로 데리고 들어갔다. 대자는 궁전처럼 꾸며진 그 집을 보며, 이렇게 아름다운 집은 꿈에서조차 본 적이 없다고 생각했다.

 대부는 대자를 데리고 집의 모든 방을 구경시켜 주었다. 모든 방이 한결같이 아름답고 화려했다. 그러다가 두 사람이 마침내 종이로 봉해진 문 앞에 이르렀을 때 대부가 말했다.

 "이 문이 보이느냐? 이 문은 잠겨 있지 않고, 다만 종이로 봉해두었을 뿐이란다. 그래서 언제든지 이 문을 열 수 있지만, 너는 절대 열지 말거라. 너는 지금부터 이 집에서 살면서 어디든

지 갈 수 있고, 어떤 것이든 만지고 보며 즐길 수 있지만, 절대로 이 방만은 들어가선 안 된다. 만약 네가 이 방에 들어가게 되는 날엔, 오는 길에 숲에서 보았던 광경들을 떠올리게 될 것이다."

대부는 이렇게 말한 뒤, 대자에게 집을 맡기고 다시 길을 떠났다. 대자는 궁전과 같은 집에서 혼자 지내게 되었다. 그곳에서의 생활은 너무나 즐겁고 행복했다. 그래서 대자는 겨우 세 시간 정도가 지났을 것이라고 생각했는데, 실은 30년이란 긴 세월이 흘러버린 뒤였다.

이렇게 30년의 시간이 흘렀을 때, 중년의 어른이 된 대자는 어느 날 잊고 있었던 봉인된 문 앞을 지나가게 되었다. 대자는 대부가 봉인된 그 방에 들어가지 말라고 했던 이유가 갑자기 궁금해졌다. 그래서 대자는 '저 방에 무엇이 있는지 한번 들여다보자'고 마음먹고 문을 열었다. 종이로 된 봉인이 찢어지면서 문은 쉽게 열렸다. 그 방은 다른 어떤 방보다도 화려하고 아름다웠다. 그리고 그 중앙에는 보석으로 치장된 찬란한 옥좌까지 놓여 있었다.

대자는 잠시 방 안을 이리저리 돌아다녔다. 그리고는 몇 개의 계단을 올라가 옥좌에 앉아보았다. 옥좌에 앉아서 보니 그 옆에 기대어 세워진 지팡이가 눈에 띄어, 대자는 그 지팡이도 잡아보았다. 그러자 불현듯 주위를 둘러싸고 있던 네 면의 벽이 모두 사라져버렸다.

대자는 주위를 둘러보았다. 모든 세상이 대자의 눈앞에 펼쳐졌다. 세상의 모든 사람들이 하는 일이 보였는데, 정면으로 바다 위에 떠다니는 배들과 어부들이 보였다. 또 오른쪽으로 고개를 돌리자 낯선 이교도들이 살고 있는 곳이 보였으며, 왼쪽에는 기독교도들이긴 했으나 러시아인이 아닌 사람들이 살고 있는 곳이 보였다. 마지막으로 뒤를 보니, 러시아인들이 사는 동네가 나타났다.

'지금쯤 우리 집에서는 무엇을 하고 있을까? 올해 수확은 괜찮았는지, 궁금한걸?'

이렇게 생각하며 대자는 아버지의 밭을 둘러보았다. 밭에 곡물 다발이 잔뜩 쌓여 있는 것을 보고, 대자는 수확한 곡식이 얼마나 되는지 보려고 그 다발을 하나씩 세어보았다.

그때 한 사람이 수레를 끌고 밭으로 나가는 것이 보였다. 대자는 아버지가 곡물을 싣고 오는 것이라고 생각했다. 그러나 그는 사실 '바실리 쿠드라쇼프'라는 이름의 유명한 도둑이었다.

바실리는 자기가 끌고 온 수레 위에 곡물 다발들을 싣기 시작했다. 그것을 보고 대자는 화가 치밀어 소리를 질렀다.

"아버지, 우리 밭에서 누가 곡물 다발을 훔쳐가고 있어요!"

말들에게 풀을 먹이기 위해 초원으로 나갔다 깜빡 잠이 들었던 대자의 아버지는 깜짝 놀라 깨어나며 말했다.

"우리 집 곡물 다발을 훔쳐가는 꿈을 꾸었어. 빨리 가봐야겠군!"

대자의 아버지는 벌떡 일어나 곧장 말을 타고 밭으로 달려갔다. 그리고 도둑 바실리가 밭에 있는 것을 보고, 아버지는 다른 농부들에게 도움을 청하기 위해 소리를 질렀다. 결국 바실리는 농부들에게 실컷 얻어맞고, 꽁꽁 묶인 채 감옥으로 끌려갔다.

대자는 다음으로 대모가 살고 있는 읍내를 살펴보았다. 그 사이 대모는 한 상인과 결혼해서 살고 있었다. 대모가 잠들어 있는 중에, 그 남편이 몰래 일어나 다른 여자를 만나러 가고 있는 광경이 대자의 눈에 비쳐졌다. 대자는 다시 대모에게 소리쳤다.

"일어나세요, 빨리 일어나세요! 지금 아저씨가 나쁜 짓을 하러 가고 있어요!"

그 순간 잠에서 깨어난 대모는 꿈이 이상하다고 여기고, 자리에서 일어나 옷을 입고 남편을 찾아 나섰다. 대모는 다른 여자와 함께 있는 남편을 발견했고, 그 여자를 망신 주고 몰매를 때린 뒤 남편마저도 내쫓아버렸다.

대자는 다음으로 자신의 어머니를 찾았다. 그의 어머니는 집에서 잠을 자고 있었다. 그런데 그때 한 도둑이 집안으로 살금살금 들어와서, 어머니가 보석 등 값진 물건을 넣어 보관하고 있는 상자를 부수려고 했다. 그러자 어머니는 잠에서 깨어났고, 놀라서 소리를 질렀다. 순간 도둑은 도끼를 움켜쥐더니, 어머니를 죽이려고 마구 휘둘러댔다.

그 광경을 보고 있던 대자는 엉겁결에 손에 쥐고 있던 지팡이를 도둑을 향해 집어던졌다. 지팡이는 도둑의 관자놀이에 정확히 명중했고, 도둑은 그대로 쓰러져 죽고 말았다.

6

대자가 도둑을 죽이자마자 환히 트여 있던 네 면의 벽이 모두 닫히면서, 방이 원래의 모습으로 되돌아왔다. 그리고 그때 방문이 열리면서 대부가 들어왔다. 대부는 가까이 다가와 대자의 손을 잡더니, 옥좌에서 끌어내렸다.

"내 말을 왜 듣지 않았느냐? 네가 이 방에 들어와서 저지른 잘못이 얼마나 큰 것인지 아느냐? 먼저 첫 번째 잘못은 열지 말라고 했던 금지된 문을 연 것이다. 두 번째 잘못은 옥좌에 올라가 지팡이를 잡은 일이다. 그리고 세 번째 잘못은 이 세상에 악의 힘을 더 많이 보태어준 것이다. 만약 네가 저 자리에 한 시간만 더 앉아 있었다면, 너는 아마 세상 사람들의 절반은 죽이고도 남았을 것이다."

이렇게 말하고, 대부는 다시 한 번 대자를 옥좌 있는 곳으로 데려가 지팡이를 잡았다. 그러자 다시 네 벽이 열리면서 모든 것이 다 보이게 되었다.

그러자 대부가 말했다.

"자, 이번에는 네가 아버지에게 저지른 잘못을 보아라. 바실리는 일 년 동안 옥살이를 했는데, 그 안에서 나쁜 짓이란 짓은 다 배워 아주 사나워지고 말았다. 봐라, 저기 저 사람은 방금 네 아버지의 말을 두 마리 훔쳤다. 그런데 이번에는 집까지 불질러 버릴 것이다. 네가 아버지에게 저지른 잘못은 바로 이런 것이다."

대자는 아버지의 집이 불타는 것을 보았다. 그러자 대부는 그것을 곧 닫고, 다른 쪽을 보라고 했다.

"자, 봐라. 네 대모는 남편이 자기를 버리고 다른 여자들과 놀아나는 바람에, 괴로워 술을 입에 대기 시작했단다. 이제는 술로 밤낮을 지새우고 있으며, 남편이 전번에 사귀던 여자도 완전히 타락하고 말았다. 네가 대모에게 저지른 잘못은 바로 이런 것이다."

대부는 이것도 닫아버리고 대자의 집을 가리켰다. 어머니의 모습이 보였다. 어머니는 자기가 지은 갖가지 죄를 뉘우치며 울고 있었다.

"차라리 그때 도둑에게 맞아 죽었더라면, 이렇게 많은 죄를 짓지는 않았을 텐데."

"네가 어머니에게 지은 잘못은 바로 이것이다."

대부는 이것도 닫고, 저 밑을 가리켰다. 도둑이 보였다. 간수 두 사람이 감옥 앞에서 도둑의 시체를 지키고 있었다. 대부는 대자에게 말했다.

"이 도둑은 사람을 아홉이나 죽였다. 그래서 자기가 지은 죄를 자기가 갚지 않으면 안 되었다. 그런데 네가 그 사람을 죽여 버렸기 때문에 네가 그 사람의 죄를 대신 떠맡아야만 한다. 지금부터 너는 저 사람이 지은 모든 죄에 대해서 책임을 져야 한다. 이건 네 스스로 그렇게 만들었다. 어미 곰이 처음에 통나무를 살짝 밀었을 때 새끼 곰들은 놀랐을 뿐이다. 그런데 두 번째 밀었을 때는 두 살짜리 곰이 죽고, 세 번째 밀었을 때는 자기 자신이 죽고 말았다. 네가 한 짓도 그와 똑같다. 이제 30년 세월을 네게 주겠다. 세상에 나가서 도둑이 지은 죄를 대신 갚도록 해라. 만약 갚지 못하면, 네가 대신 도둑이 될 것이다."

그러자 대자가 말했다.

"도둑의 죄를 갚으려면 어떻게 해야 하나요?"

대부가 대답했다.

"네가 지은 죄만큼 세상에 나가 죄를 없애버리면, 너와 도둑이 지은 죄를 다 갚게 되리라."

대자가 다시 물었다.

"세상에 나가 죄를 없애려면 어떻게 해야 하나요?"

대부가 다시 대답했다.

"해가 떠오르는 쪽으로 곧장 가거라. 밭이 나오고 그 밭에는 사람들이 있을 것이다. 먼저 그 사람들이 하는 일을 보고 나서 네가 아는 바를 가르쳐주어라. 그리고 다시 앞으로 가면서 눈에 띄는 것을 눈여겨봐 두어라. 그렇게 나흘쯤 가면 숲이 나올 것이다. 숲속에는 암자가 있고, 그 암자에는 한 노인이 있을 것이다. 그분에게 지금까지 있었던 일을 모두 이야기해라. 그러면 어떻게 하라고 가르쳐줄 것이다. 노인이 시키는 일을 다 하면 너와 도둑이 지은 죄를 다 갚게 된다."

이렇게 말하고 대부는 대문 밖으로 대자를 내보냈다.

7

대자는 걷기 시작했다. 그리고 걸으면서 생각했다.

'이 세상의 죄를 어떻게 없앨 수 있단 말인가? 세상에서는 나

뿐 사람을 귀양 보내고 감옥에 가두고 사형에 처하고 있다. 그런데 세상의 죄를 없애고, 남의 죄를 자기가 떠맡지 않으려면 어떻게 하면 좋을까?'

대자는 생각에 생각을 거듭했으나 뾰족한 수가 떠오르지 않았다.

이렇게 걷다 보니 밭이 나왔다. 밭에는 곡식이 무르익어 추수할 때를 기다리고 있었다. 그런데 이 곡식밭으로 망아지 한 마리가 뛰어들었다. 이를 본 사람들은 말을 타고 망아지를 쫓아 곡식밭을 이리저리 뛰어다녔다.

밭에서 망아지가 튀어나오려고 하면 그 앞에 다른 사람이 말을 타고 나타나는 바람에, 망아지는 놀라서 다시 곡식밭으로 들어가 버렸다. 그러면 사람들도 다시 그 뒤를 쫓아 밭으로 달려가는 것이었다.

길가에 한 여자가 서서 울면서 소리쳤다.

"저 사람들이 우리 망아지를 몰고 있다!"

그것을 보고 있던 대자가 농부들에게 말했다.

"왜 그런 식으로 망아지를 모시오? 어서 바깥으로 나와서, 저 아주머니가 자기 망아지를 불러낼 수 있도록 하세요."

농부들은 대자의 말을 따랐다. 여자는 밭가에 가서 소리쳤다.

"누렁아! 이리 온, 이리 온……."

망아지는 귀를 곤두세우고 듣고 있다가 주인 여자 쪽으로 달려 나왔다. 그리고 곧바로 그 여자의 치마폭으로 주둥이를 디밀었다. 그 바람에 여자는 하마터면 넘어질 뻔했다. 그래서 농부들도 기뻐하고, 여자도 기뻐했으며, 망아지도 기뻐서 펄쩍펄쩍 뛰었다.

대자는 다시 앞으로 걸어가며 생각했다.

'악이 악을 낳는다는 것을 이제야 나는 알겠다. 사람들이 악을 몰아치면 몰아칠수록 악은 자꾸 퍼져만 간다. 말하자면, 악을 악으로 없앨 수는 없다. 그러나 무엇으로 악을 없애야 할지 모르겠다. 그 망아지가 주인 여자의 말을 들었으니 망정이지, 그렇지 않았다면 어떻게 밭에서 몰아낼 수 있었을까?'

대자는 생각에 생각을 거듭했으나 뾰족한 수가 떠오르지 않았다. 그래서 막연하게 그냥 앞으로 걸어갔다.

8

정신없이 가다 보니 한 마을이 나왔다. 제일 마지막 집에 가서 하룻밤 재워달라고 하자, 주인아주머니가 들어오라고 했다. 집안에는 아무도 없고, 다만 아주머니 혼자서 걸레로 방을 훔치고 있었다.

대자는 방 안으로 들어가 벽난로 앞에 앉아, 주인 아주머니가 하는 일을 지켜보았다. 아주머니는 방 안을 다 훔친 다음, 이번에는 식탁을 물로 씻었다. 그런 다음 걸레로 닦기 시작했다.

식탁은 깨끗이 닦아지지 않았다. 더러운 걸레로 닦았기 때문에 식탁 위에 땟자국이 몇 줄 생겨났다. 다른 쪽을 문질러보았다. 그러자 먼저 땟자국이 없어지는 대신 새로운 자국이 생겨났다. 다시 문질러 보았으나 역시 마찬가지였다. 더러운 걸레로 닦기 때문에 식탁은 깨끗해질 수가 없었다. 먼저 땟자국이 없어지면 다른 땟자국이 생겨나는 것이다.

대자는 한참 동안 이것을 바라보고 있다가 마침내 입을 열었다.

"아주머니, 지금 무얼 하시는 거예요?"

"뭘 하는지 몰라요? 명절 준비로 청소를 하고 있잖아요. 그런데 이놈의 식탁은 아무리 닦아도 깨끗해지질 않네요. 이젠 녹초가 됐어요."

"아주머니, 그 걸레를 깨끗이 빨아서 훔치면 될 텐데요."

주인 여자가 그렇게 하자, 식탁은 금세 깨끗해졌다.

"고마워요, 가르쳐줘서."

이튿날 아침, 대자는 주인 여자와 작별인사를 나누고 다시 길을 떠났다.

한참 걸어가자, 숲이 나왔다. 농부들이 수레바퀴를 만들고 있는 것이 보였다. 가까이 가보니 농부들이 원을 그리며 돌고 있었으나, 나무는 좀처럼 구부러지지 않았다.

가만히 들여다보니 나무틀이 꽉 고정되지 않아 겉돌고 있었다. 이것을 보고 있던 대자가 이렇게 말했다.

"아저씨들, 뭘 하고 계세요?"

"이렇게 수레바퀴를 만드는 중이네. 두 번씩이나 땀을 뻘뻘 흘려 봤으나, 나무가 구부러지지 않는군. 이젠 지쳤어."

"아저씨들, 틀을 움직이지 않게 하세요. 그렇지 않으면 틀과 대가 같이 돌게 되니까요."

농부들은 대자의 말을 듣고 나무틀을 움직이지 않게 단단히 고정시켰다. 그러자 일이 수월하게 되어 갔다.

대자는 그 사람들의 집에서 하룻밤을 지내고, 다시 길을 떠났다. 하루 밤낮을 꼬박 걸어 새벽녘에 목동들이 있는 곳을 발견하고, 그 사람들 곁에 잠시 누웠다.

그 사람들은 가축을 매어 놓고 모닥불을 피우고 있는 중이었다. 마른 나뭇가지를 가져다가 불을 피우고 있었는데, 불이 활활 타오르기 전에 젖은 나뭇가지를 올려놓았기 때문에 불이 픽픽 소리를 내며 꺼져버렸다. 목동들은 다시 마른 나무를 가져다가 불을 피웠다. 그러나 젖은 나뭇가지를 다시 올려놓았기에,

불은 또다시 꺼지고 말았다. 이렇게 목동들은 오래도록 애를 써 봤으나, 불은 활활 피어오르지 않았다.

그것을 보고 있던 대자가 말했다.

"성급히 젖은 나무를 올려놓지 말고, 불이 활활 타오른 다음에 얹도록 하세요."

목동들은 대자가 시키는 대로 불길이 세게 타오른 다음에 젖은 나무를 올려놓았다. 그제야 모닥불은 꺼지지 않고 활활 타올랐다.

대자는 그 사람들과 같이 잠시 있다가 다시 길을 떠났다. 대자는 무엇 때문에 이 세 가지 일을 보여주었을까 생각해 봤으나, 아무래도 알 수가 없었다.

9

대자는 계속 걸어갔다. 하루가 지났다. 마침내 숲이 나오고 숲속에는 암자가 있었다. 대자는 암자 쪽으로 가까이 가서 문을 두드렸다. 그러자 암자 안에서 "거 뉘시오?" 하고 어떤 목소리가 물었다.

"큰 죄를 지은 사람입니다. 남의 죄를 짊어지고, 그 죄를 갚으려고 왔습니다."

한 노인이 밖으로 나와 물었다.

"남의 죄를 짊어졌다니, 어떤 죄를 지었느냐?"

대자는 지금까지 있었던 일을 모두 이야기해 주었다. 대부에 대한 이야기, 어미 곰과 새끼 곰들에 대한 이야기, 종이로 봉해 둔 방에 들어가 옥좌에 앉았던 일, 대부가 자기에게 하라고 했던 일, 그리고 밭에서 농부들이 망아지를 쫓느라고 온 밭을 짓밟던 일, 망아지가 주인 여자에게 달려 나오던 일 등을 빼놓지 않고 모두 이야기해 주었다.

"악은 악으로 없앨 수 없다는 것을 깨닫긴 했지만, 악을 없애려면 어떻게 해야 하는지 모르겠습니다. 그 방법을 저에게 가르쳐주십시오."

그러자 노인이 말했다.

"그 밖에 네가 여기 오면서 본 일을 말해 보아라."

대자는 어떤 아주머니가 집안 청소를 하던 일, 농부들이 수레바퀴를 만들려고 나무를 구부리던 일, 모닥불을 피우던 목동들의 이야기를 노인에게 들려주었다.

노인은 이야기를 다 듣고 나서 암자 안으로 들어가더니, 이빨 빠진 도끼 한 자루를 들고 나와 "자, 가자"고 했다.

노인은 암자 구역 내에 있는 어떤 곳으로 가서 나무를 가리켰다.

"이 나무를 베어라."

대자는 나무를 베어 쓰러뜨렸다.

"이번에는 그것을 세 토막으로 잘라라."

대자는 셋으로 잘랐다. 그러자 노인은 다시 암자로 가서 불을 가져왔다.

"이 나무토막 셋을 태워라."

대자는 불을 피워 나무토막을 태웠다. 타다 만 나무토막 셋이 남았다.

"이것을 땅속에 반쯤 파묻어라. 이렇게."

대자는 불탄 나무토막 셋을 각각 파묻었다.

"저기 산 아래 강이 보이지? 거기 가서 입으로 물을 길어다가 이 불탄 나무에 주어라. 첫째 나무에는 네가 어느 여자에게 가르쳐준 대로 물을 주고, 둘째 나무에는 네가 수레바퀴 만드는 농부들에게 가르쳐준 대로 물을 주고, 또 셋째 나무에는 네가 목동들에게 가르쳐준 대로 물을 주도록 해라. 이 세 나무토막에서 모두 싹이 움터 사과나무로 자라면, 그때 너는 사람들 사이에서 악을 없애는 방법을 알게 되리라. 그러면 모든 죄도 갚게 될 것이다."

이렇게 말하고 노인은 암자로 가버렸다. 대자는 생각하고 또 생각해 봤으나, 노인의 말을 제대로 이해할 수 없었다. 그러나 대자는 노인이 시키는 대로 하기 시작했다.

                    10

 대자는 강가로 가서 물을 한 입 물고 와서 불탄 나무 하나에 주었다. 그리고 또 가고 또 가고 이렇게 백 번도 더 왔다갔다 했다. 그제야 한 그루의 흙이 촉촉하게 젖었다. 그러고 나서 다른 두 그루에도 이렇게 물을 물어다 주었다.
 대자는 지칠 대로 지쳐서 무엇을 먹고 싶었다. 그는 먹을 것을 달라고 하려고 노인의 암자로 갔다. 그러나 문을 열어 보니 노인은 긴 평상 위에 누워 숨져 있었다. 대자는 암자를 뒤져 마른 빵 덩이를 찾아 먹었다. 그런 뒤에 작은 삽을 찾아 노인의 무덤을 파기 시작했다.
 밤에는 불탄 나무에 물을 길어다 주고 낮에는 무덤을 팠다. 이렇게 무덤을 파서 노인을 막 묻으려고 하는데, 마을에서 사람들이 왔다. 노인에게 먹을 것을 가져온 것이다. 마을 사람들은 노인이 죽으면서 자기 자리를 대자에게 물려준 것으로 생각했다.
 사람들은 노인을 묻고, 대자에게 빵을 남겨둔 뒤 다시 오겠다는 약속을 하고 돌아갔다.

대자는 노인의 암자에서 홀로 살게 되었다. 대자는 사람들이 가져다주는 것을 먹고 살면서 노인이 시킨 대로 일을 했다. 강에서 물을 입으로 길어다가 불탄 나무에 주는 것이었다.

이렇게 일 년이 지났다. 그를 찾는 사람들이 차츰 많아지면서, 그에 대한 소문이 널리 퍼졌다. 숲속에 성인이 살고 있는데, 그 사람은 산 밑에서 물을 입으로 길어다가 불탄 나무에 주면서 도를 닦고 있다는 소문이었다.

그러자 많은 사람들이 그를 보기 위해 찾아왔다. 돈 많은 장사꾼도 찾아와서 선물을 주고 갔다. 그러나 대자는 꼭 필요한 것 외에는 아무것도 갖지 않고 가난한 사람들에게 나누어주었다.

대자는 이렇게 살았다. 반나절은 입으로 물을 길어다 불탄 나무에 주고, 나머지 반나절은 쉬면서 사람들을 만났다.

대자는 이것이 자기에게 주어진 생활이며, 이런 생활을 통해 악을 없애고 모든 죄를 갚을 수 있다고 생각하게 되었다.

이렇게 대자는 또 일 년을 보냈다. 그는 하루도 거르지 않고 불탄 나무에 물을 주었으나, 어느 나무에서도 싹이 돋아나지 않았다.

어느 날 대자가 암자에 앉아 있노라니, 누군가가 말을 타고 노래를 부르며 지나가는 소리가 들렸다. 대자는 어떤 사람인가 하고 밖으로 나가보았다. 몸이 튼튼한 젊은 사나이였다. 옷도 잘 입었고 말도 안장도 값비싼 것이었다.

대자는 사나이를 불러 세워 어디서 무얼 하는 사람이며, 어디로 가는 길이냐고 물어보았다.

사나이가 말을 세우며 대답했다.

"나는 강도인데, 길을 돌아다니며 사람을 죽인다. 나는 사람을 많이 죽이면 죽일수록 기분이 좋아서 노래를 부른다."

대자는 몸을 움츠리며 이렇게 생각했다.

'저 사나이의 마음속에 있는 죄악을 어떻게 하면 지워버릴 수 있을까? 나를 찾아오는 사람들은 자기의 죄를 뉘우치며 그런 말을 내게 하기를 좋아하는데, 저 사나이는 나쁜 일을 자랑하고 있잖은가.'

대자는 아무 말도 하지 않고, 그 옆으로 물러나 이렇게 생각했다.

'이제 어떻게 살아가야 하나? 저 강도가 이 부근을 돌아다니면, 사람들이 무서워서 나에게 오지 못할 게 아닌가. 그렇게 되면 그 사람들에게도 이로울 게 없지만, 나는 앞으로 어떻게 살아간담?'

그래서 대자는 발걸음을 멈추고 강도에게 말했다.

"여기로 나를 찾아오는 사람들은 누구나 나쁜 일을 자랑하지 않고, 자기가 지은 죄를 뉘우치며 용서해 달라고 빌고 있소. 그러니 젊은이도 하느님이 두려우면 뉘우치도록 하시오. 만약 뉘우칠 생각이 없다면, 이곳을 떠나 다시는 나타나지 마시오. 그리고 내 마음을 어지럽히거나 사람들을 위협하여 이곳에 오는 것을 방해하지 마시오. 내 말을 듣지 않으면 하느님의 벌을 받을 것이오."

강도가 웃으면서 말했다.

"나는 하느님 같은 건 두려워하지 않으니, 네 말 따윈 듣지 않겠어. 너는 내 주인이 아냐. 너는 기도를 드려 먹고 살지만, 나는 강도질로 먹고 살지. 사람은 저마다의 방법으로 먹고 살아야 하지 않아? 설교 따위는 찾아오는 부인네들에게나 하고, 나한테는 집어치워. 네가 하느님 이야기를 내게 한 보답으로 내일은 두 사람을 더 죽이겠다. 지금 당장 너를 죽일 수도 있지만, 그런 일로 손을 더럽힐 생각은 없다. 그러니까 앞으로는 내 눈에 띄지 않도록 해."

이렇게 위협한 뒤 강도는 떠나버렸다. 그리고 강도는 더 이상 오지 않았으므로, 대자는 전처럼 평온하게 살았다. 이렇게 8년이 지나자, 대자는 지루한 생각이 들었다.

11

 어느 날 밤 불탄 나무에 물을 주고 나서 암자에 돌아와 쉬고 있었다. 그리고 이제 곧 사람들이 찾아올 때가 되었을 텐데 하고 오솔길을 바라보고 있었다. 그런데 그날은 아무도 찾아오는 사람이 없었다. 대자는 저녁때까지 가만히 앉아 있었다. 그는 적적하여 지금까지 자기가 걸어온 길을 떠올려 보았다.

 그러다가 문득, 너는 하느님께 기도나 드리며 먹고 사는 놈이라는 강도의 비난이 머리에 떠올랐다. 그래서 대자는 지금까지 자기가 걸어온 길을 돌이켜보며 이렇게 생각했다.

 '나의 생활은 노인의 가르침과는 다른 것 같다. 노인은 나에게 육체적인 욕망을 버리고 정신적인 삶을 누리라고 하였는데, 나는 그런 생활을 미끼로 빵이나 얻어먹고 사람들의 칭송을 바라게 되었다. 그리고 칭찬받고 싶은 생각 때문에 사람들이 찾아오지 않으면 시무룩해지고, 사람들이 찾아오면 나를 성인으로 받들어 모시는 줄 알고 공연히 우쭐해졌다. 이런 생활을 해서는 안 되겠다. 나는 사람들의 칭찬에 눈이 어두워 남의 죄를 갚기는커녕 도리어 새로 죄를 짓지 않았는가. 사람들의 눈에 띄지 않는 깊은 산속으로 떠나야겠다. 혼자 살면 옛날의 죄를 갚게 되고, 새로운 죄를 짓지 않게 될 것이다.'

대자는 이렇게 생각하고, 마른 빵이 든 작은 자루와 삽을 가지고 암자를 떠나 골짜기로 내려갔다. 깊은 산속에 움집을 짓고 사람들로부터 자취를 감추기 위함이었다.

이렇게 빵 자루와 삽을 들고 가는데 저쪽에서 강도가 말을 타고 오고 있었다. 대자는 놀라서 도망치려고 했으나, 강도에게 붙잡히고 말았다.

"어딜 가는 거요?"

강도가 물었다.

대자는 사람들을 피해 아무도 찾아오지 못할 곳으로 가고 싶다고 말했다.

강도는 이상하게 생각하며 물었다.

"사람들이 찾아오지 않으면 무얼 먹고 살 거요?"

그건 생각은 아직 해본 일이 없으나, 강도가 그렇게 물어오자 대자는 먹을 것을 생각하게 되었다.

"하느님이 주시는 것으로 살아가면 되겠죠."

대자가 이렇게 대답하자, 강도는 아무 말 없이 떠나버렸다.

그러자 대자는 생각했다.

'나는 저 사나이의 생활에 대해서 아무것도 물어보지 않았다. 어쩌면 지금쯤 뉘우치고 있는지도 모른다. 오늘은 전보다 좀 부드러워진 것 같고, 사람을 죽이겠다고 위협하지도 않았다.'

그래서 대자는 강도의 등에다 대고 소리쳤다.

"아무튼 당신은 죄를 뉘우치지 않으면 안 되오. 하느님을 피할 수는 없으니까!"

강도는 말머리를 돌렸다. 그리고 허리춤에서 칼을 뽑아 대자를 내리치려고 했다. 대자는 깜짝 놀라 숲속으로 도망쳤다.

강도는 뒤쫓아 오려 하지 않고, 이렇게 말할 뿐이었다.

"두 번은 용서해 줬지만, 세 번째는 내 눈에 띄지 않도록 해. 그땐 죽여 버리겠어."

이렇게 말하고 강도는 가버렸다. 저녁에 대자는 불탄 나무에 물을 주려고 갔다. 그런데 한 나무에 싹이 돋아나 있었다. 그것은 사과나무였다.

12

대자는 사람들 곁에서 자취를 감추어 혼자 살기 시작했다. 마침내 빵도 다 떨어졌다.

'이젠 풀뿌리라도 캐러 가야겠다'고 대자는 생각했다. 그리고 풀뿌리를 캐러 나가다 보니, 나뭇가지에 빵 주머니가 걸려 있었다. 대자는 그것을 가져다 먹었다.

빵이 떨어지면 곧 또 다른 빵 주머니가 그 나뭇가지에 걸려 있었다. 대자는 그것으로 나날의 양식을 삼았다.

그에게 꼭 한 가지 고민이 있다면 강도가 나타나지 않을까 하는 두려움이었다. 그래서 강도가 나타나는 기척이 있으면 얼른 몸을 숨기며 생각했다.

'저자의 손에 잡혀 죽으면 나는 죄를 갚지 못한다.'

이렇게 10년이 또 흘렀다. 사과나무는 한 그루만 자랄 뿐, 나머지 둘은 여전히 불탄 그대로 남아 있었다.

그런던 어느 날, 대자가 아침 일찍 일어나 자기의 일을 하러 갔다. 불탄 나무 둘레에 촉촉하게 물을 준 후 앉아서 잠시 쉬고 있었다. 그때 그는 이런 일 저런 일들을 생각해 보았다.

'나는 또 죄를 지었다. 죽음을 두려워하게 된 것이다. 하느님이 원하신다면, 죽음으로 나의 죄를 갚으리라.'

이런 생각을 하는 순간, 갑자기 인기척 소리가 들려왔다. 강도가 욕을 하며 말을 타고 오는 소리였다. 대자는 그 소리를 듣고 생각했다.

'좋은 사람이든 나쁜 사람이든 하느님 이외에 누가 나에게 사람을 보내겠는가.'

그리고 그는 강도 쪽으로 걸음을 옮겼다. 강도는 혼자가 아니라 안장 뒤에 어떤 사나이를 태워 가지고 어디론가 가는 길이었다. 사나이는 손과 입이 묶여 있었다.

  사나이는 가만히 있는데, 강도는 그에게 마구 욕을 하고 있었다. 대자는 강도 쪽으로 가서 말 앞을 가로막으며 말했다.

  "이 사람을 어디로 데려가는가?"

  "숲속으로. 이놈은 장사꾼의 아들인데, 지 애비의 돈을 어디에 숨겨 두었는지 입을 열지 않는단 말이야. 입을 열 때까지 두들겨 패야지."

  강도는 이렇게 말하고 지나가려고 했다. 그러나 대자는 말고삐를 잡고 놓지 않았다.

  "이 사람을 놔주게."

  강도는 화를 내며 대자에게 채찍을 쳐들었다.

  "너도 이런 꼴을 당하고 싶어? 약속한 대로 너를 죽여 버리겠다. 이것 놔."

  그러나 대자는 두려워하지 않았다.

  "못 놓겠네. 내가 두려운 건 자네가 아니라, 하느님뿐이야. 그런데 하느님은 이걸 놓아주지 말라고 분부하시네. 이 사람을 놔주게."

  강도는 얼굴을 찌푸리며 칼을 뽑아 오랏줄을 끊은 뒤, 상인의 아들을 놔주었다.

  "두 놈 다 꺼져버려. 두 번 다시 내 눈에 띄지 않도록 해."

상인의 아들은 말에서 펄쩍 뛰어내려 달아나기 시작했다. 강도는 그냥 가려고 했으나, 대자가 다시 그를 불러 세우고는 그런 나쁜 생활은 이제 그만두라고 말했다.

강도는 잠깐 동안 서서, 대자의 말을 다 듣고 난 뒤 아무 말 없이 떠나버렸다.

이튿날 아침, 대자가 불탄 나무에 물을 주려고 가서 보니 또 한 그루에 싹이 돋아나 있었다. 역시 사과나무였다.

13

다시 10년이 흘렀다. 어느 날 대자는 움막 속에 앉아 있었다. 그는 더 이상 아무것도 바랄 것이 없고 겁나는 일도 없었다. 마음은 기쁨으로 가득 차 있었다. 그때 대자는 생각했다.

'하느님은 사람에게 얼마나 큰 행복을 주셨는지 모른다. 그런데 사람들은 공연히 자기 자신을 괴롭히고 있다. 기쁨 속에 살아갈 수도 있는데도 말이다.'

그리고 사람들이 자신을 괴롭히는 모든 죄악을 생각해 보았다. 그러자 사람들이 불쌍해졌다.

'내가 왜 쓸데없이 이런 생활을 하나. 바깥 세상에 나가서, 내

가 아는 모든 것을 사람들에게 알려줘야지.'

이런 생각을 하기가 무섭게 인기척 소리가 들려왔다. 강도가 말을 타고 오는 소리였다. 대자는 강도가 지나가도록 가만히 내버려두면서 생각했다.

'저런 놈에게 이야기해 봤자 못 알아들을 거야.'

처음에는 그렇게 생각했으나, 잠시 후 생각을 고쳐먹고 거리로 나갔다.

강도는 우울한 얼굴로 땅바닥을 내려다보면서 말을 몰고 있었다. 대자는 그를 보자 불쌍한 생각이 들었다. 그래서 쫓아가 그의 무릎을 잡고 말했다.

"사랑하는 형제여, 부디 자기의 영혼을 불쌍히 생각하게! 자네의 마음속에도 하느님이 계시니까. 자네는 스스로 괴로워하며 남도 괴롭혀 왔어. 앞으론 더 괴로움을 겪게 될 거야. 그러나 하느님께서는 자네를 얼마나 사랑하시며, 어떤 행복을 주시려고 하는지 아는가! 제발 자신을 망치는 일은 하지 말게. 형제여! 그리고 자네의 생활을 고치게."

강도는 얼굴을 찌푸리고 고개를 돌리며 말했다.

"비켜."

대자는 강도의 무릎을 더 꽉 잡고 눈물을 흘렸다.

강도는 눈을 쳐들어 대자를 바라보았다. 그러다가 말에서 내려, 대자 앞에 무릎을 꿇었다.

"마침내, 당신이 저를 이겼습니다. 20년 동안 저는 당신과 싸워 왔으나 결국 지고 말았습니다. 이제 저는 제 자신을 마음대로 할 수 없게 되었습니다. 그러니 당신 마음대로 하십시오. 당신이 처음 제게 설교하려 했을 때는 화만 더 났을 뿐이었습니다. 제가 당신의 말을 생각하게 된 것은, 당신이 사람들로부터 아무것도 바라지 않고 피해 갈 때였습니다."

그때 대자는, 옛날에 농가의 아주머니가 걸레를 깨끗이 빤 후에야 비로소 식탁을 깨끗이 닦을 수 있었던 일을 떠올렸다. 그처럼 자기 걱정을 그만두고, 먼저 자기 마음을 깨끗이 해야만 남의 마음도 깨끗이 할 수 있었던 것이다.

강도는 말을 이었다.

"그러나 내 마음이 변하기 시작한 것은, 당신이 죽음을 두려워하지 않게 되었을 때부터였습니다."

그때 대자는, 농부들이 받침틀을 탄탄하게 고정시켰을 때 비로소 수레바퀴로 나무를 휠 수 있었던 일을 떠올렸다. 강도는 다시 말했다.

"내 마음이 눈처럼 완전히 녹아버린 것은 당신이 나를 불쌍히 여겨 내 앞에서 눈물을 흘렸을 때였습니다."

대자는 몹시 기뻐하며 불탄 나무가 있는 곳으로 그를 데리고 갔다. 두 사람이 가까이 가보니 마지막 한 나무에서도 사과나무의 싹이 움트고 있었다.

그때 대자는, 목동들의 모닥불이 활활 타오를 때 젖은 나무가 타던 일을 생각했다. 그 일처럼 자기 마음이 먼저 타오른 후에야 남의 마음을 태울 수 있었던 것이다.

이제야 죄를 다 갚게 되자, 대자는 몹시 기뻤다.

대자는 그 이야기를 강도에게 다 들려주고 난 후, 영원히 눈을 감았다.

강도는 대자를 장사지낸 뒤, 그가 시킨 대로 세상 사람들을 가르치며 살아갔다.

두 순례자

1

두 노인이 예루살렘으로 순례를 떠나기로 했다. 한 사람은 예핌 타라시치 세벨료프라는 부자 농부였고, 다른 한 사람은 엘리세이 보드료프라는 노인이었다.

예핌은 착실한 농부였으며, 술 담배를 입에 대지 않는 것은 물론이고 냄새조차 맡지 않았다. 태어나서 지금까지 욕이라곤 한 번도 해본 적이 없었고, 모든 일에 엄격하고 철저했다. 그는 두 차례나 이장을 지내면서 단 한 푼의 오차도 없이 완벽하게 일을 마쳤다. 두 아들과 장가든 손자까지 있는 많은 식구였지만, 모두가 함께 살고 있었다. 그는 아주 건강했으며, 턱수염을 텁수룩하게 기르고 있었다. 일흔 살이나 되었는데도 등도 구부러지지 않고 수염은 이제 겨우 희어지기 시작했다.

엘리세이는 부자도 가난뱅이도 아닌 노인이었다. 젊었을 때는 목수 일로 살아왔으나, 나이가 들면서부터는 집에서 꿀벌을 치고 있었다. 큰아들은 먼 곳으로 돈벌이를 떠났고, 둘째아들이 집일을 돌보고 있었다.

엘리세이는 마음씨 좋고 명랑한 사람이었다. 술도 마시고 담배도 피우고 노래도 잘 불렀으나, 워낙 사람이 착해서 집안 식구나 이웃하고도 사이가 좋았다. 그는 짤막한 키에 얼굴빛이 거무스름하고 허약한 몸집의 농부로서 곱슬곱슬한 턱수염을 기르고 있었는데, 그 모습은 마치 같은 이름을 가진 구약의 예언자 엘리세이와 마찬가지로 머리가 벗겨진 대머리였다.

두 노인이 함께 순례를 떠나자고 약속한 것은 아주 오래 전이었다. 그러나 예핌은 늘 바빠서 일이 끝나지를 않았다. 한 가지 일이 끝났는가 하면 또 뒤이어 다른 일이 생겼다. 손자의 결혼식을 치르고 나면 또 막내가 군에서 제대해 돌아오고, 거기다 이번엔 새 집을 지을 일이 기다리고 있었다.

어느 명절날, 두 노인은 우연히 만나 통나무 위에 나란히 걸터앉았다.

엘리세이가 예핌에게 말했다

"어때? 이젠 성지 순례를 떠날 때가 되지 않았나?"

"아니, 좀더 기다려 주게. 올해는 모든 일이 제대로 되지를 않아. 집을 짓기 시작할 때는 그저 100루블 정도로 충분할 줄 알았는데, 벌써 300루블이나 들었는데도 아직 멀었어. 아무래도 여름까지 끌 것 같아. 글쎄, 주님의 뜻이라면 요번 여름엔 떠날 수 있겠지."

"내 생각으로는, 그렇게 자꾸 미루는 건 좋지 않다고 보네. 결심을 하고 떠나야지. 봄철이라 지금이 가장 좋을 때이고……"

"때는 좋지만 일단 시작한 일을 그냥 두고 떠날 수야 있나?"

"아니, 자네 집에는 일 맡길 사람이 그렇게도 없나? 아들이 다 알아서 할 텐데 뭘 그러나?"

"알긴 뭘 알아! 큰 자식 놈이라고 어디 믿을 수가 있어야지. 틀림없이 엉뚱한 일을 벌려놓을 거야."

"아니야. 어차피 우리가 먼저 죽을 건데, 우리가 떠나도 남은 자식이 모두 잘해 나갈 거야. 자네 아들도 그래, 일을 지금부터라도 배워서 익혀야지."

"그건 그렇지만, 무엇보다도 다 짓는 걸 내 눈으로 보고 싶단 말이야."

"아이구, 난 모르겠네! 이런저런 일들을 모두 끝내자면 한이 없지. 아무렴 한이 없고말고. 바로 조금 전에도 명절이 가까워졌다고 우리 집 여자들이 빨래를 한다, 집안을 치운다며 이런 일 저런 일로 아주 난리가 났었네. 그런데 우리 큰며느리가 참 영리하게도 이런 말을 하더군. '명절날이 우리를 기다리지 않고 빨리 다가오니까 그래도 다행이지요. 그렇지 않으면 암만 일을 해도 다 끝내지 못할 건데요' 하고 말이야."

"그렇지만 집 짓는 일로 돈을 너무 써버렸어. 한 푼도 없이면 길을 떠날 수도 없고……. 한두 푼 가지곤 어림도 없을 테고……. 적어도 100루블은 있어야 할 텐데."

엘리세이가 웃으며 말했다.

"벌 받을 소리 말게. 자네 재산은 나보다 열 배나 많으면서 돈 걱정을 하다니. 그런 걱정은 말고, 언제 떠날지나 생각해 보게. 나는 돈이라곤 한 푼도 없지만, 그래도 떠날 때는 어떻게 마련하지 못하겠나."

"거참, 대단한 배짱일세. 어디서 어떻게 마련할 건가?"

예핌이 웃으며 물었다.

"난 집안에 있는 돈을 모두 긁어모을 작정이네. 그래도 모자라면, 밖에 세워놓은 통나무 꿀벌 통을 몇 개 팔면 될 테지. 옆집에서 전부터 사려고 했으니까 말이야."

"팔고 난 뒤 그 벌통에서 꿀이 많이 나오면 속이 상할 텐데."

"속이 상한다고? 그런 말은 아예 말게. 이 세상에 속상할 일은 죄짓는 것밖에 없어. 영혼보다 소중한 것이 어디 있겠나?"

"하긴 그래. 그래도 역시 집일을 잘 정리해 두지 않으면 아무래도 불안해서……."

"그런 일보다 더 불안한 것은 영혼을 바로잡지 못하는 일이라네. 어떻든 약속대로 떠나도록 하세."

2

엘리세이는 이렇게 친구를 설득했다. 예핌은 밤을 새워 생각한 뒤, 다음 날 아침 일찍 엘리세이를 찾아와서 말했다.

"자네 말이 맞아. 사는 것도 죽는 것도 모두 하느님의 뜻일세. 살아서 기운 있을 때 순례를 떠나기로 하세."

일주일 동안에 두 노인은 떠날 채비를 끝냈다.

예핌은 저축한 돈이 많았다. 그는 여비로 100루블은 자기가 지니고, 늙은 아내에게 200루블을 맡겼다.

엘리세이도 채비를 했다. 밖에 늘어놓은 통나무 꿀통 중 열 개를 옆집에 팔고, 또 거기서 생기는 애벌도 함께 주기로 약속했다. 그래서 70루블의 돈을 마련했다. 부족한 30루블은 온 집안 식구들에게서 긁어모았다. 늙은 아내는 죽을 때를 위해 모아 둔 돈을 모두 털어놓았고, 며느리도 비상금을 내놓았다.

예핌 타라시치는 맏아들에게 집일을 모두 맡겼다. 풀은 어디서 얼마 정도를 베어야 하고, 거름은 어디로 나를 것이며, 새 집일은 어떻게 끝내야 하고, 지붕은 어떤 모양으로 올릴 것인지 등으로 하나도 빠뜨리지 않고 집안일을 지시했다.

그러나 엘리세이는 팔아버린 통나무 꿀통에서 깐 애벌은 따로 모아서 그대로 옆집주인에게 주라고 아내에게 말했을 뿐, 집일에 관한 것은 아무 지시도 내리지 않았다. 일을 어떻게 해야 하는지는 그 일을 맡게 되면 저절로 알게 될 것이며, 각자가 자기가 할 일을 알아서 하라는 식이었다.

두 노인은 떠날 채비를 끝냈다. 식구들은 과자도 굽고 자루도 만들고, 다리 싸개를 새로 손질하고 장화도 새로 만들었다. 갈아 신을 나막신까지도 준비한 노인들은 드디어 길을 떠나게 되었다. 식구들이 동구 밖까지 나와 전송하고, 두 노인은 여행을 시작했다.

엘리세이는 마음이 들떠서 첫걸음을 내디뎠다. 그는 마을에서 점점 멀어지자 집일 따위는 까마득히 잊어버렸다. 그는 그저 여행하는 동안 친구와 잘 지내자, 아무에게도 싫은 말은 하지 말자, 아무 사고 없이 기분 좋게 목적지에 도착하고 또 집으로 돌아오자, 이런 생각으로만 꽉 차 있었다.

엘리세이는 입 속으로 기도문을 외거나 자기가 알고 있는 성인의 일생을 생각하며 길을 걸었다. 도중에서 누군가를 만나거나 여인숙에 들어서도 항상 남에게 친절히 대하기로 마음먹고, 항상 하느님의 뜻에 맞는 말만을 하기로 작정했다. 걸어가면서도 기분이 아주 좋았는데, 오직 한 가지만은 엘리세이로서도 어쩔 수 없었다. 코담배를 끊겠다고 굳게 결심하고 쌈지를 집에 두고 떠났는데, 그 생각이 더욱 간절해졌다. 마침 도중에 어느 사람한테서 얻은 것이 있어, 친구에게 피해를 주지 않으려고 이따금씩 슬그머니 뒤처져 코담배 냄새를 맡곤 했다.

예핌 타라시치도 기분이 좋은 듯 활기차게 걸었다. 나쁜 짓이라곤 전혀 하지 않았으며, 한마디도 쓸데없이 지껄이는 일이 없었다. 그러나 마음은 편안하지 못했다. 집일이 항상 마음에 걸렸다. 집안일은 어떻게 되어 가나 그 생각뿐이었다. 뭔가 아들에게 지시할 것을 빠뜨리지는 않았는지, 아들은 어떻게 하고 있는지 걱정이 되었다. 당장 집으로 돌아가 자기 손으로 모든 일을 해버렸으면 하는 충동이 일어나는 것을 가까스로 참곤 했다.

3

두 노인은 계속 다섯 주일 동안을 걸었다. 집에서 신고 온 나막신도 다 떨어져서 새로 사야만 했다. 이 무렵 그들은 소러시아 지방에 가 있었다.

집을 떠나니 잠자는 것도 먹는 것도 모두 돈을 내야 했는데, 이 지방에 들어서니 모두들 다투어서 두 노인을 자기 집에 초대했다. 재워주고 잘 먹여준 뒤에 돈도 받지 않았고, 더군다나 가는 도중 먹으라고 빵과 과자를 자루 속에 넣어주기도 하는 것이었다.

이렇게 두 노인은 별 어려움 없이 700베르스타의 길을 걸어갔다. 다시 여러 고을을 지나서 흉년이 든 지방에 이르게 되었다. 그 지방에서는 잠은 그냥 재워줬지만, 먹을 것은 조금도 주지 않았다. 어딜 가도 빵은 주지 않았고, 심지어는 돈을 주고도 빵을 살 수가 없었다. 그들의 말에 의하면, 지난해에 심한 흉년이 들었다는 것이다. 부자들은 먹을 것을 구하기 위해 가진 물건들을 팔아버리고, 중류층은 아무것도 남은 것이 없었으며, 가난한 사람은 딴 지방으로 떠나든지 구걸을 하든지, 아니면 마을에서 근근이 하루하루를 보내고 있는 형편이라고 했다. 밀기울과 명아주로 끼니를 이으면서 겨울을 보냈다는 것이다.

어느 날 두 노인은 작은 마을에서 빵을 열다섯 근쯤 사고 하룻밤을 묵은 뒤, 새벽 일찍이 길을 떠났다. 더워지기 전에 조금이라도 더 많이 가려는 생각이었다.

10베르스타쯤 걸은 뒤에 어떤 시냇가에 도착했다. 그곳에서 다리를 펴고 앉아 컵으로 물을 떠서 빵을 축여 가며 배부르게 먹은 뒤 짚신을 갈아 신었다. 한참 동안 앉아서 쉬는 사이에 엘리세이는 담배쌈지를 꺼냈다. 그것을 보고 예핌이 머리를 저으며 말했다.

"어째서 그 나쁜 버릇을 못 버리나?"

엘리세이는 어쩔 수 없다는 듯 한 손을 저으며 대답했다.

"나는 죄에 빠져버렸네. 어쩔 수가 없어."

두 사람은 다시 걷기 시작했다. 그곳에서 10베르스타쯤 더 가자 큰 마을이 앞에 나타났다. 그 마을을 다 지났을 때는 벌써 햇볕이 너무나 뜨거워져 있었다. 엘리세이는 너무나 피곤하여 잠깐 쉬면서 물이라도 한 그릇 마시고 싶었다. 그러나 예핌은 쉬려 하지 않았다. 예핌은 잘 걸었다. 그래서 엘리세이는 그의 뒤를 따라가는 것조차 무척 힘들었다.

"물 좀 마셨으면 좋겠어."

"마시고 오게. 나는 괜찮아."

"그럼, 자네 먼저 가게. 나는 저 집에 가서 물 좀 얻어 마시고 뒤따라갈 테니."

엘리세이는 발길을 멈추고 예핌에게 말했다.

"그렇게 하게."

예핌은 혼자 신작로를 걸어가고, 엘리세이는 농가 쪽으로 돌아섰다.

엘리세이가 농가 가까이 가보니 석회 칠을 한 작은 집이 있었다. 위쪽은 희고 아래쪽은 검은 집이었는데, 칠도 벗겨지고 지붕도 한쪽이 허물어지고 없었다. 아마 오랫동안 집을 손보지 못한 모양이었다. 뒷문 쪽에 입구가 나 있어, 엘리세이는 뒷문으로 돌아갔다. 그때 담장 밑에 드러누워 있는 한 남자가 보였다. 턱수염도 없는 바싹 마른 사나이는 소러시아 식으로 셔츠 자락을 바지 속에 넣고 있었다. 이 사람은 아마 처음엔 시원한 그늘 밑을 찾아 누웠던 것으로 짐작이 되는데, 지금은 햇볕이 바로 위에서 내리쬐고 있었다. 그런데 그 사람은 누운 채 잠들어 있는 것도 아니었다. 엘리세이는 물 좀 마실 수 없느냐고 물었으나, 그는 아무 대답도 하지 않았다.

'병에라도 걸렸든지 아니면 꽤 무뚝뚝한 사람인 모양이다'라고 엘리세이는 생각하며 문 쪽으로 다가갔다.

그때 집안에서 어린아이의 울음소리가 들려왔다. 엘리세이는 문고리쇠로 덜컹덜컹 소리를 내면서 말했다.

"실례합니다."

그러나 아무 대답이 없었다.

"안녕하십니까! 아무도 안 계십니까?"

그래도 아무런 기척도 들리지 않았다. 아무리 소리를 쳐도, 역시 아무도 나와 보지 않았다. 할 수 없이 엘리세이가 막 돌아서려 할 때, 문 앞에서 누군가의 신음 소리가 들려왔다.

'무슨 불행한 일이라도 생긴 것이 아닐까? 한번 알아보고 떠나야지.'

엘리세이는 집 안으로 들어섰다.

4

엘리세이가 손잡이를 돌려보니, 문은 잠겨 있지 않았다. 문을 열고 복도에 들어서니, 방으로 통하는 문이 열려 있었다. 오른쪽에 난로가 있었고, 곧바로 보이는 쪽이 상좌였다. 그 구석에는 탁자가 놓여 있고, 탁자 맞은편에 걸상이 있었다. 걸상에는 속옷만 입은 할머니가 머리에 두건도 쓰지 않고 앉아서 머리를 탁자 위에 올려놓고 있었다. 그 옆에는 너무 말라서 배만 커다랗고 얼굴이 밀랍처럼 창백한 남자애가 앉아서 할머니의 옷소매를 잡아당기며 칭얼거리고 있었다.

엘리세이가 방 안으로 들어가자, 숨이 막힐 듯 고약한 냄새가 코를 찔렀다. 난로 저쪽 마룻바닥 위에 한 여자가 쓰러져 있는 것이 보였다. 이쪽을 보려고도 하지 않고 엎어진 채 단지 가래 끓는 소리만 내며 한쪽 다리를 폈다 오므렸다 하고 있었다. 몸에서는 코를 찌르는 듯한 악취를 풍기며 이리저리 뒤척이며 괴로워하고 있는 것이었다. 여자는 대소변을 못 가리는 모양인데, 아마도 뒤처리를 해줄 사람이 아무도 없는 것 같았다. 할머니가 문득 눈을 뜨고 이 낯선 사람을 바라보았다.

"당신은 누구요? 무슨 일로 왔어요? 무엇이 필요해서 왔어요? 누군지 모르지만 우리 집엔 아무것도 없다오……."

엘리세이는 그 옆으로 다가서며 말했다.

"할머니, 물을 좀 주셨으면 고맙겠습니다."

"아무것도 없다고 했잖소. 물 떠올 사람이 없어요. 직접 가서 떠 마시도록 해요."

"할머니, 어찌된 일입니까? 이 집엔 건강한 사람이 한 명도 없는 모양이지요? 이 아주머니를 돌볼 사람도?"

"아무도 없소. 뒷문 쪽으로 한 사람이 죽어가고 있고, 우리도 여기서 이렇게……."

낯선 사람을 보자 잠시 동안 입을 다물고 있던 사내아이는, 할머니가 말하는 것을 보고는 다시 소매를 집적거리며 울기 시작했다.

"빵 줘. 할머니, 빵 줘!"

엘리세이가 할머니에게 다시 물으려고 하는데 밖에 있던 남자가 비틀거리며 집 안으로 들어왔다. 그는 벽을 짚고 걸어가 의자에 앉으려 했으나, 그러지도 못 하고 문 근처의 한 구석에 기대듯이 쓰러지고 말았다. 말 한마디 하고는 쉬고, 또 한마디 하고는 숨을 몰아쉬면서 말을 이었다.

"전염병에 걸렸어요. 거기다 흉년까지 들어서……. 저 애도 배가 고파 다 죽게 됐어요!"

그는 턱으로 사내아이를 가리키며 울기 시작했다.

엘리세이는 등에 지고 있는 자루를 치켜 올려 멜빵에서 두 팔을 뽑았다. 그리고 자루를 내려서 걸상 위에 올려놓고 그것을 끌렀다. 그리고 자루 안에서 빵과 나이프를 꺼내 농부에게 한 조각 잘라주었다. 그 사람은 빵을 받지 않고, 사내아이와 여자 쪽을 가리켰다. 그들에게 주라는 뜻이었다. 엘리세이는 사내아이에게 주었다. 빵을 본 사내아이는 몸을 뻗쳐 두 손으로 빵을 움켜쥐고는 거기에 코와 입을 처박았다.

그러자 난로 구석에서 한 계집애가 기어 나와 빵을 뚫어지듯이 쳐다보았다. 엘리세이는 그 애한테도 한 조각을 줬다. 그리고 할머니에게도 한 조각을 잘라주었다. 할머니는 그것을 받아들자, 그것을 우물거리며 정신없이 먹었다.

"물을 한 그릇 떠다주면 고맙겠는데, 우린 목이 말라 죽을 지

경이라오. 어젠지 오늘인지 내가 물을 길러 갔었지요. 그런데 떠오지도 못 하고 쓰러져 버렸다오. 누가 가져가지 않았다면, 물통이 거기 그냥 있을 텐데……."

할머니가 말했다.

엘리세이는 우물이 어딘지를 물었다. 할머니가 자세히 일러 준 대로 가자, 얘기한 대로 물통이 팽개쳐져 있었다. 물을 길어다가 모두에게 마시도록 했다. 할머니와 아이들은 물과 빵을 먹었지만, 남자는 먹으려 하지 않으면서 속이 영 좋지를 않다고 했다. 여자는 몸을 일으키려고도 않고, 정신없이 그냥 그 자리에 쓰러져 몸부림만 치고 있을 뿐이었다.

엘리세이는 마을의 가게로 가서 옥수수와 소금, 밀가루, 버터를 사왔다. 그리고 도끼로 장작을 패 난로에 불을 지폈다. 계집아이가 도와주었다. 그리하여 엘리세이는 수프와 죽을 끓여 모두에게 먹였다.

5

주인남자도 조금 먹었고, 할머니도 먹었다. 계집아이와 사내아이는 그릇 바닥까지 깨끗이 핥아먹고 난 뒤 서로 껴안고 잠들어 버렸다. 농부와 할머니는 이렇게 된 사정을 이야기했다.

"우리는 지금까지 가난하기는 했지만 그럭저럭 살아왔어요. 그런데 지난 흉년으로 추수한 것이 아무것도 없어서, 가을부터는 전에 남았던 양식으로 근근이 연명했지요. 나중엔 그것마저 떨어져서 이웃과 친절한 분들의 도움을 받았답니다. 처음엔 더러 꾸어주기도 했지만 차차 거절을 당하게 됐지요. 어떤 사람은 꾸어주고 싶긴 하지만 아무것도 없어서 어쩔 수 없다고 하더군요. 한두 번도 아니고, 저희도 자꾸 그러기가 너무 민망했어요. 이곳저곳에서 돈과 밀가루, 빵을 꾸었으니 말입니다."

농부는 계속해서 말했다.

"나는 일을 찾아 나섰지만, 어디 일자리가 있어야 일을 하지요. 생계를 위해 모두들 일자리를 찾아다니는 형편이었습니다. 어쩌다 하루 일하면 그 다음 이틀은 일자리를 찾아 헤매고 다녀야 했어요. 그래서 할머니와 계집애가 이웃마을로 동냥을 갔지만, 누구나 다 빵이 없으니 먹을 걸 제대로 얻을 수가 있겠어요? 그래도 굶어죽지는 않을 정도로 입에 풀칠을 했습니다. 그런 대로 햇보리가 날 때까지 견뎌보자고 생각했었지요. 그런데 봄이 되자, 아무도 동냥을 주지 않았어요. 거기다 이렇게 열병까지 번지더군요. 점점 더 형편이 나빠져, 하루 먹으면 이틀은 굶었습니다. 나중에는 풀까지 뜯어먹게 되었지요. 그 풀이 잘못인지 아니면 무슨 다른 이유가 있었는지, 아내가 병에 걸려 쓰러졌어요. 아내는 앓아 누웠고, 나도 힘이 다 빠져버렸으니 앞일이 암담하기만 합니다."

농부는 이렇게 말했다. 그러자 할머니가 다시 이야기를 시작했다.

"나도 먹고살려고 안간힘을 다해봤어요. 이젠 힘도 없고 너무 지쳐서 주저앉아 버렸지요. 손녀딸도 몸이 너무 약해졌고, 거기다 겁까지 먹어 가까운 데 심부름을 시켜도 가질 않으려고 해요. 꼼짝도 않고 구석에만 박혀 있지요. 엊그제 무슨 볼일이 있는지 이웃 아주머니가 찾아왔다가, 모두 굶주려 쓰러져 있는 것을 보고는 깜짝 놀라 도로 나가버리더군요. 그럴 만도 하지요. 그 아주머니도 남편이 도망쳐버려서, 어린아이들과 굶는 형편이니까요. 그래서 이렇게 죽을 날만 기다리며 누워 있는 참이라오."

엘리세이는 두 사람의 이야기를 듣고 난 뒤, 친구를 따라갈 생각을 치우고 그날부터 그 집에 머물렀다. 다음 날 아침, 자리에서 일어난 엘리세이는 자기가 이 집 주인이라도 되는 것처럼 집안일을 살피기 시작했다. 할머니와 함께 밀가루 반죽을 하고 난로에 불을 지폈다. 또 계집아이와 함께 근처를 돌아다니며 쓸 만한 물건을 찾아보았다. 이것저것 골라보아도 쓸 만한 것이라곤 하나도 없었다. 모두 먹을 것과 바꾸어버렸던 것이다. 연장도 없고 걸칠 옷마저도 없는 형편이었다. 그래서 엘리세이는 꼭 필요한 물건을 마련하기 시작했다. 자기가 직접 만들기도 했고, 밖에 나가 사 온 것도 있었다.

이리하여 엘리세이는 하루, 이틀, 사흘을 보냈다. 사내아이는 건강을 회복하여 가게로 심부름도 다니고 엘리세이를 무척 따랐다. 계집아이도 무척 명랑해졌다. 무슨 일이나 거들려고 하였고, 항상 "할아버지, 할아버지!" 하며 엘리세이의 뒤를 따라다녔다. 할머니도 일어나 이웃집으로 나다닐 수 있게 되었다. 주인남자도 벽을 짚고 걸음을 옮길 수 있게 되었다. 오직 그의 아내만은 아직도 일어나지 못했다. 그러나 그 여인도 사흘째가 되자 정신을 차리고, 뭔가 좀 먹고 싶어 했다. 엘리세이는 그제야 비로소 '이렇게 오래 걸릴 줄은 몰랐는걸. 이젠 그만 길을 떠나야겠군' 하고 생각했다.

6

나흘째 되는 날은 바로 축제일 하루 전이었다. 그래서 엘리세이는 그들과 같이 전야를 축하하고 선물을 좀 사 준 뒤, 저녁나절에 떠나야겠다고 속으로 생각했다. 엘리세이는 다시 마을에 가서 우유와 밀가루와 기름을 사가지고 왔다. 그리고 할머니와 함께 요리를 만들었다.

다음 날 아침엔 교회의 미사에 참례했다. 그 다음엔 집으로 돌아와서 그들과 같이 음식을 맛있게 먹었다. 이날은 여자도 자리에서 일어나 집안을 슬슬 거닐기 시작했다. 주인 남자도 수염을 깎고, 할머니가 빨아준 깨끗한 셔츠로 갈아입었다. 그러고 나서 마을의 부잣집 농부를 찾아갔다. 이 농부에게 밭과 풀밭을 저당 잡혔기 때문에, 햇보리가 날 때까지 그 밭과 풀밭을 좀 쓰게 해달라고 간청하려는 것이었다. 저녁 무렵에 어깨가 축 처져서 돌아온 남자는 눈물을 흘렸다. 부잣집 농부가 사정을 봐주지 않고 돈을 가지고 오라 했다는 것이다.

엘리세이는 다시 생각에 잠기며 중얼거렸다.

'이 사람들은 앞으로 어떻게 살아갈 것인가? 딴 사람들이 모두 풀을 베러 갈 때, 이 사람들은 멍하니 그냥 있어야 한다. 풀밭이 저당 잡혔으니까. 남들은 쌀보리가 익으면 추수를 하게 되는데, 이 사람들에겐 아무 낙이 없겠구나. 밭을 부잣집에 팔아버렸으니. 내가 이대로 가버린다면, 이 사람들은 다시 전처럼 길에서 헤매게 될 것이다.'

엘리세이는 여러 가지 생각이 뒤엉켜 그날 저녁에도 출발하지 못하고, 다음 날 아침에 길을 떠나기로 했다. 밖에서 기도를 드린 뒤 자리에 누웠지만 잠이 오지 않았다. 그동안 돈도 시간도 너무 써버려 이제는 그만 떠나야 하는데, 이 집 사람들이 불쌍해서 그럴 수 없었기 때문이다.

'모든 사람을 도울 수는 없을 것 같다. 처음엔 물이나 떠주고 빵이나 한 조각씩 나눠주고 떠날 생각이었는데, 이렇게 되어버렸구나. 이제는 풀밭과 밭을 찾아주어야만 하게 되었다. 밭을 찾아주고 나면 그 다음엔 애들에게 먹일 우유를 위해 젖소를 사주어야 된다. 그리고 주인남자 한테는 보릿단을 나를 수 있는 말을 사주어야 될 것이다. 이봐, 엘리세이! 너는 아주 호되게 걸렸구나. 일을 벌여놓고는 아주 뒤죽박죽이 됐군!'

엘리세이는 자리에서 일어나 베개로 썼던 긴 외투를 더듬어 담배쌈지를 꺼냈다. 머릿속을 맑게 하려고 담배를 한 줌 쥐었지만, 아무리 생각하고 또 생각해 보아도 신통한 방법이 떠오르지 않았다. 떠나긴 해야 할 텐데, 이 사람들이 불쌍해서 그럴 수가 없다. 그는 다시 긴 외투를 둘둘 말아서 베개로 만들어 드러누웠다.

그렇게 가만히 누워 있는 동안, 어느새 닭이 울고 마침내 깊이 잠들어 버렸다. 그때 갑자기 누군가 엘리세이를 부르는 듯했다. 어느 틈에 자기가 떠날 채비를 차리고 있는 것이 보였다. 자루를 등에 지고 손에는 지팡이를 짚었다. 그는 문 밖으로 나가려 했다. 문은 활짝 열려 있어, 바로 나가기만 하면 되었다. 그가 막 문 밖으로 나가려 하는데, 이쪽 울타리에 자루가 걸렸다. 그걸 떼려니까 이번엔 저쪽 울타리에 다리 싸개가 걸려 다 풀어질 형편이었다. 그것을 다시 감으려고 내려다보니, 아니 이게 웬일인가. 그것은 울타리에 걸린 것이 아니라, 계집아이가 다리를 붙잡고 있는 것이었다. "할아버지, 할아버지 빵 좀 줘요!" 하고 외치고 있었다. 또 사내아이는 다리 싸개를 계속 붙잡고 있었다. 할머니와 주인 남자는 창문에서 그를 바라보고 있었다. 엘리세이는 잠에서 깨어나 혼자 중얼거렸다.

"내일은 밭과 풀밭을 찾아주어야지. 그리고 말을 사준 다음 먹을 밀가루도 사고, 아이들에게 우유를 먹일 젖소도 사주자. 그렇게 하지 않는다면, 힘들여 바다를 건너 그리스도를 찾아간다 해도 내 안에 있는 그리스도를 잃게 될 것이다. 살기 어려운 사람을 돕도록 하자!"

그러고 나서 엘리세이는 아침까지 푹 잤다. 아침 일찍 일어나서 부잣집 농부를 찾아갔다. 돈을 치르고 밭을 도로 찾아 주었다. 그리고 집으로 돌아올 때 낫을 사다 주인 남자에게 주면서, 풀밭에 나가 풀을 베라고 했다.

엘리세이는 마을 농가를 돌아보다가, 주막집 주인이 파는 수레와 말을 흥정해서 샀다. 짐수레에 밀가루 한 부대를 사서 싣고, 이번에는 젖소를 사러 갔다. 가는 동안 소러시아 지방의 두 여인들의 뒤를 따라가게 되었다. 그 여인들은 열심히 이야기를 하면서 걷고 있었다. 소러시아어로 이야기했지만, 엘리세이는 알아들을 수가 있었다. 그들은 엘리세이에 대해 말하고 있는 것이었다.

"처음엔 그가 누군지 전혀 몰랐대요. 그저 순례자거니 했답니다. 물을 얻어 마시러 왔다가, 그냥 눌러 앉았다는 거예요. 오늘도 그분이 주막집에서 짐수레와 말을 사가는 것을 봤어요. 이 세상에 그렇게 착한 사람이 있다니, 우리 거기 구경 가지 않겠어요?"

엘리세이는 자기를 칭찬하는 말을 듣고는 젖소 사는 것을 포기하고, 주막으로 돌아가서 말 값을 치렀다. 수레에 말을 맨 뒤 밀가루를 싣고 집으로 돌아와서 말을 세우고 마차에서 내렸다.

그 집 사람들은 말을 보고 놀라지 않을 수 없었다. 자기들을 위해서 말을 샀을 것이라는 짐작은 했지만, 자기네들 입으로 그걸 말할 수는 없는 노릇이었다. 남자가 문을 열고 나와 물었다.

"아니, 이 말은 웬 것입니까?"

"샀다네, 마침 싼 게 있어서. 오늘 밤에 잘 먹도록 풀을 좀 넣어주게. 그리고 이 자루도 좀 내려주게나."

주인 남자는 말을 풀고, 밀가루 부대를 창고에 갖다 넣었다. 그리고 풀을 한 아름 베어서 구유에 넣어주었다. 이윽고 모두들 잠을 자러 갔다.

엘리세이는 집 밖에서 자기로 했다. 저녁 전에 벌써 자기의 짐을 밖에다 내놓았던 것이다.

모두가 잠들자, 엘리세이는 자기의 자루를 짊어지고 나막신을 신은 뒤 긴 외투를 걸치고 예핌의 뒤를 따라 길을 나섰다.

7

엘리세이가 5베르스타쯤 갔을 때 날이 밝아왔다. 그는 나무 밑에 앉아 자루를 열고, 남은 돈을 세어 보았다. 17루블 20코페이카가 남아 있었다.

'가만 있자, 이 돈으로는 바다를 건너 긴 여행을 할 수가 없다. 그렇다고 주님의 이름을 팔아 돈을 구걸하기는 싫다. 그러다가 잘못해서 죄라도 지으면 큰일이야. 예핌이 내 몫까지 촛불을 밝혀주겠지. 나는 이제 죽을 때까지, 다시는 성지 순례를 떠날 수 없을 것 같군. 그러나 자비로우신 주님께서는 모든 것을 살펴보시니까 틀림없이 용서해 주실 거야.'

엘리세이는 자리에서 일어서서 자루를 짊어지고 오던 길을 되돌아갔다. 그 마을을 지날 때는 누구의 눈에도 띄지 않게 멀리 돌아서 갔다. 이리하여 얼마 후에 엘리세이는 자신의 집에 무사히 도착했다.

예루살렘을 향해 떠날 때는 걷기가 무척 힘들어 예핌을 따라가기도 어려웠는데, 돌아올 때는 마치 하느님이 돕기라도 하듯 암만 걸어도 지치지를 않았다. 그는 나들이라도 가는 듯 지팡이를 휘두르며 걸었다. 그래서 하루에 70베르스타씩이나 걸을 수 있었다.

엘리세이가 집에 도착했을 때, 마침 식구들은 들일을 끝내고 돌아왔다. 집 식구들은 노인이 돌아온 것을 무척 기뻐했다. 모두들 이것저것 물어 왔다. 구경은 잘했는지, 어떡하다 예핌과 헤어지게 됐으며, 왜 목적지까지 가지 않았느냐고 물어 왔다. 그러나 엘리세이는 별로 자세한 이야기를 하지 않았다.

"주님이 인도해 주시지 않았어. 도중에 돈을 잃어버리고, 놓쳐버렸지. 그래그래 갈 수가 없었어. 어떻든 내 잘못이니, 너무 나무라지는 마라!"

그는 남은 돈을 할멈에게 주었다. 그리고 엘리세이는 집안 형편을 이것저것 물어보았다. 모든 일이 다 잘 되어가고 있었다. 일은 밀리지 않고 처리되었고, 식구들도 모두 화목하게 지내고 있었다.

그날 예핌의 가족들이 엘리세이가 돌아왔다는 말을 듣고, 자기네 노인의 소식을 물으러 왔다. 엘리세이는 그들에게 다음과 같이 말했다.

"그 노인은 무사히 잘 갔네. 나하고 베드로 축제일 사흘 전에 헤어졌지. 나는 뒤따라갈 생각이었는데, 일이 이상하게 되어 돈을 잃어버렸다네. 그래, 돈이 모자랄 것 같아서 그냥 돌아온 거지."

모두들 깜짝 놀랐다. '그리 어리석지도 않고 성실한 사람이 성지 순례를 떠났다가 중간에 돈을 잃어버리고 돌아오다니, 왜 그렇게 바보짓을 했을까?' 하고 의문을 가졌다.

그러나 그 일은 차차 잊혀지게 됐다. 엘리세이 자신도 잊어버리고, 다시 일을 시작했다. 아들과 함께 겨울을 지낼 땔나무를 장만하고 아낙네들과 같이 밀을 빻기도 했다. 창고에 지붕을 새로 올리기도 하고, 꿀벌의 월동 준비도 해주었다. 꿀벌 통나무 열 개는 새로 깐 애벌과 함께 옆집으로 보냈다. 아내는 이미 돈을 받은 통나무에서 애벌이 얼마나 깠는지를 속이려 했다. 그러나 엘리세이는 어떤 통이 쓸모없는지, 어떤 통에서 새끼를 깠는지 모두 알고 있었다. 그래서 열 무더기가 아니라 열일곱 무더기를 옆집에 줬다.

가을일을 다 끝내고 엘리세이는 아들들을 벌이를 위해 내보냈다. 자기는 겨우내 집에서 나막신을 만들거나 꿀통으로 쓸 통나무를 파내면서 나날을 보냈다.

8

엘리세이가 아픈 사람이 있는 농가에 들르던 날, 예핌은 온종일 친구가 오기를 기다렸다. 그는 조금 가다가 길가에 앉아서 한참 기다렸다. 그러다가 깜박 잠이 들었다. 한참 푹 자고 나서 다시 친구를 기다렸지만 오지 않았다. 눈을 크게 뜨고 주위를 보니 벌써 해가 기울어졌다. 그러나 엘리세이는 끝내 나타나지 않았다.

'내가 깜박 잠든 새 모르고 그냥 지나친 게 아닐까? 다리가 아파서 남의 짐수레를 얻어 타고 가다 나를 보지 못하고 여기를 지나간 게 아닐까? 그렇지만 못 볼 리가 없는데……. 넓은 벌판이라 눈앞이 훤한걸. 내가 다시 되돌아가면 영감은 앞서 가버려 더 크게 어긋날 수도 있지. 나도 앞으로 가는 것이 옳아. 여인숙에서 만날 수 있을 거야.'

다음 마을에 이르자, 그는 이장에게 이러이러한 할아버지가 여기 오면 자기가 묵고 있는 여인숙으로 보내 달라고 부탁을 했다. 그러나 엘리세이는 그 여인숙에도 끝내 나타나지 않았다. 예핌은 다시 앞을 향해 길을 떠났다. 만나는 사람마다 이러이러한 대머리 영감을 보지 못했느냐고 물었다. 그러나 보았다는 사람은 아무도 없었다. 예핌은 어처구니없어 하며 혼자서 계속 길을 갔다.

'그래, 오뎃사 근처에 가면 만나게 될 거야. 배 안에서 만나든지.'

그는 더 이상 생각하지 않기로 했다.

가는 도중, 한 순례자를 만나 동행하게 되었다. 그는 보통의 법복을 입고 법모를 썼으며, 머리가 길게 자라 있었다. 아토스에 간 적도 있고, 이번이 예루살렘에 두 번째로 가는 길이라고 말했다. 어떤 여인숙에서 만나 여러 가지 이야기를 나눈 뒤 동행이 되었던 것이다.

그들은 오뎃사까지 무사히 도착했다. 두 사람은 꼬박 사흘 동안 배를 기다렸다. 순례자들이 세계 곳곳에서 숱하게 모여들어 기다리고 있었다. 거기서 예핌은 다시 엘리세이에 대해 물어보았다. 그러나 보았다는 사람이 아무도 없었다.

예핌은 5루블을 내고 외국의 여행 허가장을 받았다. 그리고 왕복 뱃삯 40루블을 지불한 뒤, 도중에 먹을 빵과 청어를 샀다.

이윽고 배는 짐을 싣고 순례자들을 본선에 태웠다. 예핌도 그 순례자와 함께 탔다.

닻을 끌어올리고 배는 해안을 벗어나 큰 바다로 나갔다. 그날의 항해는 무사했다. 그러나 저녁때부터 바람이 일고 비가 쏟아졌다. 배는 몹시 흔들리기 시작했고 바닷물이 갑판을 휩쓸었다. 배 안이 시끄러워지더니 어떤 여자가 큰 소리로 울부짖었다. 남자 중에도 겁이 많은 사람은 배 안에서 허둥대며 안전한 장소를 찾느라 야단이었다. 예핌도 두렵긴 했지만 겉으로 드러내지는 않았다. 배에 오르자마자 담보프의 농부들과 함께 마룻바닥에 앉아 있었다.

그날 밤과 다음 날 하루 종일을 앉은 자세 그대로 지냈다. 오직 자기 자루만 움켜쥔 채, 말은 한마디도 하지 않았다. 사흘째가 되자 겨우 폭풍이 멎었다.

닷새째 되는 날, 콘스탄티노플에 도착했다. 어떤 순례자들은 땅으로 올라가, 지금은 터키에 점령되어 있는 성 소피아 대성당을 구경하기도 했다. 그러나 예핌은 땅에 오르지 않고 그대로 배에 남아 있었다. 그저 흰 빵만 조금 샀을 뿐이었다.

만 하루를 항구에 머무른 뒤 다시 넓은 바다로 나갔다. 그리고 스미르나 항과 알렉산드리아 항구에 머무른 뒤에 마침내 야파에 도착했다.

순례자들은 모두 야파에서 내렸다. 여기서 70베르스타쯤 걸으면 예루살렘이었다. 배에서 내릴 때도 위험한 일이 있었다. 보트는 계속 흔들렸다. 그래서 조금만 잘못해도 바다 속에 떨어질 위험이 있었다. 두 사람이 물에 빠져서 건져냈지만, 어쨌든 무사히 내렸다.

배에서 내리자, 모두들 걸어서 떠났다. 사흘째 되는 날 점심녘에 예루살렘에 도착했다. 그들은 변두리에 있는 러시아인 숙소에 여장을 풀고, 여권 뒷면에 도장을 받았다. 그 다음 식사를 하고 순례자와 둘이서 성지 순례를 갔다. 제일 중요한 그리스도의 관을 아직 보지 못했기 때문에 대주교 수도원을 참배했다. 참배자들은 모두 안으로 안내되었다.

남자와 여자의 자리는 따로 나누어져 있었다. 신을 벗은 뒤 둥글게 둘러앉았다. 그때 한 신부가 수건을 들고 나왔다. 그리고 사람들의 발을 닦아주기 시작했다. 발을 닦아준 뒤 입을 맞추는 식으로 쭉 한 바퀴를 돌았다.

예핌의 발도 닦아준 다음 입을 맞춰주었다. 밤 기도와 아침 기도로 예배에 참석하였고, 죽은 부모님을 위해 촛불을 올려 미사를 드렸다. 그때 성찬과 포도주가 나와서 먹고 마셨다.

이튿날 아침 이집트의 마리아가 목숨을 건졌다는 암자로 가서 촛불을 바치고 기도를 드렸다. 거기서 아브라함 수도원으로 갔다. 그래서 아브라함이 신을 위해 아들을 죽이려 했던 동산을 보았다. 다음엔 그리스도가 막달라 마리아 앞에 나타났던 성지와, 주의 형제 야곱의 교회에도 가봤다. 순례자는 여러 곳을 안내하며 여기선 얼마, 저기선 얼마 하면서 돈을 얼마 정도 바쳐야 하는지를 일일이 가르쳐주었다.

한낮이 됐을 때 숙소로 돌아와서 식사를 했다. 막 잠자리에 들려고 준비를 하는데, 한 순례자가 '앗' 하고 놀라며 자기 옷을 여기저기 뒤지기 시작했다.

"지갑을 도둑맞았다. 틀림없이 23루블 있었는데……. 10루블짜리 두 장하고 잔돈이 3루블……."

순례자는 화가 나서 떠들어댔지만 어쩔 수 없는 일이었다. 모두들 잠자리에 누웠다.

9

예핌도 자리에 누웠지만, 문득 의심스러운 생각이 들었다.

'저 순례자는 돈을 도둑맞았을 리가 없다. 틀림없이 처음부터 돈을 가지고 있지 않았어. 어느 곳에서도 돈을 바치지 않았으니까. 나한테만 내라고 하고, 자기는 한 번도 낸 적이 없어. 오히려

내 돈 1루블까지 빌려가지 않았나.'

이렇게 생각하면서, 예핌은 자기 자신을 꾸짖었다.

'내가 왜 남을 의심하고 이러지. 남을 의심하는 것은 죄를 짓는 일이야. 이런 쓸데없는 생각은 다시 하지 말자.'

마음을 겨우 진정시키고 있으려니, 다시 순례자가 돈에만 관심을 두고 있는 것과, 돈지갑을 도둑맞았다고 야단스레 떠들어대던 모습이 자꾸만 떠올랐다.

'아니야, 돈은 정말 없었어. 사람들을 속이기 위한 연극일 거야.'

이튿날 아침, 사람들이 대성당에서 거행되는 부활절 새벽 미사에 참석했다. 그곳에는 그리스도의 관이 있었다. 순례자는 예핌의 곁에서 잠시도 떠나지 않고 줄곧 따라다녔다.

그들은 성당에 도착했다. 러시아인 외에도 그리스인·아르메니아인·터키인·시리아인, 이렇게 여러 나라에서 순례자들이 모였다. 예핌은 다른 사람들과 함께 문 안으로 들어갔다. 한 신부가 안내해 주고 있었다. 터키 군인이 지키고 있는 옆을 지나, 그리스도가 십자가에서 내려져서 기름을 발랐다는 자리에 이르렀다. 그곳에는 굵은 촛불이 아홉 개 켜져 있었다. 신부는 하나하나 설명을 하며 보여주었다. 예핌은 여기서도 촛불을 바쳤다.

다음에는 안내하는 신부의 인도대로 오른쪽 계단으로 올라갔다. 십자가에 못이 박혀 세워졌던 골고다로 예핌을 안내했던 것이다. 예핌은 거기서도 잠시 기도를 드렸다. 그리고 그는 땅이 지옥까지 갈라졌다는 곳과, 그리스도의 손발이 십자가에 못박혀졌다는 곳도 가보았다. 또한 그리스도의 피가 아담의 뼈를 적시었다는 아담의 관도 보았다.

그 다음엔 그리스도가 가시관을 쓸 때 앉았다는 바위와, 그리스도가 채찍질 당할 때 묶여졌던 기둥도 보았다. 끝으로 그리스도의 발에 채워졌던 두 개의 구멍이 뚫린 돌도 보았다. 안내하는 신부는 그 외의 다른 곳도 보여주려고 했다. 그러나 다른 사람들의 재촉을 받아, 그리스도의 무덤이 있는 동굴로 따라갔다. 그곳에서는 지금 다른 교파의 의식이 끝나고, 러시아 정교의 기도식이 막 시작되고 있었다.

예핌은 어떻게 하든지 순례자와 헤어지고 싶었다. 죄가 되는 의심이 줄곧 생겼기 때문이다. 그러나 순례자는 잠시도 예핌의 곁에서 떨어지지 않았다. 그리스도 관 앞에서 드리는 기도식에도 함께 참석했다. 두 사람은 조금이라도 관 가까이에 서려 했지만, 때가 너무 늦었다. 많은 사람들이 꽉 차 있어서 앞으로든 뒤로든 꼼짝할 수 없는 상황이었다.

예핌은 가만히 선 채로 앞을 보며 기도드리고 있었다. 그러면서도 때때로 지갑에 신경이 쓰여 더듬게 되는 것이었다.

예핌의 마음은 두 갈래로 갈라지고 있었다. 하나는 순례자가 자기를 속이고 있다는 생각이고, 또 하나는 만약 정말 도둑맞았다면 제발 자기는 그런 꼴을 당하지 않기를 바라는 마음이었다.

10

예핌은 이렇게 선 채로 기도를 드리고 있었다. 그는 예수의 관이 있는 회당 앞에서 조금도 움직이지 않고 사람들의 머리 너머로, 타고 있는 36개의 성화를 바라보았다. 그때 이상스러운 일이 일어났다! 성화가 타고 있는 등불 바로 밑 맨 앞자리에, 농부들이 주로 입는 허름한 외투를 입은 몸집 작은 노인이 보였다. 그 노인은 엘리세이를 꼭 닮은 대머리였다.

'아니, 엘리세이가 아닌가? 그렇지만 그럴 리가 없어. 저 영감이 나보다 먼저 여기 왔을 리가 없지. 앞의 배는 일주일 먼저 떠났는데, 저 친구가 나를 앞서 왔을 리가 없어. 또 우리가 탔던 배에도 없었는데. 난 순례자들을 샅샅이 살펴보았으니까.'

예핌이 그런 생각을 하는 동안에 작은 노인은 기도를 시작했고, 머리를 세 번 숙였다. 한 번은 맞은편의 상단을 향해 절하고,

다음엔 양옆에 있는 러시아 정교 사람들을 향해 절하는 것이었다. 노인이 오른쪽으로 얼굴을 돌렸을 때, 예핌은 분명하게 그 얼굴을 알아보았다.

역시 그였다. 틀림없는 엘리세이였다. 가무스름하고 구불거리는 턱수염, 희끗희끗한 구레나룻, 눈썹, 눈, 코 등 모든 모습이 꼭 엘리세이였다. 엘리세이 보드료프가 틀림없었다.

예핌은 친구를 찾아서 너무나 기뻤다. 그러나 그가 어떻게 자기보다 먼저 여기에 왔는지 영문을 알 수가 없었다.

'보드료프 이 친구, 어떻게 앞으로 잘도 나갔군! 아마 어떤 재주 있는 사람을 만나 안내를 받았을 게다. 그렇지, 나가는 곳에서 저 영감을 만나야겠군. 법복 입은 순례자를 따돌리고 난 뒤, 이제 저 친구와 함께 다녀야지. 그렇게 된다면 아마 나도 앞자리로 갈 수 있을지 몰라.'

이렇게 생각하며, 예핌은 혹시라도 엘리세이를 놓칠까 봐 줄곧 그쪽만 지켜보고 있었다. 드디어 기도식이 끝나고 사람들이 술렁거리기 시작했다. 십자가에 입 맞추기 위해 밀고 당기고 하다가, 예핌은 옆으로 밀쳐졌다.

그때 그는 갑자기, 잘못하면 지갑을 도둑맞게 될 것 같은 걱정이 와락 생겼다. 예핌은 지갑을 한 손으로 꽉 잡고 사람들이 좀 적은 곳으로 헤치고 나갔다.

겨우 덜 복잡한 곳으로 나온 그는 엘리세이를 찾기 위해 그 부근을 마구 돌아다녔다. 대성당 안의 이쪽저쪽에 있는 암실에서 여러 나라 사람들을 수없이 많이 보았다. 그냥 그 자리에서 도시락도 먹고, 마실 것을 마시면서 책을 읽는 사람도 있었다.

그러나 엘리세이는 어디에도 없었다. 예핌은 숙소에 돌아가 보았지만, 그곳에도 엘리세이는 보이지 않았다. 그날 밤, 동행했던 순례자도 돌아오지 않았다. 그는 끝내 1루블을 돌려주지 않고 어디론가 달아나 버린 것이다. 예핌은 졸지에 외톨이가 되었다.

다음 날, 예핌은 담보프에서 온 노인과 함께 다시 그리스도의 관에 경배 드리러 갔다. 그 노인은 배 안에서부터 동행했던 사람이었다. 또 앞쪽으로 나가려 했지만, 이번에도 사람들에게 밀려나 버렸다. 그는 기둥 옆에 서서 기도를 드렸다. 문득 앞쪽을 보니까, 이번에도 역시 제일 앞인 성화 밑의 그리스도 관 옆에 엘리세이가 서 있는 것이 아닌가. 제단 옆에서 신부처럼 두 팔을 벌리고 서 있는 그의 머리가 빛나고 있었다.

'좋아, 이번엔 절대 놓치지 말아야지.'

그는 그렇게 생각하며, 사람들을 막 헤치고 앞으로 나갔다. 그러나 겨우 앞자리에 이르고 보니, 벌써 엘리세이의 모습은 어디론가 사라지고 없었다.

셋째 날도 눈에 제일 잘 띄는 그리스도 관 옆의 특별 상좌에 엘리세이가 있었다. 그는 두 팔을 벌린 채, 머리 위에 무엇이 보이는 듯 위를 우러러보고 서 있었다. 그의 머리는 여전히 빛나고 있었다.

'됐어. 이번엔 정말 놓치지 말자. 출구에서 지켜 서 있어야지. 거기라면 놓칠 리가 없어.'

예핌은 밖에서 오랫동안 지키고 서 있었다. 반나절을 쭉 서 있었지만, 끝내 나오는 사람들 중에는 엘리세이가 없었다.

예핌은 여섯 주일 동안 베들레헴에 머물며 성지를 두루 돌아봤다. 베들레헴에도 갔고, 베다니에도, 요단강에도, 그 외 여러 곳을 순례했다. 또 그리스도 관 옆에서는 죽은 뒤에 수의로 입을 새 외투에 도장을 찍어 받기도 했다. 그 다음엔 요단강의 물을 작은 병에 담았다. 예루살렘의 흙을 담고, 성화를 태웠던 초를 얻기도 했다. 여덟 곳에서 연미사에 이름을 써넣기도 했다. 그렇게 해서 돈을 다 써 버리고 간신히 집으로 돌아갈 노자만 남겼다.

예핌은 귀로에 올랐다. 야파에 도착해서 기선을 타고 오뎃사까지 왔다. 거기서부터는 집까지 줄곧 걸어갔다.

11

예핌은 혼자서 가던 길을 똑같이 되돌아왔다. 집이 점점 가까워지자, 자기가 집을 떠난 뒤에 집에선 어떻게 지내는지 또다시 걱정되기 시작했다.

'일 년이나 지났으니 많이 변했겠지. 한 집안을 일으키는 데는 평생이 걸리지만, 재산을 없애는 것은 잠깐 동안의 일이야. 내가 집을 비운 사이에 아들 녀석은 집일을 어떻게 처리했을까? 농사는 봄에 시작했는지? 겨울 동안 소와 말은 무사히 지냈는지? 내가 시킨 대로 새 집은 다 지었는지?'

한참 만에 예핌은 지난해에 엘리세이와 헤어진 마을 가까이에 왔다. 그 마을 사람들은 지난해와는 전혀 다르게 변해 있었다. 그때는 아주 형편이 어려웠던 사람들이 지금은 모두 여유 있는 생활을 하고 있었다. 밭에는 곡식이 무르익었다. 사람들은 넉넉한 생활을 누리며, 지난해의 어려움을 잊고 있었다.

저녁 무렵, 예핌은 지난해에 엘리세이가 물을 얻으러 갔던 마을에 닿았다. 그가 마을에 들어섰을 때, 어떤 집에서 흰 셔츠를 입은 소녀가 달려 나왔다.

"할아버지, 할아버지! 우리 집에서 쉬고 가세요!"

예핌은 그대로 지나쳐 가려 했지만, 소녀는 옷자락을 붙들고 생글거리면서 마구 집으로 끌었다.

문의 입구인 계단에서 남자애를 데리고 서 있던 여자 역시도 어서 오라고 손짓하고 있었다.

"할아버지, 오셔서 저녁 드시고 주무시고 가세요."

예핌은 마지못해 집안으로 들어갔다.

'이왕 안에 들어왔으니, 엘리세이에 대해 물어보자. 그 영감이 그때 물을 얻으러 들른 집이 아마 여기쯤 될 텐데.'

예핌이 방 안에 들어서니까, 여자는 그의 어깨에서 자루를 내려주었다. 그러고 나서 몸 씻을 물까지 떠다주었고, 식탁으로 안내했다. 우유와 보리단지를 내놓고 식탁 위에 죽을 올려놓았다. 예핌은 그 가족들이 순례자에게 이렇게 친절히 대해주는 것이 무척 고마웠다. 그래서 인사하며 칭찬하자, 여자가 머리를 가로저으며 말했다.

"우리는 순례하시는 분들을 친절히 대접할 수밖에 없답니다. 어떤 순례자 덕분에 참되게 사는 법을 배웠으니까요. 예전에 우리는 하느님을 잊고 제멋대로 살았답니다. 하느님은 우리에게 벌을 내려, 우리는 거의 다 죽을 지경이었지요. 끝내 지난해 여름엔 식구들 모두가 병에 걸리고, 먹을 것도 다 떨어지고 말았답니다. 만약 그때 하느님께서 손님과 비슷한 할아버지를 우리 집에 보내주시지 않았다면, 우리는 벌써 오래 전에 죽었을 거예요. 그분은 한낮에 물을 얻어 마시러 들어오셨더군요. 그때 우리들을 보시고 불쌍히 여겨, 그대로 우리 집에 머물렀지요. 병들고 굶주려 쓰러져 있는 우리들에게 마실 것과 먹을 것을 주셨고, 건강도 되찾게 해주셨습니다. 또 논밭을 찾아주셨고, 짐수레와 말까지도 사주셨지요. 그 뒤 그분은 아무 말 없이 떠나버리고 말았답니다."

그때 할머니가 들어오며 여자가 하는 말을 가로챘다.

"우리 자신도 그분이 사람이었는지, 천사였는지 알 수가 없습니다. 우리 식구들을 끔찍이 사랑했고 불쌍히 여겼는데, 아무 말도 없이 떠나버렸지요. 그분의 이름조차 모르니, 누굴 위해 하느님께 기도드릴지 모르겠군요. 지금도 눈앞에 보이는 듯합니다. 나는 쓰러져 죽을 때만 기다리고 있었어요. 그런데 갑자기, 별로 특이하지도 않은 대머리 할아버지가 물을 얻으러 들어오지 않았겠어요? 그때도 이 죄 많은 늙은이는, 누가 집에 들어와서 어물거리나 하고 생각했지요. 그런데 그분은 방금 말했던 그런 일을 해주셨던 것입니다! 우리들을 보자 서슴지 않고 등에 짊어졌던 자루를 내려놓고, 그래 이 자리예요, 바로 이 자리에다 놓고 끈을 풀었답니다."

그러니까 소녀도 말을 거들었다.

"아니에요, 할머니. 처음엔 자루를 방 한가운데에 내려놓았다가, 다시 걸상 위로 올렸잖아요."

이렇게 그들은 서로 다투어 가며, 그 노인이 한 말과 한 일들을 자세히 이야기해 주었다. 어디에 앉았고 어디에서 잤으며, 무엇을 어떻게 했고, 누구에게 무슨 말을 했다는 것을, 그들은 끝도 없이 들려주었다.

밤이 되자 주인 남자가 말을 타고 돌아왔다. 그도 역시 엘리세이에 대해 이야기했다. 엘리세이가 자기 집에 있는 동안, 어떻게 도와주며 지냈는지 들려주기 시작했다.

"만약 그분이 오시지 않았다면 우리는 모두 죄를 지은 채 죽었을 것입니다. 우리는 절망에 빠져 하느님과 사람들을 원망하며 죽을 때만 기다리고 있었거든요. 그런데 그분이 오셔서 우리를 살려주셨습니다. 그래서 이제는 하느님도 알게 됐고, 친절한 사람을 알게 되었지요. 하늘의 예수 그리스도여, 부디 그분을 보호하여 주소서! 예전엔 짐승과 다를 바 없이 살았는데, 그분이 우리를 사람답게 만들어 주셨으니까요."

그들은 예핌에게 먹을 것과 마실 것을 주었고, 잠자리를 마련해 주었다. 그 다음에 그들도 자러 갔다.

예핌은 자리에 누웠지만, 잠이 오지 않았다. 예루살렘에서 세 번씩이나 엘리세이를 앞자리에서 본 일이 머리에서 사라지지 않았다.

'그렇다, 엘리세이는 여기서 나를 앞질렀구나……. 내 예배를 하느님께서 받아들이셨는지는 모를 일이지만, 그 친구의 예배가 받아들여진 것만은 틀림없다.'

다음 날 아침, 그 집 식구들은 예핌에게 작별 인사를 했다. 그리고 가는 도중 먹을 고기만두를 그의 자루 속에 넣어준 다음, 일터로 나갔다. 그리하여 예핌은 다시 집을 향해 길을 떠났다.

12

예핌은 꼭 일 년이 지난 봄에 집으로 돌아왔다.

집에 이른 것은 저녁때였다. 아들은 집에 없었다. 술집에 있었던 것이다. 아들은 술이 잔뜩 취해서 늦은 시간에야 돌아왔다. 예핌은 아들에게 여러 가지 일을 물어보았다. 그가 집에 없는 동안에 아들이 쓸데없이 낭비했다는 것을 금방 알 수 있었다. 예핌이 아들을 꾸짖자, 아들도 말대꾸를 했다.

"아버지께서 집을 떠나지 않았으면 좋았을 것 아닙니까. 아버지는 돈을 잔뜩 가지고 성지 순례를 갔잖아요. 나는 조금밖에 쓰지 않았는데……."

노인은 화가 나서 아들을 마구 때렸다.

다음 날 아침, 예핌 타라시치는 아들의 일로 이장에게 의논하러 가는 도중에 엘리세이의 집을 지나게 되었다. 그때 엘리세이의 아내가 문 앞 계단에 서서 인사를 했다.

"안녕하세요 영감님, 무사히 돌아오셨군요!"

예핌은 걸음을 멈추고 말했다.

"걱정해 주신 덕택입니다. 가는 도중에 엘리세이와 헤어졌는데, 먼저 돌아와 있다면서요?"

그러자 좀 수다스러운 편인 할머니는 이야기를 마구 늘어놓았다.

"벌써 오래 전에 돌아오신걸요, 영감님. 성모승천제가 지난 뒤 곧장 왔답니다. 하느님께서 돌봐주셔서 무사히 돌아왔지요. 그래서 온 식구가 아주 기뻐했어요. 그분이 계시지 않으면 집안이 허전하답니다. 이젠 나이가 많아서 큰 일은 못하지만, 그래도 한 집안의 가장이니 모두들 의지하는 거지요. 글쎄, 아들이 얼마나 반기는지, 원! 아버지가 계시지 않을 땐 눈빛까지 꺼지는 것 같다면서 말입니다. 그분이 집에 없으면 정말 허전해요. 우리 식구들은 모두 그를 의지하고 소중하게 생각한답니다."

"그럼, 지금 집에 계신가요?"

"계세요, 영감님. 꿀벌집의 애벌을 나누고 있지요. 금년에 깐 애벌은 정말 아주 좋은 것이라는군요. 모든 것이 하느님의 보살핌이지요. 그이도 그렇게 기운 좋은 벌은 처음 봤다고 했어요. 우리가 죄를 짓지 않고 사니까 하느님께서 돌보시나 봐요. 영감님, 어서 들어오세요. 무척 반가워하실 겁니다."

예핌은 복도를 통해서 뒷문으로 나가, 엘리세이가 있는 꿀벌 집으로 갔다. 꿀벌 집에서 엘리세이는 그물도 쓰지 않고, 장갑도 끼지 않고 있었다. 긴 회색 외투를 입고 자작나무 밑에 서서 두 팔을 벌리고 하늘을 쳐다보고 있었다. 그러자 그 대머리는 예루살렘의 그리스도 관 옆에서처럼 환히 빛이 났다. 그 머리 위에서는 역시 예루살렘에서 본 대로 자작나무 잎 사이로 햇빛이 타는 듯이 빛을 뿜고 있었다.

그리고 머리 둘레에는 금빛 꿀벌이 관처럼 동그라미를 그리며 날고 있었지만 쏘지는 않았다.

엘리세이의 아내가 그를 불렀다.

"예핌 영감님이 오셨어요."

엘리세이는 뒤돌아보고 반가워서 친구에게로 달려왔다. 턱수염 속에 기어든 꿀벌을 살며시 집어내면서 말했다.

"어서 오게."

"그래, 잘 갔다 왔네. 자네한테 주려고 요단강 물을 가지고 왔지. 좀 있다 우리 집에서 가져가게. 그런데 하느님께서 내 예배를 받아주셨는지······."

"어쨌든 기쁜 일이야. 그래, 무사히 다녀왔나?"

예핌은 한참 입을 다물고 있다가 말했다.

"몸은 갔다 온 것이 분명한데, 아무래도 영혼은 모르겠어. 나보다도 다른 사람이 갔다 왔는지도 모르지."

"어떤 일이든 모두 하느님의 뜻이지. 예핌 영감, 하느님의 뜻이야."

"돌아오는 길에 자네가 물 마시러 갔던 집엘 들렀었네."

엘리세이는 깜짝 놀라며 손을 휘저었다.

"모든 일들이 하느님의 뜻이야, 예핌 영감. 하느님의 뜻이지. 아무렴, 자, 집안으로 들어가세. 내가 꿀을 가지고 갈 테니까……."

엘리세이는 살림살이 이야기로 말을 바꾸면서, 그 이야기를 더 이상 못하게 했다.

예핌은 한숨을 내쉬었다. 그리고 그 농가에서 들은 이야기나 예루살렘에서 본 일에 대해선 한마디도 말하지 않았다.

그는 깨닫게 되었다. 이 세상에 살아 있는 동안에 한 사람 한 사람이 사랑과 착한 일을 다하지 않으면 안 되며, 그것은 하느님의 분부시라는 것을…….

작품에 대하여

사람은 무엇으로 사는가 외

작품 개요

◆ **작품 소개**

세계적인 대문호이자 사상가인 톨스토이의 가장 널리 알려진 단편집

《사람은 무엇으로 사는가?》를 비롯해 《사람에게는 얼마나 많은 땅이 필요한가?》, 《사랑이 있는 곳에 신도 있다》 등 총 일곱 편의 작품이 실려 있다. 이 단편들은 완벽한 문장과 탄탄한 구성으로 톨스토이의 문학적 역량이 잘 드러난 불멸의 역작이다.

톨스토이의 단편은 위대한 사유와 통찰을 담고 있으면서도 소박하고 진솔하다. 삶에서 결코 빼놓을 수 없는 중요한 진리인 사랑과 종교, 윤리, 사회 제도 등을 다루며 선과 악이 어떻게 존재하고, 물질을 향한 탐욕이 어떤 결과를 초래하며, 인간 내면의 모습은 어떠한지 등의 물음을 던진다. 문학사에서 톨스토이의 가장 큰 업적은 종교와 신에 대해 이야기하던 당시의 세계 문학의 흐름을 인간과 삶의 문제로 돌려놓은 것이라고 할 수 있다.

톨스토이는 러시아의 전설이나 민담을 재해석해 인간의 내면을 밝히는 불멸의 고전을 만들었다. 가난하고 배우지 못한 사람들에게 도덕적, 종교적, 교화적인 내용을 전한 그는 인간으로 태어나 진정한 행복을 누리는 참다운 삶이 무엇인지 독자에게 질문과 해답을 던진다.

◆ **줄거리**

갓 태어난 쌍둥이 엄마의 영혼을 뺏어오지 못한 천사가 하느님의 벌로 인간 세상에 떨어진다. 하느님은 천사에게 '사람의 마음속에는 무엇이 있는가? 사람에게 허락되지 않는 것은 무엇인가? 사람은 무엇으로 사는가?'를 알게 될 것이라고 이야기하고 천사는 세몬의 집에서 구두 수선공으로 일하며 그 질문들의 답을 알아차린다.

작품 해설

◆ 들어가기

문학이란 과연 무엇인가? 문학의 임무나 기능을 두고 이론가들은 크게 두 입장으로 나뉜다. 한 입장은 문학을 사회 변혁의 수단으로 삼으려는 것이다. 다른 하나는 문학을 아름다움을 표현하는 예술 작품으로 간주하려는 것이다. 전자를 문학의 사회적 기능이나 실용적 기능이라고 부르고, 후자를 문학의 심미적 기능이나 쾌락적 기능이라고 부른다. 예로부터 문학은 늘 이 두 기능과 임무의 팽팽한 긴장 속에서 발전해 왔다. 어떤 의미에서는 활시위처럼 팽팽한 이러한 긴장이 문학이 발전해 온 원동력이 되었다고 해도 크게 틀리지 않을 것이다.

흔히 '러시아의 양심'으로 일컫는 레프 톨스토이(1828~1910)는 이 두 입장 중에서 후자에 속한다. 적어도 그의 후기 작품에서 그는 문학을 수단으로 삼아 병든 사회를 치유하고 그릇된 길로 가고 있는 세계를 변혁시키려고 하였다. 특히 만년에 이르러

기독교적 휴머니즘을 받아들인 뒤부터 톨스토이는 심지어 자신이 이제껏 출간한 모든 작품을 '퇴폐적인' 작품으로 간주하면서 부정하기에 이르렀다.

사회적 기능과 실용적 임무를 강조하는 톨스토이의 후기 작품 가운데에서도 《사람은 무엇으로 사는가?》(1885)는 아마 가장 대표적인 작품으로 꼽을 수 있다. 이 소설은 그의 기독교적 휴머니즘 정신을 가장 잘 엿볼 수 있는 작품이다. 톨스토이 자신은 비록 백작의 지위를 가진 귀족이었지만 《사람은 무엇으로 사는가》와 《바보 이반》 같은 작품을 통하여 러시아 귀족들이 너무 많은 재산을 갖고 있기 때문에 대다수의 민중들이 가난하게 살 수밖에 없다고 계급 질서를 날카롭게 비판하였다.

그러나 아직도 계급 질서가 서슬 퍼렇게 살아 있는 러시아 사회에서 톨스토이의 이러한 주장이 쉽게 받아들여질 리가 없었다. 러시아 귀족들의 압력으로 그의 《참회록》과 《그렇다면 우리는 무엇을 할 것인가?》 같은 책이 출판 금지를 당하였다. 그러나 러시아 독자들은 필사본이나 등사본으로 책을 만들어서 몰래 읽었고, 유럽을 비롯한 미국과 아시아 출판사들이 앞을 다투어 그의 작품을 출판하여 외국에서도 그의 작품이 베스트셀러가 되었다. 민중들에게 무관심한 러시아 정교회를 날카롭게 비판하여 교회로부터 미움을 받고 1901년 러시아 정교회의 교리

감독 기관인 종무원으로부터 파문당할 정도로 톨스토이는 교회와 사회를 공격하는 비판적 지식인으로 활약하였다

◆ **작품의 배경과 내용**

《사람은 무엇으로 사는가?》는 구두장이 세몬이 하느님에게 벌을 받아서 잠시 세상에 내려온 천사 미하일을 돌보는 사건부터 이야기가 시작된다. 세몬은 구두를 만들 양가죽을 사러갔다 오는 길에 그동안 구두를 수선해 준 농부에게 외상값을 받지 못하자 홧김에 술을 마시고 얼큰하게 취한 채 집으로 돌아가고 있다. 그런데 길모퉁이 교회 앞에서 길가에 쓰러져 있는 벌거숭이 남자를 발견한다. 마음씨가 너그러운 세몬은 얼어 죽을 것이 분명한 남자를 그냥 지나치지 못하고, 자신의 외투를 입히고 집으로 데리고 돌아온다. 세몬의 아내 마트료나는 그러한 세몬에게 화가 나서 옛날의 잘못까지 들춰가며 온갖 욕설을 퍼붓는다.

미하일은 세몬과 함께 구두를 수선하는 일을 하면서 살아간다. 6년 뒤 어느 날 방 안이 갑자기 밝아지며 미하일이 천사로 변한다. 그 모습을 본 세몬은 두려움에 떨면서 그의 집에 처음 왔을 때 왜 세 번 웃었는지, 또 하느님이 왜 그에게 벌을 내렸는지 말하라고 부탁한다. 미하일은 6년 전 하느님이 한 산모의 영

혼을 데려오라고 명령하여 세상에 내려왔다고 고백한다. 아이들이 죽게 될 것이라며 아이 엄마가 애원하는 바람에 마음이 약해진 미하일은 하느님의 명령을 거역하였다. 그러자 하느님은 미하일에게 사람의 마음속에는 무엇이 있는가? 사람에게 허락되지 않는 것은 무엇인가? 사람은 무엇으로 사는가? 이 세 가지 질문의 뜻을 알게 될 때까지 사람들에게 내려가 있으라고 명령했다는 것이다.

  그래서 인간 세상으로 내려온 미하일은 알몸뚱이로 차가운 길바닥에서 웅크리고 있던 자신을 세몬이 거두어 주고 살 수 있도록 해주는 것을 보고, 사람의 마음속에는 하느님의 사랑이 있음을 깨달았다고 밝힌다. 곧 죽을 신사가 일 년을 신어도 끄떡없는 구두를 만들어 달라고 주문하는 것을 보고, 미하일은 인간에게 허락되지 않는 것이 자신에게 진정 필요한 것이 무엇인지 깨닫지 못하는 것임을 알았다. 그리고 부모를 잃은 아이들을 사랑으로 키우는 여성을 보고는 사람이 사랑으로 살아간다는 사실을 깨달았다고 말한다. 그 말을 마치자마자 미하일은 곧 하늘로 돌아간다.

◆ 작품의 중심 주제

톨스토이의 《사람은 무엇으로 사는가?》는 그 제목부터가 눈길을 끌기에 충분하다. 사람은 과연 무엇으로 사는가? 그것은 의식 있는 인간이라면 으레 삶에 대해 묻기 마련인 가장 근본적인 성찰이요 물음이다. 인류 역사 이래로 많은 철학자들과 문학가들이 이 물음에 대한 답을 찾으려고 무척 애써 왔다. 톨스토이는 말년에 이르러 심취했던 기독교 휴머니즘 사상에서 그 해답을 찾으려고 한다. 인간이 인간답게 살아가는 힘은 두말할 나위 없이 남에 대한 배려와 관심, 그리고 선한 행동에서 비롯한다.

이 소설의 주제는 제목 말고도 톨스토이가 작품 첫머리에 인용하는 두 성서 구절에서 잘 드러나 있다. 이 작품에서 작가는 두 성경 구절을 제사(題詞)로 삼는다. 첫 번째 성경 인용문은 《요한1서》 3장 17절에서 따온 구절이다.

'누구든지 재물을 가지고 있으면서 자기 형제자매의 궁핍함을 보고도 마음 문을 닫고 도와주지 않으면, 어떻게 하느님의 사랑이 그 사람 속에 머물겠습니까?'

톨스토이는 두 번째 인용문 역시 《요한1서》의 4장 16절에서 따온다.

'우리는 하느님이 우리에게 베푸시는 사랑을 우리가 알았고 또 믿었습니다. 하느님은 사랑이십니다. 사랑 안에 있는 사람은

하느님 안에 있고 하느님도 그 사람 안에 계십니다.'

이 두 인용문 중에서도 두 번째 '하느님이 사랑이십니다.'라는 구절은 이 작품의 주제를 단적으로 표현하는 말이다. 톨스토이는 기독교적 사랑이야말로 고통의 바다에 지나지 않는 이 세계를 구원할 수 있는 유일한 힘이라고 생각하였다. 이 작품에서 톨스토이는 그의 한 작품 제목 그대로 '사랑이 있는 곳에 신이 있다.'라는 메시지를 전한다. 그는 그리스도의 사랑을 바탕으로 러시아 사회를 개혁하려고 하였다.

한편 톨스토이는 이 작품에서 러시아 정교회에 대한 비판의 고삐를 늦추지 않는다. 미하일이 교회 앞에서 얼어 죽을 뻔했다는 에피소드를 통하여 이 무렵 러시아 교회가 민중과 얼마나 멀어져 있는지 날카롭게 비판한다. 러시아 종교는 입으로만 그리스도의 사랑을 부르짖을 뿐 실제 삶에서는 사랑을 좀처럼 실천하지 않기 때문이다.

그러고 보니 천사 미하일이 하느님의 명령을 거부하는 장면도 그 의미가 새롭다. 하느님의 명령을 거부하는 마하일의 행동에는 하느님을 향한 기독교인들의 숱한 의문과 원망이 담겨 있기 때문이다. 하느님은 도대체 왜 산모의 영혼을 거두어 오라고 하셨을까? 미하일은 결국 남편을 여의고 쌍둥이를 갓 출산한 한 산모의 영혼을 차마 거둘 수 없어 하느님의 명령을 거역하는 것이다. 물론 하느님이 미하일의 두 날개를 부러뜨려 미하일로 하여금 인간의 판단을 넘어서는 그 무엇, 즉 하나님의 섭리를 깨닫게 한다.

◆ **톨스토이 문학의 한계**

《사람은 무엇으로 사는가?》에서도 볼 수 있듯이 톨스토이의 작품은 지나치게 교훈적이라는 데 한계가 있다. 문학 작품은 윤리 교과서와는 달라서 삶에 관한 메시지를 직접 전달하기보다는 삶의 구체적인 모습을 극적으로 보여 주어야 한다. 다시 말해서 도덕이나 윤리 교과서의 내용에 살과 피를 통하게 하여 예술 작품으로 승화시켜야 한다. 전자는 빵을 만드는 데 필요한 재료인 밀가루일 뿐이다. 빵(예술)은 밀가루(삶)에 효소(상상력)를 넣어 만든 전혀 새로운 생산품이다. 후기 작품에 이르러 톨스토이의 작품은 도덕 교과서인지 문학 작품인지 구별 짓기 어려울 때가 가끔 있다. 몇몇 단편 소설에서는 작가 자신의 세계관을 독자들에게 지나치게 강요한다는 느낌을 받는다.

예를 들어 《사랑이 있는 곳에 신도 있다》라는 작품에서는 불쌍한 사람을 대접하는 것이 곧 신을 대접하는 것이라고 설교한다. 《사람에게는 얼마나 많은 땅이 필요한가?》에서는 인간의 지나친 욕심이 마침내 죽음을 불러온다는 진부한 교훈을 말한다. 《촛불》에서는 비저항의 힘이 중요하다고 역설한다.

◆ **작가 소개**

레프 톨스토이는 남부 러시아 툴라 근처에 있는 영지 야스나야 폴랴나에서 명문 백작 집안의 4남으로 태어났다. 어려서 일찍 부모를 잃고 고모를 후견인으로 성장하였다. 카잔 대학교에서 법학을 전공하다가 인간의 자유로운 창의성을 억압하는 대학 교육에 회의를 느끼고 중퇴하였다.

톨스토이는 말년에 그가 속한 귀족사회와 정부, 그리고 종교의 타락을 바라보며 스스로 몸을 던져 개혁하려고 시도하였다. 그래서 자신의 영지를 소작인들에게 나누어 주고 귀족으로서 누리는 많은 특혜를 버리려고 하였다.

마침내 톨스토이는 귀족의 지위와 지주 생활을 청산하고 모스크바의 빈민굴인 구센서스에 참여했는가 하면 대기근에 시달리는 농부들을 돕기 위한 캠페인에도 앞장섰다. 그러나 부패한 사회를 개혁하려던 이 위대한 작가는 결국 부인을 비롯한 가족들과 귀족사회로부터 따돌림을 당하고 1910년 10월 가족들 몰래 가출하여 그해 11월 라잔우랄 철도의 작은 간이역 아스타

포브(오늘날의 톨스토이역) 역장의 관사에서 숨을 거두었다.

톨스토이는 《사람은 무엇으로 사는가?》 말고도 《전쟁과 평화》를 비롯하여 《안나 카레니나》, 《이반 일리치의 죽음》, 《부활》 등 많은 작품을 남겼다.